本研究受到吉林省社会科学基金资助,项目编号:2020C104

|光明社科文库|

新传媒语境中的文学传播
——路径嬗变与价值图景

王　颖◎著

光明日报出版社

图书在版编目（CIP）数据

新传媒语境中的文学传播：路径嬗变与价值图景／王颖著．--北京：光明日报出版社，2022.10
ISBN 978-7-5194-6861-3

Ⅰ.①新… Ⅱ.①王… Ⅲ.①文学—大众传播—研究—中国 Ⅳ.①I206

中国版本图书馆 CIP 数据核字（2022）第 190852 号

新传媒语境中的文学传播：路径嬗变与价值图景
XINCHUANMEI YUJING ZHONG DE WENXUE CHUANBO: LUJING SHANBIAN YU JIAZHI TUJING

著　　者：王　颖	
责任编辑：王　娟	责任校对：周建云
封面设计：中联华文	责任印制：曹　净

出版发行：光明日报出版社
地　　址：北京市西城区永安路 106 号，100050
电　　话：010-63169890（咨询），010-63131930（邮购）
传　　真：010-63131930
网　　址：http://book.gmw.cn
E - mail：gmrbcbs@gmw.cn
法律顾问：北京市兰台律师事务所龚柳方律师

印　　刷：三河市华东印刷有限公司
装　　订：三河市华东印刷有限公司
本书如有破损、缺页、装订错误，请与本社联系调换，电话：010-63131930

开　　本：170mm×240mm
字　　数：208 千字　　　　　　　印　张：16.5
版　　次：2023 年 1 月第 1 版　　　印　次：2023 年 1 月第 1 次印刷
书　　号：ISBN 978-7-5194-6861-3
定　　价：95.00 元

版权所有　　翻印必究

摘 要

近年来移动互联网风起云涌，影响了当代人的生存方式，形成以媒介融合加剧、移动互联网络和社交网络媒体高歌猛进为典型特征的新传媒时代。在这愈加虚拟化、双向化、全球化、技术化和全时化的语境之中，文学传播发生路径转向，读者对文学的接受价值也随之嬗变。文学传播路径从以传统的印刷出版路径为主，转向以数码文字路径为主，多种形态传播路径并存且形成相互融合的移动化、社交化数码多维传播形态。本书使用定量研究和定性研究结合的方法，聚焦移动化、社交化的数码多维路径，考查其组成形态特征及其所传播文学存在的差异，并试图揭橥路径使用变化表象之下更加深层的文学接受价值嬗变。

首先，随着移动化、社交化和场景化的新型传媒转向，文学传播的语境发生变化，互动性、全时性、多媒体化、碎片化等特征愈发显著，文学"争议"和"乱象"横生，媒介融合进程加速，大型垄断性文学出版组织出现，文学传播的多维度、多模态的数码多维传播路径形成，根据符号和组织形态的不同，该新路径可细分为数码文字路径、影视媒体路径和声音媒体路径三大类别。

文学传播的"开放、融合、多维"的路径嬗变可以通过横纵两个方向加以表征：一是通过抓取严歌苓《陆犯焉识》等关键词进行词频分析，验证了作品在字媒、视媒和声媒数码空间的跨维度横向传播；二是从接受视角，使用问卷调查法分析文学接受情况，发现青少年和中青年是网络阅听群的主体；在除了老年群体之外的所有群体中，移动文字路径均成为其文学接受的日常首选路径；与十年前相比，绝大部分样本从印刷文本转向电脑和移动路径。揭示了当代人通过对移动网络路径的日常化使用，沉浸于感知时间、诗意生活、媒介真实和审美式生存的体验。

随后聚焦三大路径之首的数码文字路径，按照传播形态差异，该路径可以划分为电脑网络路径、移动阅读应用路径，以及社交网络媒体的微博平台路径、微信平台路径四个分支路径。其中：

电脑网络路径近几年产生了原创文学网站的重组和新生出现了，传统媒体的"触网读书"等新型特征；具有男性读者居多、每日接触的习惯性表现，以及比起审美价值更追求认知价值和娱乐价值的特征。

移动阅读应用路径有文学网站、门户网站、电子商务类网站、移动运营商等七大来源。该路径以"少"为特征，界面更加简洁，注重智能推送，多方面表现出对电脑路径和出版路径的依赖性回归现象。

电脑和移动路径的共性特点有：性别的文化建构特征突出，新民间文学特质鲜明，青少年属性明显，浅层化、感官化和娱乐化内容比例多，呈现儿童成人化、成人儿童化内容，具有割裂式成长的隐含主题等。

微博路径的语录体和散文随笔类文学作品比例较大，图像与文字互文的现象较多，文学作品呈现"轻化"特征，形成以话题为主要形式的公共文学交流空间的强互动特征。

微信路径补偿了其他路径日渐稀缺的私密性、封闭性和精简性，延长了读者的时间感。同时该路径的文学传播未独立出来，被涵盖在百科、文化、情感、文摘等类别的公众号当中，严重撕裂了文学的完整性和统一性，"心灵鸡汤"泛滥。但也为少量的纯文学、小众的"先锋"文学和作家自营（具有支付功能）的文学传播媒体（公众号或订阅号形态）提供了良好的操作空间。值得一提的是，诗歌在微信上开辟了多模态传播空间，使诗歌之美重生。

在接受价值的面向，在进化论和亲社会价值观"坚守"的同时，"嬗变"却是显著而深刻的：首先，传统文学价值评判体系在数码文字空间趋于坍塌，工具理性主义和虚无主义滋生，后现代的反权威、反理性、反崇高、意义消解和拜金主义价值观取而代之。其次审美价值观念变化，发生内爆和分化，交流价值和自我满足价值比重上升。再次，假想性的文学的幻肢价值凸显出来，为了维持人的完整性，对肢体运动和社会生活进行滞留性的意象品味，对思想意识和个体经验进行假想性重构即为本书认为的文学接受中的"幻肢价值"——读者经由文学实现对超人的、超现实生活的肢体想象和力量延伸。此外，移动路径还具有构造美感生存私场景的独特价值，可以使读者获得场景性审美愉悦。微博路径的审美价值裂变为碎片式审美价值、社交性审美愉悦价值，以及群体认同价值、交往的主体间性价值。

深入分析第二类路径——视媒路径的特征和接受价值，可以见识到视媒路径广泛传播的影响力，致使影视和文字相互影响渗透，造成了文学化的影视和影视化的文学的双重表象。另外，视媒路径更加注重仪式性景观的展现，大量的动态视觉刺激反而带来视觉饥渴和心灵空虚；拥有更低的创作自由度和更多的意识形态属性；产生隐喻的增生与消退。在接受特征中，女性观众显著偏多，情感交流、意义交换和参与公共生活的使用目的较为突出。接受价值为外向关注的感官娱乐价值、对时间和空间的立体式感知审美价值和公共空间价值等。

第三类声媒路径主要来源于有声书网站及其App、移动电台App等。从路径内容特征层面看，声媒路径是文学经典的传播新渠道，诗歌和散文的多模态沃土，浸透着最大程度的孤独感，携带夜色阑珊和恐怖惊悚意味，伴随性和音乐性较强，方言化播讲给文学带来双刃剑式的双重影响。但存在三大路径中最为严重的版权混乱、盗版严重的劣态表现。从接受特征看，男性阅听者占据多数；该路径的阅听人收听时间相对较长，同时孤独感水平高于其他路径。从接受价值看，声媒路径有陪伴价值、心灵慰藉价值、场景塑造价值等，可以使阅听者获得归属性审美愉悦。

最后，本书集中探讨各路径共同形成的跨路径和多路径形态为文学接受价值带来的离散偏向和内爆裂变。总体而言，当下文学"阅听者"通过多维路径的接受实现对现实生活的超越性体验和幻想式生存。三大路径之间的互补与独立体现在对阅听者自我空间建构上的"一私、一公、一过渡"——意即移动文字路径读者通过全时性亲密接触完成了文学建构而成的虚拟生活场景，在公共空间中建构"私场景"，实现个体主观式生存；视媒路径通过观看仪式，形成群体性活动和群体记忆，成为公共舆论和交往的文化背景；声媒路径对阅听人而言是一个可控的"人群阀"，成为现代都市生活人的主体性和他性冲突的过渡空间。当代人存在表述危机，致使读者推崇能够将其内心欲望与情感表述出来的文学作品，审美价值不再是文学接受首要遵循的价值，情感价值取而代之；超越性想象的作品受到青睐，想象力和故事性成为小说文体的重要接受价值，致使现实主义文学没落。

目 录
CONTENTS

绪　论 ··· 1
  0.1　问题的提出 ·· 1
  0.2　关于文学传播与文学价值的文献综述 ······························ 13
  0.3　研究方法与手段 ·· 28

第 1 章　新传媒语境中的文学传播 ·· 42
  1.1　新传媒发展综述 ·· 42
  1.2　新传媒语境中的文学传播的嬗变与转型 ··························· 51

第 2 章　新传媒语境中文学传播路径嬗变的表征 ··························· 63
  2.1　文学传播路径与价值嬗变的表征之一
      ——同一文学作品的路径转向 ·································· 63
  2.2　文学传播路径与价值嬗变的表征之二
      ——文学接受群体的路径选择变化 ····························· 80
  2.3　小结：开放、融合、多维的新型文学传播路径 ················ 108

第3章　新传媒语境中文学传播多维路径之数码文字路径分析……112
3.1　数码文字传播路径概述……112
3.2　数码文学路径建构……115
3.3　文学的数码传播路径内容特征解析……129
3.4　数码文字路径的文学接受特征：日常、夜间、成瘾……144
3.5　数码文字路径的接受价值特征……154

第4章　新传媒语境中文学传播多维路径之视媒路径分析……165
4.1　影视媒体的路径建构……165
4.2　视媒路径依赖现象——文学的影视化与影视的文学化……168
4.3　文学的视媒路径内容特征……175
4.4　视媒路径的文学接受特征：女性、娱乐、公共空间……180
4.5　视媒路径的文学价值特征：感官、时空与公共价值……185

第5章　新传媒语境中文学传播多维路径之声媒路径分析……187
5.1　数字声媒传播路径建构……187
5.2　文学的数字声媒传播路径特征分析……189
5.3　声媒路径的文学接受特征：男性、深夜、长时……194
5.4　声媒路径的文学价值特征：陪伴、心灵慰藉……199

第6章　新传媒语境中的文学价值嬗变：离散偏向……201
6.1　文学价值离散趋势的表象：多元裂变与偏向两级……201
6.2　文学当代价值要素中情感价值上升……204
6.3　超越性想象的偏向……212
6.4　表述危机与自我表征……214

结　论 …………………………………………………… 221
附　录 …………………………………………………… 224
参考文献 ………………………………………………… 231
在学期间所取得的科研成果 …………………………… 243
后　记 …………………………………………………… 244

绪 论

0.1 问题的提出

0.1.1 问题背景

21世纪以降，随着传媒出现新景观——报业、广播、电视等传统媒体在体制和内容上呈现激烈变革，博客、微博、微信、全媒体、自媒体等新媒体形式蓬勃发展，传媒与文学相互观照日益受到学界的重视。

文学艺术活动是人的本质力量的对象化；文学的出发点、联结点和归宿点是人；文学自始至终都是一种"人学"。所以，文学价值判断的出发点应该是"人"，是人的需求与素养，人的精神世界与价值观构建，因此本研究兼论文学在新传媒时代的意义发生及其价值嬗变，有着极其重要的学术价值和实际意义。

文学传播贯穿于整个人类文明发展史，它是文学生产者借助一定的物质媒介和传播方式赋予文学信息以物质载体，从而将文学信息或文学作品传递给文学接受者的过程，这个是较为常见的一种文学传播观点，但是从当前文学的传播事实出发，文学传播的内涵已不止于此——文学接受者对文学创作者和传播者的反馈也应该包含在文学传播的研究范畴之中。文学史就是文学接受的历史，忽视文学接受就忽视了文学赖以生存的生态场，将新传媒语境中的文学传播生态场和接受反馈吸纳进当代文学传播研究的视野，才能更深入地读懂当代文学。

作为文学信息源与文学接受者之间桥梁的文学传播路径不仅随数字科技发展，进化为社交化和移动化的新型传媒形态，而且进一步定义并区分了文学传播者和接受者，新的文学论争也随之而来——如关于网络文学的类型化、低俗化问题，网络文学的影视改编问题，数字阅读的浅层化、碎片化问题，文学评奖的公信力、标准与评委选择问题，当代文学的价值重估问题，当代文学有无精品问题，现实主义没落与否问题，文学是否被边缘化问题，等等。这些问题，其实皆与文学传播路径有关。所以，研究文学传播路径在新传媒时代文学研究中有着极大的学术价值和现实意义，从文学传播路径角度切入研究当代文学，方可探寻当代文学的显著差异性。那么，在新传媒形态渐成主流的当代，文学接受者如何在移动化和社交化的数字媒体中接触并阅读文学？不同传播路径的文学作品存在哪些差异？不同路径的当代读者——不同年龄、身份和教育水平的读者对于文学的接受和价值判断有无差别？新的文学价值判断体系以及文学价值观成何面貌？这一系列的问题，有待学界深入探讨，本研究望能得出些许有价值的结论与思考。

另外，当前对于20世纪文学的著作和论述颇丰，而反观21世纪文学，则因其历史较为短暂，至今只有十余年光阴，因此，撰文论述21世纪文学的研究相对较少，还远未形成规模，需要更多的文学研究者投身其中。对于21世纪文学研究的凋零景象，有文章认为是源于"文学的没落"，认为当前文学已经没有20世纪八九十年代的风光，纯文学日益被大众化和消费主义侵蚀，丧失了文学性和独特的精神品格；有学者认为是 21 世纪尚未出现有广泛影响力的作品，研究土壤不够"肥沃"。这些观点具有其片面性。诚然，与 20 世纪八九十年代相比，读书的人减少了，但是并不意味着文学的没落，只是文学接受者在新传媒语境下更改了接受文学的路径，通过网络和移动路径接触文学作品。而传播路径的改变，以及文学接受心理的变化，亦改变了文学本身的面貌。作为文学传播重要阵地的书店或倒闭或收益锐减，看似风云不再，实则是那些传统的文学传播主体另辟蹊径——它在移动化和社交化的数字网络世界风生水起，暗流涌动，并且毋庸置疑的是，今日之文学已不同以往，技术、经济和制度等文学场的变化带来了文学生成以及文学传播的变化，历史延续与嬗变并存。"50 后"至"80 后"几代作家们仍能激起民众的阅读激情，尤其是莫言获诺贝尔文学奖这则消息无疑给 21 世纪的文学界注入了一针强心剂。因此，本研究认为对当前新传媒语境中的文学传播路径进行研究十分必要，我们有必要对近些年的文学状态进行阶段性总结，为 21 世纪文学的发展厘清症结，促进文学自新。

我国移动互联网于 2011 年起高歌猛进，2014 年进入稳定的全民移动互联时代。新的传播形态的发生，迫使学界不断更新研究内容，亟须研究移动互联时代的文学传播的形态与特征。

截至 2015 年年初，一系列商业变动激起文学界新的波澜——三足鼎立的互联网巨擘百度、腾讯和阿里巴巴争相涉足文学领域，通过兼并、收购或者重组文学网站、出版企业和文化传媒公司等方式进军文学界，这些源于搜索引擎、即时通信、电商贸易的互联网商业公司发现了文学的巨大价值和商业前景，他们的涉足是文学传播路径和渠道的嬗变演进至一定阶段的积累性结果，新的文学质变正在酝酿生成当中。

回顾传媒对文学影响的研究，笔者发现存在以下四种倾向。

一是媒介在文学生产与传播中的作用是显而易见的，所以这方面的研究著作颇丰。多数论著把传媒作为环境的组成要件，一致认为传媒是文学生产和消费的重要介质，有的文章分别论述了期刊、影视媒体和网络对文学的影响，有的研究将不同媒介与文学结合后产生的文体——加以分析。而传媒本身即信息，它不仅仅是文学的外部环境因素，传媒也作为文学的本体存在。研究者需要进一步将传媒本身作为文学主体之一来研究。

二是将文学置于"文学场"中去研究，能够综合或择一分析经济、制度、文化、历史或者传媒等因素构成的"文学场域"，这丰富了文学研究的主题，具有鲜明的时代特征。而随之而来的问题即在新的传媒生态场中，文学传播路径和文学自身都发生了变化，新的变化呼唤新的研究，尤其是对当前多维度多模态的传播路径的研究，把文学在不同介质中的传播统一起来，不割裂传播链，将文学的传播看作一个多模态有机系统。

三是已有的文学传播研究将文学作品的生产和传播看作由创作、出版、发行、销售、购买及阅读这些彼此有着内在关联的环节所构成的动态过程和结果。同时还指出其受制于特定时代的文化语境及社会思潮。这些论断具有非凡的学术价值，为后续研究开阔了视野，形成了研究范式。但是稍显遗憾的是未能对这一论点进行实证研究，使这一论题略显空泛，研究方法上相对单一。从当代文学局面的复杂性以及学科发展的长远性观之，学界应使用更加多样化的研究方法。

四是对文学传播路径的研究多集中在文化研究和技术影响研究，较为忽视对文学价值的研究。在新的文学接受图景背后，是文学接受价值及文学接受者价值观念的转变，当前时代迥异的流行文学作品和反传统的文学语言表征了这种转变的存在。以上种种文学形态的嬗变和文学研究的现状，共同构成了本书的研究背景。

0.1.2 研究问题

文学是在媒介中传输语言和形象，唤起感兴，象征性表达现实矛盾的艺术。[①] 所以进行文学传播研究，媒介研究应该放在首位。鉴于以上研究背景，本研究将把文学传播当作一个有机整体，探讨新传媒语境中文学的传播路径，结合文学与新传媒的互动关系进行动态研究，冀图描绘出文学从生产到传播、接受、反馈的过程图景，揭示极具影响力的文学作品在社交化和移动化的数字多模态场域中的传播路径，发掘文学作品在不同传播路径中的变化和差异，以及由此形成的不同文学场中，读者的文学接受价值的浮动和嬗变。

从"问题意识"出发，以问题形式表述本书的具体研究内容，可如下概述。

第一，当代文学的传播由以印刷出版路径为主，转向以数码路径为主，多元路径共存的传播形态是业已被广泛认同的事实。深入这一事实当中，我们更加细致地发现，数码路径向前兼容了纸媒、电子媒介文学传播形态，又因技术创新形成新的传播形态，它的内部是多形态的，复杂而多元多维。那么多维路径内部如何构成？有何特征？给文学带来怎样的影响和转向？这些问题值得我们深入探讨。

第二，便捷、便宜、互动性强是读者转向数码多维路径的主要原因，而读者对多维路径中不同路径的接受有何差异？不同群体（如青少年群体和中年群体）的文学接受有无不同？不同传播路径的媒介使用动机、频率、情境和价值效果如何？

---

① 参见王一川. 文学理论［M］. 成都：四川人民出版社，2003.

第三，符号主义美学家苏珊·朗格将艺术界定为"人类感受符号的创造"①。那么，在社交化和移动化的新媒体路径中的文学，反映了怎样的人类情感和感受？本书聚焦当下文学这一人类思想和文化的重要表征形式，试图揭橥嬗变中的传播路径，不同传播路径的媒介状态和主要作品，作品所符号化表述的新千年国民情感以及接受价值。

第四，本研究希冀从文学传播路径的角度，兼顾探讨诸如"网络文学是否低俗化？""文学是否被边缘化？"等当代文学论争。文学必须经由物质载体承载以及传播，一旦与物质产生关系，势必会受到物质的物理形态和时空属性的影响，因而，讨论文学传播，绕不开文学传播路径的问题，解决文学论争，更离不开争论焦点所诞生的路径空间特征问题。

本书对于当代文学传播路径及价值的探讨，主要以媒介环境学和使用与满足理论为理论依据。

第一个理论视角是由苏珊·朗格、麦克卢汉、伊尼斯、尼尔·波兹曼等人创立的媒介环境学理论视角。

本书以媒介作为环境基本理念，学者伊尼斯认为传播存在偏向性，带来时间偏向、空间偏向、政治偏向、情感偏向等。本书带着对该观点的认同，探讨了数码媒介内部不同模态的路径为受众的文学接受带来怎样的价值偏向和情感偏向。②

同时本书采用保罗·莱文森的补偿性媒介的观点，利用比较的方法，分析多维文学传播路径的差异性。他认为任何一种后继的媒介，都

---

① ［美］朗格. 感受与形式：自《哲学新解》发展出来的一种艺术理论［M］. 高艳萍，译. 南京：江苏人民出版社，2013.
② 伊尼斯. 传播的偏向（The Bias of Communication）［M］. 何道宽，译. 北京：中国人民大学出版社，2003.

是对过去的某一种媒介的补救和补偿，但这种补偿又会产生新的缺陷；人对技术的选择是理性而主动的，并且能够主动改进媒介，使媒介越来越人性化。① 在当前信息爆炸、媒介内容十分丰富的情形之下，文学接受者对于文学媒介的选择是主动的，与其个人属性、个性特征、期待视野等主观因素密切相关，对于不同路径的选择可以反映出文学接受价值的变化。因此，我们也可以说，文学的传播路径不是一成不变的，对于较为传统的出版路径之弊端，人们主动进行了更新和改进，发展了基于数码文字的个人计算机（PC）路径、移动路径，基于影像符号的影视路径，基于声音符号的广播声音路径。这些莱文森式的"补偿性媒介"的形成和流行，验证了"补偿性媒介"的理论信度；反过来该理论又阐释了文学传播路径嬗变的合目的性、合规律性。另外，本书还基于伊尼斯的传播的偏向理论，认为不同的路径由形态不同导致了内容和认知、价值观的偏倚。

第二个理论基础是使用与满足理论，该理论的代表人物有麦奎尔、卡茨、布拉姆勒、格里维奇等人，他们认为文学阅听人基于使用和满足自身需求的动因，主动接触传播媒介，获取传播信息和文学内容。只有将读者的文学接受行为看作是积极且主动的主体性行为，才能更好地挖掘文学的价值。传播学者麦奎尔曾归纳媒介使用与满足的四种基本类型：娱乐解闷，个人关系，自我认同或个人心理以及环境监测。② 不同的传播路径的文学作品在满足受众心理需求上有差别吗？分别满足什么心理需求？流行作品触摸到了读者的哪些命脉？使用和满足理论为多维

---

① 莱文森. 数字麦克卢汉——信息化新纪元指南（Digital Mcluhan：a guide to the information millenninm）[M]. 何道宽，译. 北京：社会科学文献出版社，2001.
② 麦奎尔. 麦奎尔大众传播理论 [M] . 崔保国，李琨，译. 5 版. 北京：清华大学出版社，2010.

传播路径存在和文学价值嬗变提供了富有说服力的理论根基。

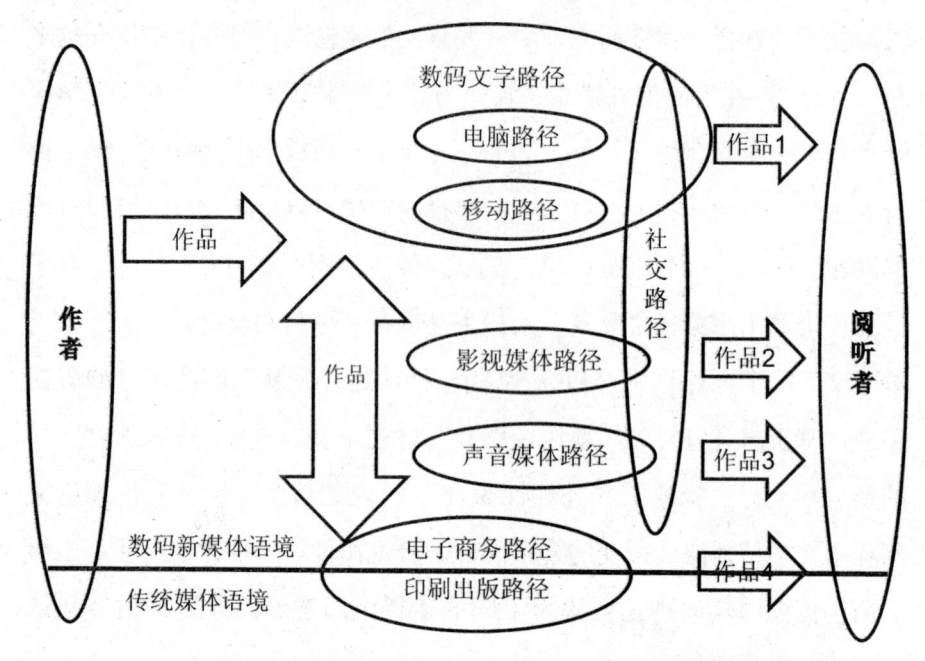

图 0.1 本研究的新传媒语境中移动化、社交化的文学多维传播路径示意图

图释：［1］作品：指文学作品在新型路径以及传统的出版路径之间传播的镜像存在方式；

［2］作品1、作品2、作品3、作品4：分别为不同路径输出的不同存在形式的文学作品；

［3］纵向的社交路径：表示了以微博和微信为主要内容的社交路径对各路径的跨越链接，融合多媒体的形态；

［4］与印刷出版路径共享一个生态圈的电子商务路径：表示同时出售实体书和电子书的电子商务路径，以线上的方式和线下的印刷出版路径共同输出实体形态的作品4。

本书的研究对象如图 0.1 所示，文学传播路径转向至移动化社交化数码多维路径，它由数码文字的电脑平台路径、移动平台、微博和微信社交平台、影视路径、声音媒体等多维度形态构成，社交媒体影响联通各路径，示意图更好地展现了各路径之间及数码多维路径和传统的印刷出版路径之间的互动和共生关系。文学作品在不同路径中呈现出不同价值倾向，造成了文学接受者的不同体验，满足其不同需求。

0.1.3 概念界定

新传媒语境，主要指基于移动化和社交化的网络新型传媒形态，以及影视、广播、新闻出版等传统媒体经移动网络和媒介融合变革而形成的新型传媒语境，它除了具备网络语境的多样性、全球性、自由性、虚拟性和技术性之外，还具有移动化、社交化和场景化的新特征。由于这种新型传媒兴起于近年，因此，本研究的时间节点为2010年左右至2015年之间。

文学传播的路径，不等同于文学的传播方式、存在形式和文本符号，文学传播路径特指侧重于文学信息从文学创作者和传播者抵达接受者，接受者再将信息反馈回创作者和传播者所采用的途径和经历的路线，以及这一过程中起关键作用的传播节点（个人或组织），它既包含传播介质这种物理维度，也包含发展过程的时间维度，还包含传播范围的空间维度，呈四维形态。

之所以选取传播"路径（Path）"而非其近义词的"渠道（Channel）"这一概念，是从以下四点考量的。

第一，"路径"一词更能体现出本书的文学接受视角——"路径"有"到达目的地的路线"之意，而"渠道"是从传播者视角出发的对文学传播的物理载体的称谓。

第二，"路径"也是一个常用的计算机术语，指的是文件在磁盘上的存储线路，它较"渠道"带有更多的虚拟属性，更加符合本书对以虚拟性为特征的网络和移动新媒体研究语境的选取。

第三，传播路径是空间概念，空间是由物质形态和大小构成的。数字时代的路径研究，是研究文学存在于哪种虚拟时空的问题。网络空间是什么？是达到网民的节点。网站和自媒体只是位于传播空间中的点和动力单元，根据业务领域、符号形态、运行规律等方面的不同，本书将对新媒体中的文学写作者与接受者交流之点和空间进行梳理和归纳。

第四，传播路径亦为一个时间概念，具有历时性，强调文学在传播中的过程和经历过的轨迹。因此，本研究还应展现和归纳当下文学传播的常规过程和动态轨迹。例如，研究《小时代》系列的传播路径，我们发现电子书首发，纸书跟进，社交引爆，影视路径实现大众化，声音继文字路径和影视路径之后进行再度传播，达到长尾效应，复回馈到纸书路径引起新一轮热潮，再度引发新一轮社交信息流，至此文学的传播实现有机循环。这几乎是畅销文学作品的大致传播路径。若中途该文学作品斩获一定奖项，则该作品的传播就可能通过新闻媒介和社交媒体的宣传提升传播规模和效率。需要补充的是，新闻传播、广告传播、教育传播、游戏传播亦为新传媒时代文学传播的路径组成。然则本研究分析对象为以文学为主营业务的传播媒介，诚然在新闻、教育和游戏中文学所占比重较大（尤其是教育），但本研究暂不将其列于研究对象之中，留待后续研究。

传播路径的研究对象是什么呢？与文学的传播方式和存在形式研究不同的是，本书传播路径的研究对象，是传播者采用何种媒介场景传播文学，读者选择何种媒介场景接受文学。本书选取了接受美学的研究视角——文学史常常就是文学接受的历史，只有研究读者选择和接受范畴的文学，才能更好地整合传媒资源，节约优秀文学的传播成本，为文学发展服务。文学传播是文学信息和文本的传播，而非文学作品的传递过程，因此，在选择传播路径时，本研究没有按照纸质书籍和电子书分类，此二者为文学载体的存在方式，并非传播研究范畴，因为传播的定义为"社会信息的传递或社会信息系统的运行，是人与人之间、人与社会之间，通过有意义的符号进行信息传递、信息接收或信息反馈活动的总称"[①]。根据这一定义，我们得出文学传播的内涵应为"文学信息的传递或文学信息系统的运行，是人与人之间、人与社会之间，通过有意义的符号进行文学信息传递、接受或反馈活动的总称"。由是观之，从广义上讲，文学就是一种传播，是关于人的语言的传播，那么人的语言传播路径应该分为视觉、听觉两大类，按照符号有文字符号、声音符号、图像符号三种符号，按照符号载体的不同有纸质书籍、电子媒体、数字媒体等。

不同的文学作品可能遵循不同的传播路径；同一文学作品可以采用多种传播路径。加之网络的多媒体和超链接技术，文学作品的传播呈现跨平台跨媒介的多元多维传播路径。

"多元多维传播路径"中的"多元"指传播主体多元，所有体制上既有国有性质媒体，也有民营性质媒体、公益组织媒体和个人性质自媒体；经济实体种类上既有出版印刷实体，又有广播电视实体、电影实体和商品贸易实体。"多维"指既有文字类传媒，又有影视类传媒和声音类传媒，所用传播符号呈现复合形态；传播范围上既有大众传播路径，又有组织传播路径、人际传播路径，所涉及的传播范围跨越多维领域。"多元多维传播路径"包括电脑（主要指个人电脑）互联网路径，移动互联网路径、影视媒体路径、声音媒体路径等。

"移动化社交化多元多维传播路径"就是新传媒语境中，基于移动

[①] 郭庆光. 传播学教程［M］. 2版. 北京：中国人民大学出版社，2011.

互联网络和社交网络并受其发展影响的多元多维传播路径的发展和延伸，是移动互联媒介和其他四种媒介融合形成的新型文学传播形态，它包括文学网站及其阅读类应用平台、社交网络应用平台（主要是微博和微信"两微"）、视媒类平台、声媒类平台等。除此之外，它还兼容继承了文学延续至今的教育传播和口头传播、团体传播形态。然而，需要厘清的研究边界是，由于本书主要探讨电子和网络媒介文学传播，故而线下的文学的教育传播、口头传播和团体传播不在此次研究范围之内。

文学价值，本书主要指文学的接受价值，即文学对于读者的"有用性"，是文学的价值属性在读者端的构成和实现。文学以其固有价值存在于人类历史进程当中，以不同媒介载体和存在形式发挥其价值。媒介的演进和路径的嬗变，使得文学价值在当前新传播语境下产生内在量变。

嬗变中"嬗"，缓也、传也，嬗变即为长时间的演变发展之意。本书中文学的"价值嬗变"指的是文学接受价值的演变，进而言之是文学接受者对文学的"有用性"的价值判断的演变，是反映阅听主体和阅听客体之间关系的变化。在新传媒时代，读者或曰文学阅听者是主动者，在众多路径中主动选择适合自身和符合自身价值判断的文学传播路径。因而，读者的路径选择反映了其价值判断。

读者、阅听者，即文学的阅读者和接受者，在文学的多维传播之下，读者一词已经狭隘到不足以涵盖多种类型的文学阅读者和接受者——文学不仅可以用来"读"，还可以用来"看"和"听"，因此本书常常使用文学"阅听人/者"这一概念指示新传媒语境中的文学阅读者和接受者。这一概念借用自中国台湾学术界对于传播中的接受者的称谓，对应的英文为 Audience，包含"观众、听众、读者、接受者"

12

之意。

0.2 关于文学传播与文学价值的文献综述

围绕文学传播研究、内涵、文学与媒介的关系、文学价值等基本问题，展开相关文献资料的梳理和综述，旨在厘清文学的发展进程当中，代表性的研究成果如何阐释文学传播和文学价值，分析其主要视角和观点。

0.2.1 关于文学传播研究的进展

对于文学传播现象的研究，从古代文学时即开始，"言之不文，行之不远"是孔子对"文"之价值的解读——传播，奠定了深刻影响中华文化的儒家思想的文学价值观。《论语·阳货》中有云："诗可以兴，可以观，可以群，可以怨，迩之事父，远之事君；多识于鸟兽草木之名。"由此，诗之"兴观群怨"说成为论述文学传播效果时之必引经典文论。嗣后，在文学的批评和研究史上也不乏关于文学与传播媒介的关系的研究，尤其在印刷媒介兴起、报刊和书籍加入文学传播路径之后，关于文学如何传播、传播如何影响文学的相关论述愈加丰富，关于文学传播的研究多见于对媒介形态、传播制度、传播主体等因素对文学的影响，然而文学传播并未成为一个独立的学科。直至20世纪80年代以后，传播学在我国学界流传开来，并于21世纪传播学发展成熟之际，文学传播学才日渐成为一个相对独立的交叉学科，作为传播学和文学学科的分支。

在文学传播学科形成之前，对于文学传播的研究常常存在于文学社会学当中，法国文学批评家斯达尔夫人被认为是最早研究文学和社会之间关系的人物之一，她在1800年出版的《从文学与社会制度的关系论文学》一书，明确提出其研究目标是：考察宗教、风俗、法律和文学之间如何相互影响。之后，埃斯卡尔皮将文学社会学的主要任务概括为研究文学的生产、传播和消费。①

而文学传播学在国内发展为一个独立的学科，是从传播学的传入开始的。传播学于20世纪50年代开始传入中国大陆，70年代末80年代初流行于学术圈，1982年中国社会科学院新闻研究所于北京召开了第一次传播学研讨会，标志了传播学正式传入我国。嗣后，更多的文学研究者出于学术自觉使用现代传播学理论和范式去研究自古以来的文学现象，文学传播的研究散见于众多文学批评和论著中。较早地将文学传播纳入研究视野的理论专著，常将文学和其他艺术形式合并研究，从艺术传播学视角进行研究，如邵培仁主编的《艺术传播学》（1992），孙宜君所著的《文艺传播学》（1993）；还有部分文学传播研究被涵盖在文化传播研究当中，如由人民出版社出版、孙旭培主编的《华夏传播论》（1997），较早地从传播学视角系统研究了中国传统文化的传播。此后，若干以文学传播学为主题或以文学和传媒的关系为论题的论著、学术文章陆续出版和发表，有代表性的有文言的《文学传播学引论》（2006）；谢鼎新的《当代文学的传播学视角观照》（2001），陈平原的《大众传媒与现代学术》（2002），王一川的《论媒介在文学中的作用》（2003），王富仁的《传播学与中国现代文学研究》（2004）等。

在教育系统中设立文学传播学硕士点，标志着文学传播学科的成熟——直到21世纪初，一些高校开设了文学或文化传播课程，并成功

---

① 参见方维规. 文学社会学新编 [M]. 北京：北京师范大学出版社, 2011.

申报文化（含文学）传播硕士、博士点，如湖南大学于 2012 年开设文化传播学博士点，华中师范大学已于 2013 年起招收文化传播学博士生，并将文学传播作为一个研究方向，沈阳师范大学已开设文学传播课程。

目前广泛采用传播学研究范式，按照传播学 "5W" 的经典研究范式，文学传播的研究对象包括文学传播者、文学传播内容和文本、文学传播媒介和方式、文学传播接受者（受传者）、文学传播效果等，而摆在当代文学传播面前的问题，是当代文学传播的转向迫使学术界对文学传播的研究也应该随之转型。

文学传播研究的外延应扩大。反馈也应该为文学传播的形态之一，按照传播的分类，文学传播应该涵盖文学的人内传播、人际传播、团体（组织）传播和大众传播的全形态。

从微观研究走向宏观研究。文学传播应该从以往的微观视角走向宏观视角——不止研究文学的符号转变、表述方式转变、具体作品的传播过程，还要研究宏观视角的文学传播——当代文学传播了什么主题，勾勒了怎样的自然、历史和社会，书写了怎样的时代和人性。

由单一时空研究走向跨时空研究。以往的文学史多采用断代史研究方法，将文学发展按照诞生时间割裂开来，如唐诗的传播、十七年文学的传播、延安文学的传播等，这已经属于文学史范畴，文学传播不能"厚古薄今"，研究当代文学传播更加具有现实意义。当代的文学传播领域包含了以往的所有文学，所以当代的文学传播理应突破某一年代和地域限制，走向跨时空研究（但由于专业学科性质，仅限华语小说传播），了解存在于当代传播视野（尤其是大众文化视野）中的文学是如何传播的，而非单指诞生于 21 世纪的文学，由此我们亦可以考量出其他时空的文学在当今的传播地位、被赋予的色彩、是否被经典化。

0.2.2 关于文学传播的内涵

对于文学传播的定义，至今未获得学术界一致推崇的定论，许多学者使用了个人化表述。

正因为国内较早的文学传播研究被涵盖在文艺传播学、艺术传播学、文化传播学之中，因而我们首先从文艺、艺术传播的概念视角理解文学传播。学者孙宜君认为，文艺传播"是人类交流文艺信息的一种社会行为，是人与人，人与他们所属的群体、组织和社会之间，通过特定的媒介进行文艺信息的传递、接受与反馈的总称"，其功能不仅是"将文艺作品潜在价值转化为现实价值"，还是一个"以审美为中心的多元功能系统"[①]。邵培仁认为艺术传播学是"指从动态的艺术传播系统的整体出发，以人类的艺术传播行为为核心，综合地开放性地研究艺术信息传播的本质和规律的科学"[②]。

许多研究者从传播学研究范式出发，将文学传播看作是一个文本信息传递的过程。学者童庆炳认为文学传播是"文学生产者赋予文学信息以物质载体并传递给文学消费者的过程"[③]。无独有偶，张荣翼认为文学传播是"文学作品创作完成之后，到文学读者阅读之前的流通过程，它包括文学作品的出版、宣传、发行乃至借阅等"[④]，并且文学传播的渠道包括印刷传媒、电子传媒、人际传播和团体传播。吴玉杰和宋玉书认为"文学传播是文学生产者借助于一定的物质媒介和传播方式

[①] 孙宜君. 文艺传播学 [M]. 济南：济南出版社，1993：66.
[②] 邵培仁. 艺术传播学 [M]. 南京：南京大学出版社，1992：5.
[③] 参见童庆炳. 文学理论教程 [M]. 4版. 北京：高等教育出版社，2008.
[④] 张荣翼. 文学传播中的当代问题 [J]. 社会科学辑刊，2003（6）：152-156.

赋予文学信息的物质载体,将文学信息或文学作品传递给文学接受者的过程"①。这些观点都是狭义的文学传播概念,将文学接受者的反馈革除在外,这在印刷媒介时代和电子媒介时代或许无关痛痒,但是在互联网络时代尤其是移动互联网络时代,是对文学传播要件概述的极大缺失,文学反馈已参与文学传播活动的始终。

对于文学传播的外延,学者陈晓洁认为在文学创作、文学传播、文学接受三个环节中均存在"三重媒介化"交互结构,文学传播媒介是贯穿始终的能动性活动因素,把文学传播看作动态的信息传递过程。②这是将文学传播置于广义视野中,将文学活动的全部过程都看成媒介化过程,文学传播贯穿文学活动的始终,文学创作是传播编码过程,文学传播是媒介传输符码过程,文学接受是阅听人解码过程。

对于文学传播的特征,赵非认为,不确定的成分既有减少也有留存,重复、长效、多介质传播产生叠加效应,文艺批评对文学传播的参与和调节是文学传播区别于新闻传播和社会科学传播的主要特征。③

文学传播参与构建了同一语言和文化共同体的社会表征内容。按照莫斯科维奇(Serge Moscovici)的社会表征理论,社群需要共享某一价值观及实践系统的社会表征系统,它为个体在特定生活世界中的生存进行定向,并提供社会交换及分类的符号,实现人际沟通。社会是一个动态化和多质化的概念,当代社会的剧烈变化借由文学的动态化和多质化表现出来,文学的传播形成了一个社会表征系统。

---

① 吴玉杰,宋玉书. 冲突与互动:新时期文学与大众传媒研究[M]. 沈阳:辽宁人民出版社,2006.
② 参见陈晓洁. 文学传播媒介的静态含义及动态交互式结构[J]. 齐鲁学刊,2012(2):153-156.
③ 参见赵非. 文学传播的特征[J]. 河北大学学报(哲学社会科学版),2010:35(4):143-144.

综上所述，已有的文学传播按照意义层次不同存在三个层次，最狭义的是认为文学信息从传播者传递到受众的过程，最广义的是认为文学生产过程、传递过程、接受过程和反馈过程都属于文学传播，居于其中的是文学从传播出去直至反馈回来的过程属于文学传播。三个层次的分歧，主要在于文学生产和反馈是否属于文学传播范畴。在前互联网时代，文学生产是文学传播的第一环，一般是先有生产后有传播，文学反馈严重滞后并且规模较小，呈现个体和分散的面貌，因此文学传播是线性的、单向的，文学反馈较容易被忽略；在新传媒语境下，文学生产和文学反馈皆是文学环形伞状传播链上的一环，二者互相促进，来自读者的文学反馈直接影响着文学生产，或者直接参与构成文学生产的语境，由此文学传播的研究不能再将文学反馈排除在视野之外。

为了使研究对象不过度泛化，本书采用第二层次的文学传播概念，认为文学传播是文学在媒介中对文学语言、形象、相关信息和情感的传递、接受和反馈。对这一主题的相关研究已渐成规模，已有研究从传播学理论出发，论述了新传媒语境中的文学存在方式、网络环境下的当代文学、传媒视阈中的文学、视觉文化语境的小说创作、大众传播视阈中的小说文本、移动互联发展对文学的影响等等。

但是这些多集中在网络这一技术和新的传播方式对印刷传播形态文学的影响和变化，随着网络进入我国二十余年的高速发展，完全未受网络影响的文学几近难寻踪迹。进入WEB3.0时代的网络自身的形态也发生了巨大变化，移动化、社交化、场景化、大数据、智能应用、自媒体等新形态日益分化着网络，"互联网+"理念的深入，其他传播媒体、社会组织或实体产业也纷纷介入互联网领域，造成网络空间传播路径的分化和多元，不宜再整体性分析网络媒介对文学的影响，探讨新型传媒语境的文学传播的路径分化和内容形态及其隐含的接受价值变化愈发重要。

当我们在谈论文学传播，我们在谈论什么？如果说大众传媒是"意见自由市场（Marketplace of Ideas）"①，文学传播领域就是人性的集散地。与新闻传播、教育传播等其他传播范畴相比，当代文学传播本质上是传播创作主体基于民族文化意识和个人认知经验对不确定性世界和自我的修辞性、想象性诠释。传播使文学走向大众、走向社会，形成社会话题和公共空间。当我们谈论文学，涉及的不仅有表象的文本和形象，还应揭示隐含价值和意义。

0.2.3　关于文学传播与媒介的关系

现代传媒与文学的发展密切相关。现代传媒语境下的文学活动由艾布拉姆斯提出的"世界、作家、作品、读者"四要素向"世界、作家、作品、读者、传媒"五要素转换。从四要素到五要素的转变，是文学研究者对传媒和媒介技术在文学世界中存在意义的确认和上升。

文学媒介主要经历了口语媒介、手抄文字媒介、印刷媒介、电子媒介和网络媒介五个阶段，这是文学能够实现传播的物质形态。不同传播介质对文学的传播速度和范围、传播品质、传播内容、受众卷入度等指标存在不同影响，各具特点。

口语传播时代文学传播对技术要求极低，且传播范围有限。印刷技术和印刷媒体的出现使文学传播跨越了时间和空间的藩篱，文学作品得以独立出来，成为可以离开人独立传播的个体。书籍或者杂志的不同印刷形态影响了文体和文学语言的嬗变，促进了长篇、短篇小说和散文的

---

① 参见约翰·弥尔顿（John Milton）的《论出版自由》，源于1644年在英国国会上的演说词。

发展。其中尤以杂志《新青年》发起的"白话文"运动造成的变化最为显著，它极大地促进了白话文小说的创作和传播，意义非凡。白话文小说运动随印刷工业发展应运而生，大大降低了语言隔阂和文化壁垒，扩大了印刷品市场，文学从精英化开始走向大众化和通俗化。在印刷文明盛行百年后，电子技术和电子媒介出现，又极大地改变了文学的存在，文学作品中长篇小说继续被推崇，在叙事上更加重视情节和对话，文学语言呈现影视化倾向，影视改编极大地改变着文学作品的本来面貌，弱化了作品的文学性。电子媒介出现约三十年后，网络技术诞生，文学迅速抢滩，在这片新的媒介土壤中扎根，中文网络原创小说从北美、中国台湾朝内地一路流传过来，以痞子蔡的畅销小说《第一次的亲密接触》为标志，于1998年开启了文学在网络时空中的新起点。

　　现代文学的发展与传媒的内在关系是一个已有诸多学者撰文论述的事实。如陈平原、山口守合编的《大众传媒与现代文学》从战争报道等多个视角，揭示了大众传媒与现代文学的紧密联系[1]；王富仁认为现代报刊对五四文学的内在重要性，"即使说现代白话文就是适应现代报刊的需要发展起来的，也不为过"。[2] 传播媒介的进化，新闻媒体、影视媒体以及互联网的迅猛发展，对传统的文学形成强大的冲击力量，对内部造成文学形态的裂变，对外部造成文学传播主体的改变。

　　当代文学的异变和转型与传媒的市场化转型关系匪浅。比如邵燕君使用法国布尔迪厄的"文学场"理论，具体从文学期刊、出版、评奖、批评、作家等组成文学生产机制的多个环节进行分析。[3] 陈霖聚焦20

---

[1] 参见陈平原，山口守. 大众传媒与现代文学 [M]. 北京：新世界出版社，2003.
[2] 参见王富仁. 传播学与中国现代文学研究 [J]. 读书，2004（5）：86—89.
[3] 参见邵燕君. 倾斜的文学场：当代文学生产机制的市场化转型 [M]. 南京：江苏人民出版社，2003.

世纪90年代中国大陆文学,从"大众传播与作家身份""大众传播与文学批评"等多个角度,揭示了大众传播以及大众文化对90年代文学体制造成的冲击以及文学体制的异化。① 黄发有认为20世纪90年代中国小说进入"准个体时代",阐释了文学期刊、出版、影视文化等当代传媒与小说的交互影响。②

网络媒介与文学的关系研究最具有代表性的当属欧阳友权,以及以欧阳为核心的中南大学网络文学研究群体。该研究群体出版了一系列的论著或编著,如《网络文学论纲》(2003)、《网络文学概论》(2008)、《比特世界的诗学》(2009)等。这一系列出版物阐述数码技术对文学的影响以及在此基础上形成的网络文学,详细而深入地论述了网络文学的定义、存在形态、创作嬗变和接受范式等问题,并能够对新媒介的影响秉持理性判断和分析。

而另有一种观点认为,传媒不仅仅是文学的外部因素,也作为文学的本体存在。周海波博士在其学位论文中写道:"现代传媒就不仅作为文学载体存在,而且也作为文学本体存在,与现代文学具有物质性、中介性、语境和共生性的多重关系,带来现代文学的现代新质。"③

在文学传播路径的发展变化中,研究对象的不同源于传播路径的不同,传播路径的不同源于媒介技术形态的变化,新的传播方式与旧有传播路径并存,并表现出向前兼容——即融合旧的传播路径的状态。

传播路径的发展历经了下列变化:在口语传播时代,文学传播路径为口耳相传或集会;在印刷传播时代依托出版路径,研究古代文学作

---

① 参见陈霖. 文学空间的裂变与转型——大众传播与20世纪90年代中国大陆文学[M]. 合肥:安徽大学出版社,2004.
② 参见黄发有. 准个体时代的写作——20世纪90年代中国小说研究[M]. 上海:上海三联书店,2002.
③ 周海波. 现代传媒视野中的中国现代文学[D]. 济南:山东师范大学,2004.

品——如唐诗的传播时，路径研究的模式是研究书籍对唐诗的引用和推介；在现代作品传播研究中，报纸和期刊路径被纳入学术研究视野中，这是因为20世纪上半叶以大众传播媒体为主要传播形态，以期刊杂志社和出版社为传播主体；20世纪下半叶以降，电子技术成熟起来，以广播和电视为主要传播路径的电子传播兴起，文学的影视化成为研究热点，与文学天然联姻的电影和电视剧成为新型文学路径；而进入21世纪后（严格意义上说从20世纪90年代末就已开始），网络以席卷之势覆盖人们的生活，尼古拉斯·尼葛洛庞帝预言的"数字化生存"（Being Digital）时代来临，网络加入文学传播的阵营，网络以及多样化的媒体构成文学作品传播的多种路径；WEB2.0技术的发展促进了社交媒体的发展，若干年后，WEB3.0技术的发展、无线通信技术和移动媒体的发展使网络时代进入移动化时代，体感科技的发展又促进了媒体的场景化，技术的飞速发展改变了网络的面貌，网络和数字媒介朝愈加分化和智能的方向发展。

  网络媒介的技术属性使得文学著作的版权问题凸显。时至今日，由于网络信息生产的虚拟性、易复制和低成本（甚至零成本）等原因，在网络语境中的文学传播，不可避免地要面对"盗版"问题，这涉及法律和经济问题——版权问题。版权属于知识产权范畴，文学传播不仅是文化自觉自发的传播，同时也是一种权利，被纳入法律条文保护当中。盗版在比特空间的猖獗，促使国家强权部门介入干预。自2008年6月5日，国务院颁布实施《国家知识产权战略纲要》[1]起，"IP（Intellectual Property）"的理念被频频提及，在网络技术融入文学的第二个十年开始深入人心。文学，尤其是网络文学作为典型的脑力劳动者的

---

[1] 详见人民网.纪念《国家知识产权战略纲要》实施7周年［EB/OL］.

财富,被文学网站和作者重视,在可复制、超文本的网络环境之下,知识产权被史无前例地重视和推广,维护了作家和出版机构的经济利益,"IP"即知识产权,它包括专利权、商标权、商业秘密、著作权(版权)、货源标记、厂商名称、其他智慧成果等。[①] 文学的知识产权主要是著作权(版权),从法律层面观之,著作权是对于文学传播中具体文学作品的传播主体的限权和赋权,这一传播权被纳入知识产权管理的范畴,相关法律法规的出台对文学作品传播的权利主体进行了定义和限制,进一步规范了文学传播市场,保障了作者和出版机构的利益,从长远看有利于文学的发展。因而本书研究文学传播的路径,也应该对尊重和取得著作权的传播路径予以重点关注。

0.2.4 关于文学价值

价值是一种关系概念,"表示客体跟接受者之间的关系",是"事物、文学艺术作品杰出或值得人们予以特别注意、关心或考虑的东西"[②],它反映了客体对主体的有用性。

价值的内涵具有双重性,主观性和客观性并存,所以我们常常将价值分离成价值和价值观念两个意义表述——价值是客观存在的,价值观念是主观的,正如美是客观的,而美感是主观的,我们主要探讨价值的主观存在及其嬗变过程。

关于文学的价值,古今中外均有许多不同见解。中国古代文学理论认为,文学的价值在于"文以载道""兴观群怨"等。鲁迅先生认为文

[①] 详见人民网. 知识产权 ABC [EB/OL].
[②] 王先霈,王又平. 文学理论批评术语汇释 [M]. 北京:高等教育出版社,2006:205.

学的价值在于"为人生""改良人生"①和"涵养人之神思"②。张福贵先生提出文学承担了艺术的文化"代码"功能,"文化价值最终制约着文化(文学)交流的总过程"。③

文学价值可分化为传播价值和接受价值,因为文学创作动机和阅读动机不是完全一致的,文学的传播价值和接受价值也不是完全一致的。文学传播为何而"传"——文学以一定的语言和文体形式记录下作者的语言和思想,跨越时间、空间、介质,从一个个体传送到另一个个体。所以文学传播借由文学文本的传播,隐含着作者思想、观点的传递,正所谓"文以载道"。而对于文学接受者而言,接触文学传播却不直接为受"道"教诲而来,多为寻求审美愉悦、放松休闲。

本书研究的文学价值主要指文学接受价值,包含文学接受的审美价值、认识价值、阐释价值和交往价值等。文学最基本的属性是审美价值。由于文学通过生动的艺术形象来反映艺术生活的方方面面,因而,文学接受对于读者具有认识社会与生活的价值或属性。由于文学作品探讨了共同的人性特点,浓缩了部分人的共有经历,可以引发部分人群的共鸣,因而,文学接受对于读者来说,具有各种类型的对话和交往价值。

对于文学价值的构成,很多学者进行了卓有见地的论述。斯托洛维奇将艺术的功能分为娱乐、享乐、补偿、净化、劝导、评价、认识、预测、启蒙、启迪、教育、交际、社会化、社会组织等十四种④,该分类

---

① 鲁迅. 我怎么做起小说来 [M] // 南腔北调集. 北京:人民出版社,1981.
② 鲁迅. 坟 [M]. 北京:人民文学出版社,1981.
③ 张福贵,靳丛林. 中日近现代文学关系比较研究 [M]. 长春:吉林大学出版社,1999:4-5.
④ 斯托洛维奇. 审美价值的本质 [M]. 凌继尧,译. 北京:中国社会科学出版社,2007.

过于琐碎，有些相互重合。周圣弘认为诗学是"以审美价值为中心的多元价值系统"，这一系统以审美价值为中心，以娱乐消遣价值作为审美价值的附属价值，另外还有认知、道德、思想、宗教值、心理平衡、社会干预、交流和经济价值等十种价值，但受时间因素、社会文化环境因素、语言发展和读者等因素影响，诗学价值经常浮动，其中读者因素是最活跃的因素，其价值目标和衡量尺度会发生变化。[①] 周圣弘对文学的多元价值系统的研究是深入的，不但定义了价值的静态属性，而且道出了它的动态属性。但对于文艺美学学者周宪教授认为科学技术引入审美领域所导致的审美钝化和惰性，本书持不同观点——并非对审美感知变得钝化，而是对美的价值观念发生嬗变，反崇高、反理性、反深度的后现代审美观取而代之。

文学价值的动态属性使其并非一成不变，它可能随时过境迁和人的因素发生变化。B. H. 史密斯认为，价值特别是由主体的需要、利益及资源构成的个体经济动力学的产物，是个"不断浮动或迁移的系统"[②]。在社会变动战争频繁的19世纪末20世纪初，在百废待兴新中国初建的20世纪中叶，在"文革"动荡的20世纪60年代，在转向以经济建设为中心的20世纪末，以及数字信息化的21世纪，以及当下的移动互联网时代，文学价值的浮动和迁移是相当显著而鲜明的，审美价值的根本属性不会动摇，但是其地位及判断标准会产生浮动，而且更为显著的是——审美的价值观念已经变化，当下青少年所喜爱的文学，和上一代人的文学喜好已有不同程度的变化。在数码空间和移动空间的文学，面貌斐然。

---

① 有关论述参见周圣弘. 接受诗学 [M]. 北京：中国传媒大学出版社，2011.
② 参见 B. H. 史密斯对价值的或然性的论述，转引自王先霈，王又平. 文学理论批评术语汇释 [M]. 北京：高等教育出版社，2006：205.

对于文学作品的价值属性,不但文学评论家能够关注,作为文学创作者的作家也有所感知。作家刘醒龙认为:"文学不是真实的,而是一种'价值的提出'。"① 在精彩的故事和优美的语言表象之下,文学作品表达了作者的价值观和对事物所蕴含价值的发现与推崇。文学传播与文学价值存在必然联系。文学传播过程的变化,必然与文学接受价值的嬗变有关,二者有联系起来共同研究的合理性和必要性。大众媒介化传播创造文学的第二度价值,读者对文学价值进行三度创造。

谈到文学接受,不得不提到的一个概念就是文学接受的动机,童庆炳指出主要的接受动机有审美动机、受教动机和模仿动机等。其中,他将审美动机和怡情悦性的娱乐动机等同视之;受教动机,即人们通过作品得到启迪、德育和精神鼓舞的动机;模仿动机,即为了学习借鉴而提高自身创作水平而接受的动机。②

一般地说,休闲、娱乐与放松的功能是文学接受者在谈到文学接受价值时最常使用的表述,这种表述只是表达了文学接受价值的浅表意义,表达出了文学受传者对文学阅听的非功利属性,在休闲娱乐的背后潜藏着深层动因。在文学接受的价值意义系统中,审美属性、认识属性、诠释属性和交流属性是基本,且会一直存在,但其内涵和相互的占比均呈动态变化,随社会、时代和个人等因素上下浮动,过去认为是美的,今日不一定美;一人认为美的,他人不一定同感;过去开拓了读者的认知视野,今日可能毫无新意。

2008年至2009年,标志着网络文学为主流文学被正式接受的"网

---

① 黄征,殷博先. 刘醒龙:文学是时代的气节 作家不是明星不需粉丝 [EB/OL]. 新浪读书,2015-04-06.
② 文学接受动机的论述参见童庆炳. 文学理论教程 [M]. 4版. 北京:高等教育出版社,2008.

络文学十年盘点"评选活动举行，中国作协、中国作家出版集团、中文在线、长篇小说选刊、17K文学网等官方机构、期刊出版媒体、文学网站广泛参与。此次评选活动的审读标准被界定为文本价值、记录价值、边际学术价值、娱乐价值四项，主办方称审读的标准严格依照文学价值观，而不是网络点击量，但是，最终评选结果除公布了"十佳优秀作品"外，仍旧公布了"十佳人气作品"的评选结果，两个榜单作品十分之四的重复率，显示出精英文学价值观和大众文学价值观的少量重合和大量不对等，说明网民用自己的点击贡献价值判断，在记录、学术和娱乐价值之外，还有左右人气作品的价值体系，这为本书提供了丰富的研究空间。文学价值内部不同价值的重要性会随时空浮动，不同的评审主体之所以对文学会有不同的评判结果，究其原因主要在于价值内涵的丰富性和可变性。

鉴于以上综述，本书在文学史的纵向维度上截取21世纪经过第一个十年沉淀、进入第二个十年以后的文学作品为研究对象，考查新媒体的特点和文学的生存方式，追踪文本的传播路径及其被接受的方式，深入分析读者的接受价值。本书将在借鉴媒介环境理论以及使用与满足理论的基础上，结合实证研究方法，将文学在数码空间的多媒体复合符号的多维传播作为整体加以考察，把文学与媒介的关系放在移动化和社交化的新传媒语境中进行审视，力图在对比分析和动态研究中获得一定新突破，揭示出新传媒语境中的文学接受价值系统的浮动和流变，深化对文学与人的关系的认识。

0.3 研究方法与手段

0.3.1 研究目标与假设

本书的研究目标在于，通过对多元多维数码媒介生态中的文学传播路径的梳理和对当下网民对于文学接受情况的现实调查，验证当下文学传播路径的转向，从多模态对比和动态研究的角度揭橥各分支路径的形态特征和文学存在的差异，探讨阅听者对多维路径的不同接受和分支路径的多元价值，以及文学价值的浮动和离散。一言以蔽之，本书研究目标在于从微观层面切入，研究对技术、文学与人的互动关系的宏观主题。

在研究内容上，本书主要以传播学的研究范式，分析在媒介形式日益丰富、传媒业多头并进、出版业向数字出版业过渡的背景之下，文学传播路径发生了何种转变——传统出版业、网络媒体、移动媒体、自媒体各种文学传播途径百花齐放，构成对社会多元图景的感性描绘。在新媒体传播日益占据重要位置的当代社会，文学传播过程及物质载体的变化，必然导致文学接受价值的嬗变，本研究还分析了文学的读者接受认知，阐述文学书写背后深层的精神价值和文化意义。

对于不同的群体——尤其是作为主要文学阅读者的学生群体，文学价值发生了嬗变。从五四时期的启蒙教化价值为主，到如今的娱乐化价值至上。需要说明的是，本书所指的文学的价值变化，并不是说文学的审美、认识、阐释、交流等固有价值出现某种价值的消失或新生这种根本性变革，而是旨在分析新传媒语境中读者对于文学主要的使用和接受价值存在哪些浮动，何种价值的重要性上升。

文学从口头诞生起，就具有旺盛的生命力，不论传播媒介如何发展，文学总能找到生存的空间，这源于文学天然本位的价值，源于文学能够满足人的某种需求，更源于文学这种文化形式的适应性。在传媒进入多元发展的新时期，文学又结合新型媒介诞生出新型文学内容和文学样式，因此，在各种新媒体蓬勃发展的当代社会，文学在多传媒路径之间的传播演变过程、读者需求的变化和对于文学的近用，对于文学作品的选择标准、时代变迁导致的文学价值的延异与嬗变等问题，成为本书拟解决的关键问题。

对于观点的假设与论证过程为：

基本假设：新传媒语境中，文学传播从以印刷出版路径为主，转向以移动化社交化数码多维传播路径为主的新型传播路径。数码文字路径、视媒路径、声媒路径三大分支路径传播了不同的文学图景；不同人群的路径选择存在差异，路径所对应的人群存在性别、年龄等人口学变量以及接受价值存在偏向；传播路径选择与对文学的价值判断和孤独感等心理因素有关。

第一，从传播视角，验证新传媒时代的文学作品传播路径发生变化。

主要由纸质出版物形式转向主要借由网络、影视、声音和数字出版传播。文学作品的传播呈现跨媒介特点，路径多元。

研究方法：针对同一文学作品的不同传播形态，统计梳理出文学传播路径的变化。

第二，从接受视角，验证文学读者的接受路径发生变化：数码网络和移动路径成为主要接受方式。

研究方法：进行问卷调查，分析文学接受者的多维媒介使用情况及接受心理，当代文学接受群体数量庞大，本研究调查其主要组成——学生（这一构成和20世纪情况相同）、受过高等教育的白领阶层、中产市民等。梳理不同路径的文学接受者的年龄、性别、学历等人口学变量差异，不同的群体的文学媒介选择及接受心理存在差异。

（1）性别影响：电脑文字路径是男性的江湖，影视路径是女性的领地。

（2）年龄影响：数码路径是青少年的天下，充满青春荷尔蒙的蠢动以及对割裂式成长的想象。

（3）孤独感差异：声音路径孤独感高，是孤独者的贴身伴侣，满足对集群动机的需要，塞满信息的真空感；纸质书籍路径的接受者孤独感低。

第三，新传媒时代，文学接受价值发生变化——审美分化、内爆和离散偏向、不同路径的阅听者在文学价值评判上的差异。

0.3.2 研究方法与创新点

在研究方法上采用定性研究与定量研究结合的研究方法，具体涉及调查法、内容分析法等。

对于新传媒语境中的文学传播路径是否发生嬗变的问题，本书从传播过程和接受者两方面进行了论证。一方面对文学作品的传播情况进行梳理，采用了内容分析法和个案法，证明当下文学作品在传播过程中路径发生多元多维转向；另一方面，使用受众调查的方法，通过对调查问卷的统计分析论证读者的路径选择嬗变的发生，并描述读者对多元多维路径的使用习惯。

首先，本研究进行读者调查，针对读者的文学接受情况做抽样调查，采用网络调查和纸质调查相结合的方式。

其次，拟采用定量的方法统计不同文学作品在主流媒体中的出现频次，做描述性统计分析，勾勒出21世纪文学在传媒领域呈现出的整体风貌。

本书的创新点在于以下三点。

一是引入实证研究，去探析和证明21世纪文学中的传媒影响和文学接受、文学价值的变化，通过统计分析以及对文本的内容分析，较为实证地梳理出21世纪文学的文学传播路径及价值嬗变，从文学社会学的研究视角为文化传播提供一定参考依据。

在消费文化占主导地位的新时代，文学接受和消费对文学生产的反作用愈发明朗，而多数探讨文学接受的研究，大多集中在对于接受美学的理论探讨和现象论述，而能够对文学接受进行实证研究的文章少之又少。

一些文章明确指出了传播介质的变化，但对于新媒体的形式仅梳理了网络文学。其实，即便在网络世界内部，仍存在形态各异的多种传播形式——社交网络传播、自媒体传播、迷群传播等，网络形态的多样性呼唤文学研究对于多元路径中传媒与文学的共生共栖，互为影响形成学科前沿研究。

二是研究对象包括但不限于网络文学，而是诞生于网络、出版的两方面的华语文学在新传媒语境中的传播。如今网络文学的定义普遍上被采用的是狭义的概念，仅指源于文学网站的原创文学作品。本书仅针对新传媒中的传播路径进行研究，它的传播内容包含了传统的出版文学，传统出版行业的"互联网+"转型使得本书的路径嬗变研究是融合态的，突破了先前一些研究的狭隘基调——网络文学这种命名就存在偏颇，应该将网络作为一种生态环境，是当前的文学产生和传播的环境要素之一，网络影响文学不单是形成一种文学类型而是对文学产生全面广

31

泛的影响，所以我们需要重新审视基于新传媒环境的文学研究，考量已进化至新技术形态的多元社交网络形态的不同影响，克服对网络文学的狭义理解，对网络中常见的刻板印象重新认知，充分探索网络尤其是移动社交网络对文学的影响。或许，这种嬗变带来读者的文学价值观的嬗变，亟须我们更新对新的文学价值观尤其是对青少年一代的文学价值观的认知。

三是从路径依赖与路径嬗变的对照的思路研究问题。业已形成超越性趋势的文学传播路径和价值的嬗变，是文学在新传媒语境中突破路径依赖、自我更新、谋求数字多维传播的结果。截至目前，还鲜有学者从路径依赖的角度分析文学传播。路径依赖原本是经济学术语，指经济事物在演进发展过程中存在的惯性现象。转向数码多维路径是文学在新传媒语境中突破路径依赖的结果，然而在嬗变之中却亦存在路径依赖现象，这种文学传播演进过程中的"依赖中的嬗变与嬗变中的依赖""坚守中的转向与转向中的坚守"值得我们深入研究。"依赖"与"坚守"体现在对传统文学传播渠道的依赖性和固着性——如数字传播路径中的"电子书"的称谓和仿书籍的阅读界面设计；网络作家回归印刷路径的"出书情结"；小说影视改编后附上影视剧照图文并茂式地再度出版等。而"嬗变"与"转向"更加令我们着迷——在愈加虚拟化、双向化、全球化、技术化和全时化的新传媒语境之中，文学的传播路径有何不同？为文学带来怎样的影响？

0.3.3 研究手段及过程

为了展现21世纪文学的传播效果，本研究拟进行读者调查，针对读者的文学接受情况做抽样调查，施测对象为中学生、大学生、白领阶层以及市民群体，问卷内容围绕读者对于文学路径的使用和接受价值。

问卷名称定为《当代文学接受群体对多种文学传播形式的接触情况调查》，内容设计为以下四个维度。

（1）当代文学接受者的基本情况

（2）当代文学接受者接触文学的路径及使用习惯

（3）当代文学接受者对于文学的价值选择与偏好等阅读心理

（4）当代文学接受者对于作家和文学价值的判断

第一部分是问卷填答人员的个人基本情况，包括性别、年龄、学历、职业、网龄等；第二部分关于文学路径的使用情况，包括路径选择、阅读/听的日常习惯和偏好等；第三部分参考了 Schutte & Malouff（2007）的《成人阅读动机量表》中对成人阅读动机的划分，涉及文学阅听接受心理，包括接受价值判断、阅读心境、孤独感程度、自我效能感、对 80 和 90 后作家的认知差异等；第四部分是对文学内容偏好的调查，包括对作品的题材、体裁、年代等，最后以一道调查最喜爱作家及理由的开放型问题结尾。在题型上，只有最后一题为开放型问题，其余全部为封闭型问题。

调查问卷的实施，以线上和线下两种方式进行，少部分发放纸质问卷，大量发放网络问卷，并在正式施测前进行小范围预调查，具体过程如下。

2014 年 12 月 29 日—2015 年 1 月 6 日实施了第一次预调查《当代文学接受群体对多种文学传播形式的接触情况调查》，以网络和手机两种形式进行，共回收 30 份有效问卷。主要通过网络和手机微信端填答，根据修改意见，对文字进行修改，更换更加通俗易懂的表述，将年代偏好的选项增设"无"的选项，并且将"五四时期—1949 年"改成"民国"，将"1949—1966 年"和"文革时期"合并成为"20 世纪 50 年代—70 年代"。将题量压缩至原题量的一半左右，删除相对次要的问题，突出对文学的接触路径选择和阅读动机。为保证完成率，将难度稍大的关于文学类型偏好的矩阵选择题更改为选答题。

2015年1月8日实施了第二次预调查，采用线下纸质问卷形式，共回收42份有效问卷。根据问卷结果微调了个别语句的表述，使之更为简练。

2015年1月9日开始实施正式调查，发放问卷时采用线上线下两种方式：采取整群抽样方式，在吉林大学文学院与吉林动画学院发放纸质问卷250份，回收纸质问卷232份。

线上选择在问卷星网站、QQ、微博、微信上推广发放问卷链接，采取滚雪球抽样方式回收网络问卷1342份。调查于2015年2月17日结束，共发放问卷1592份，回收1574份，回收率98.87%。

为了提高答题的准确性，使调查结果更加可信，本研究对线上线下的全部回收问卷进行了筛选审核，被视为无效问卷予以剔除的原因有：

第一，18岁以下而网龄20年以上的，明显存在错误；

第二，18岁以下而选硕士以上学历的，不符合一般教育规律；

第三，18岁至25岁而网龄在20年以上的，我国公用计算机互联网在全国范围内开通服务是在1996年1月[①]，而25岁网龄20年就意味着在1995年开始上网，彼时全国范围内只有清华大学等少数几家科研机构可以上网，可能性概率偏小予以剔除；

第四，前后选项冲突的，即最经常和最不经常选择的文学传播路径相同的问卷予以剔除；

第五，填答时间小于60秒的，最少填答时间不应少于60秒；

第六，纸质问卷的必答题选项为空的；由于网络问卷设置了提交时

---

① 参见中国公用计算机互联网CHINANET全国骨干网建成[EB/OL]. 新浪科技，2008-11-12.

检测必答题选项的审核环节,所以回收的问卷中必答题全部填答。

回收的 1574 份问卷经数据整理和审核筛选后,共剔除 66 份无效问卷,得到有效问卷 1508 份,有效率 95.8%。

该 1508 份有效问卷的数据构成了本研究的数据分析基础,被输入"统计产品与服务解决方案"(SPSS)软件中,统计有效数据的人口学变量,包括样本的年龄、性别、网龄、职业身份、经济条件、学历水平等;分析各文学传播路径的受众构成、阅读动机和价值判断等。

0.3.4 有效样本的人口学变量基本情况

有效样本的年龄构成中,18—25 岁群体最多,占样本总数的 73.21%;其次为 26—30 岁年龄群体,占比 13.06%;第三位的是 31—40 岁年龄群体,占比 7.89%。该年龄结构的分布比例与中国互联网络信息中心(CNNIC)统计的互联网受众年龄结构的排序是一致的,该年龄段所占比例最多,但不同的是,CNNIC 发布的数据中,占比最大的 20-29 岁年龄段网民的比例为 31.4%,10-39 岁年龄段的主要群体比例为 78.4%。[1] 相比之下,本研究的样本群体低龄化的青少年占比更高,更多地体现了青少年一代对文学的接受情况。

---

[1] (数据截至 2015 年 6 月)第 36 次中国互联网络发展状况统计报告 [R/OL]. 中国互联网络信息中心.

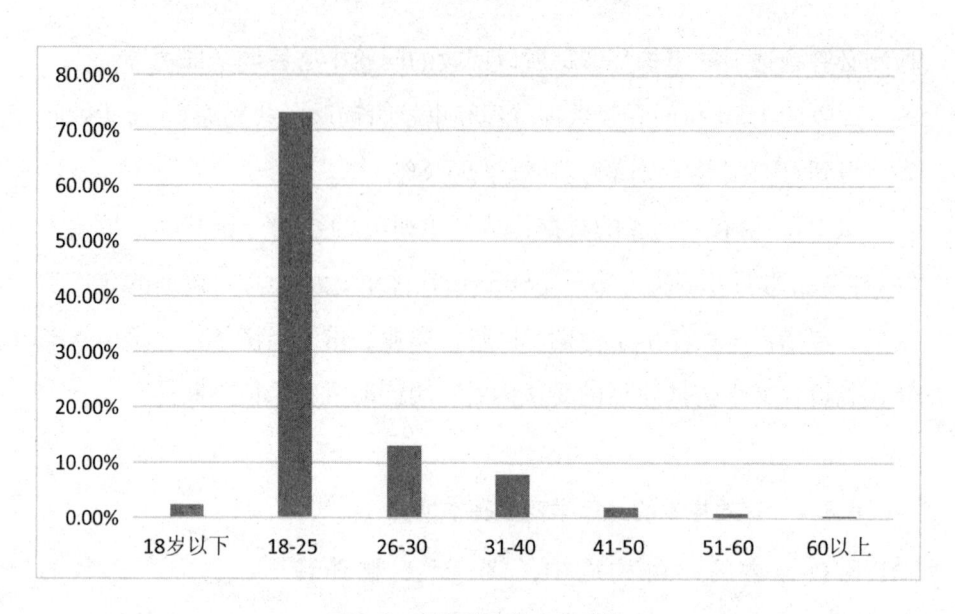

图 0.2　有效样本的年龄结构

从年龄分布看，多数样本集中在精神分析心理学家埃里克森式的人格发展阶段的青春期和成年早期中。他认为人的自我意识发展持续一生，根据人的年龄及其心理特征可分为八个阶段，能否顺利度过成长的不同时期由外在环境决定。[①] 由于身体和智力等生理因素干扰，人对文学的接受主要集中在青春期和成年早期，这就是有效样本集中在青少年群体的主要原因（另一个原因是青少年对新媒体的广泛应用）。这两个阶段的显著心理矛盾与社交、社会化等因素有关。针对他们自我意识形成、亲密感和孤独感的心理矛盾，18—30 岁的少年和青年群体会积极在文学中寻求对人生和社会的认知，强化自我意识，在认识什么是他人的基础上更好地理解什么是自我；并且对于文学的热爱可以使其融入一定的社交群体，发掘文学的集群价值和认同价值。

---

① 参见刘京林. 大众传播心理学［M］. 北京：中国传媒大学出版社，2005.

<<< 绪　论

在性别结构上，样本男女比例十分接近，近似为 1∶1，性别生态平衡，分析结果的男女比例可信度高。

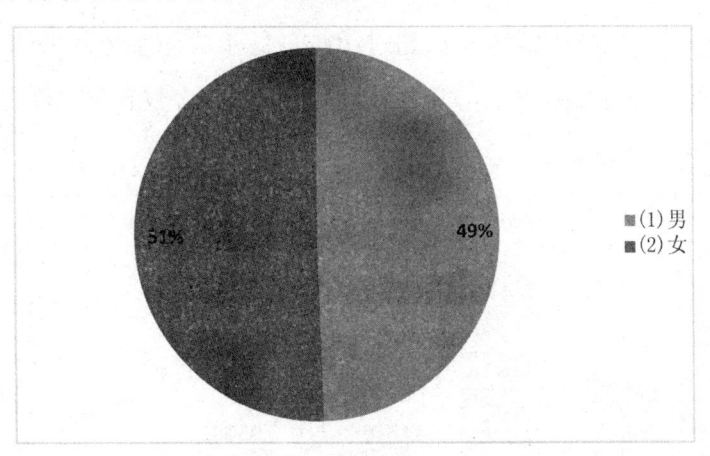

图 0.3　有效样本的性别结构

文化程度结构中，大学本科占比最多，为 65.45%；其次为硕士研究生及其以上学历，比例偏高，占 18.37%，而初中和高中学历合计不足 9%。超过 83% 这一高等教育群体的高比例，使得本研究具有精英主义研究倾向。

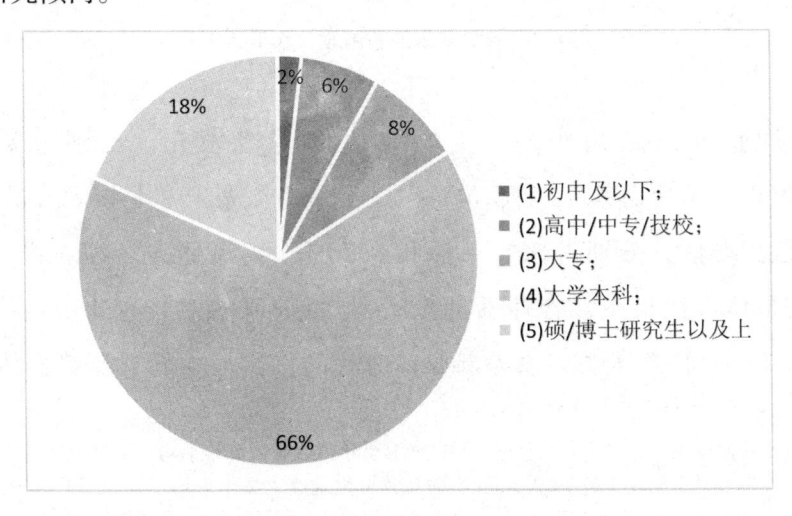

图 0.4　有效样本的学历结构

37

经济收入水平结构上，按照月收入进行分类，占比最多的为中等收入（1000-3000元，45.52%），其次为低收入人群（1000元以下，24.82%）。中低收入群体占比超过70%，低于我国整体年收入水平。①这一偏低的经济收入水平与调查对象中青少年占多数有关，没有收入或者初入职场薪酬偏低拉低了收入水平。

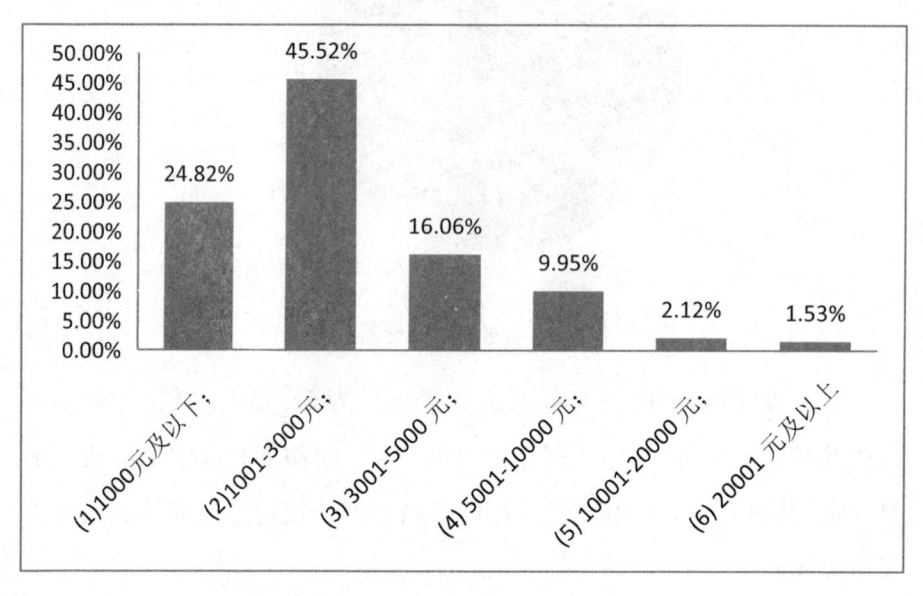

图0.5 有效样本的经济收入水平结构

职业身份结构中，学生职业比例遥遥领先，占到总数的64.66%，企业白领/一般职员/文员/秘书略领先于专业技术人员/教师/医生群体，分别占比8.42%和8.75%。离退休人员和农民、农民工群体占比最少，合计不足1%，与所采取的主要方式为网络填答有关，这两类人群本就是新媒体时代的占比最少的"弱势群体"，

---

① 按照国家统计局公布的数据，2014年私营单位就业人员年平均工资为36390元（换算成月平均收入是3032.5元），非私营单位就业人员年平均工资56339元，图解：2014年平均工资［EB/OL］．中华人民共和国国家统计局官网，2015-05-27.

<<< 绪 论

数字鸿沟仍然存在。

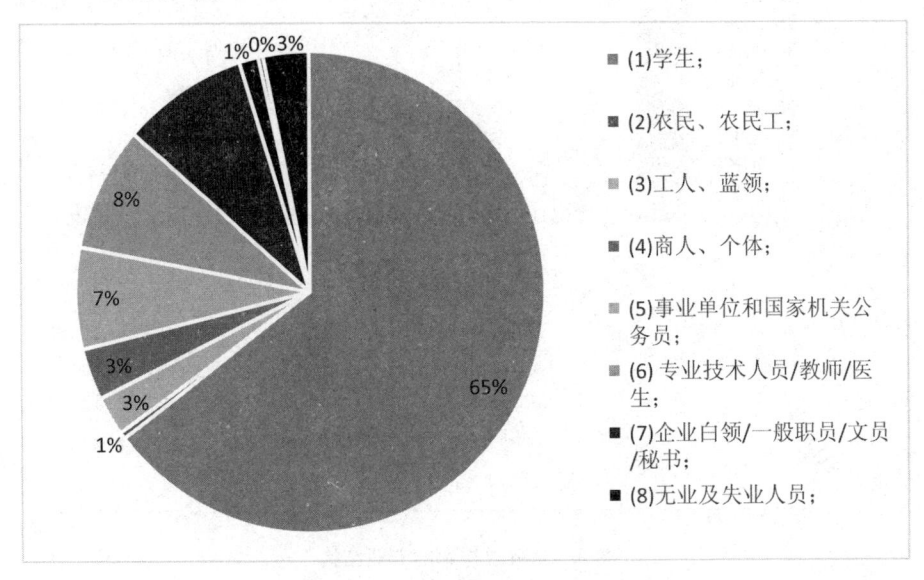

图 0.6 有效样本的职业结构

专业结构中，按照学科门类，学划分为人文与社会科学类、自然科学类、工程与技术科学类、医药科学类、农业科学类、艺术类以及其他七大专业种类（对于未接受专业教育或不知自己归属为哪类专业的样本，设置了"其他"的选项）。有效样本更多地来自人文社科类（37.53%）、艺术类（24.2%）、工科（21.82%）三大专业领域。

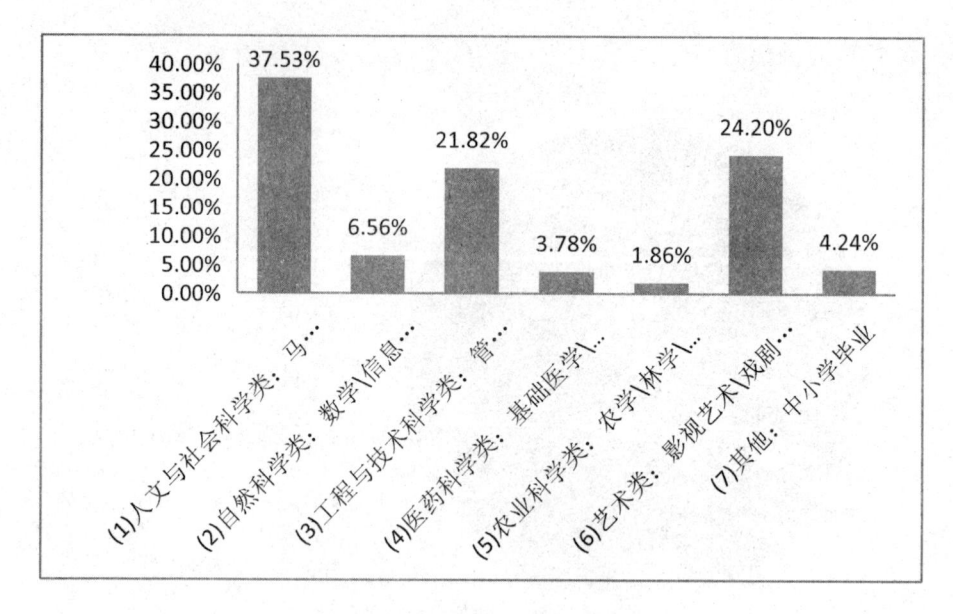

图 0.7　有效样本的专业结构

网龄结构上呈正态分布，6-10年网龄的群体最高（50%），10年以上网龄的"资深网民"和2-5年网龄的"中级网民"分庭抗礼，网龄的正态分布能够较好地体现对网络熟悉程度的不同对路径选择的影响。超过70%的样本经过6年以上的网络接触，对网络的熟悉程度使其对不同的路径的选择是自主的、积极的行为，基本排除了对网络不熟悉造成的路径选择的限制性和单一性。

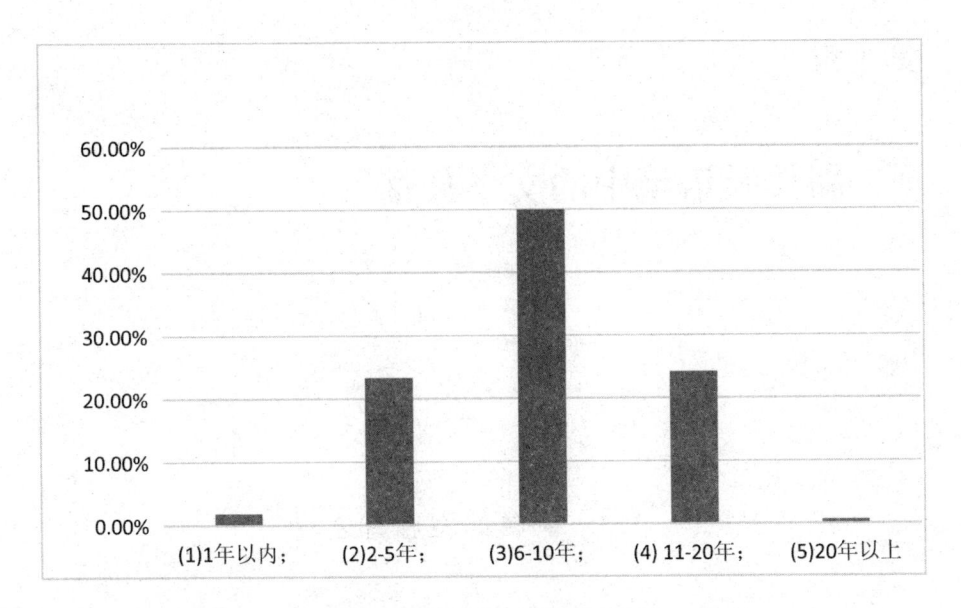

图 0.8 有效样本的网龄结构

第 1 章

新传媒语境中的文学传播

1.1 新传媒发展综述

1.1.1 新传媒之"新"

本研究所指"新传媒",主要指在社交化、融合态数字网络媒介基础上形成的搜索媒体、社交网络媒体、移动媒体等网络新型传媒形态,以及影视、广播、新闻出版等传统媒体经数字化、网络化转型和媒介融合而形成的新传媒形态。该新传媒之"新",以"去中心化、开放、共享"为显著特征,主要体现在其传播的移动互联化、社交化、场景化、大数据反馈以及内容的类型化和碎片化等鲜明的时代新趋势。

"去中心化、开放、共享"的显著新特征,是随 WEB2.0 和 3.0 技术诞生的社交化、融合态传播媒介和人际互动的产物,使网络传播的大众传播属性下降,人际传播属性上升,实践着麦克卢汉的"重新部落化"的寓言。在 WEB1.0 时代,文学网站推荐作品,它决定你看什么文学、文学史由什么样的作家和作品构成;WEB2.0 时代,社交化应用普遍,我们阅读着非专业化的普通用户的阅读,以网络大众面貌出现的他者决定了文学作品的传播以及由之而生的文学史进程；WEB3.0时代主推个性化定制，智能化的网络根据你的阅读习惯推荐文学作品，网民自身先验的个性化文学阅读行为和人工智能共同决定了文学的接受史和传播史。

传媒的变革，源于以工业化、城市化和市场化为主要特征的巨大社会变迁。2011年，随着城镇人口占总人口的比重首次超过50%，我国进入以城市社会为主的新成长阶段[①]，城市化中国的广阔土壤催生了传媒业的枝繁叶茂。2013年，随着十八届三中全会的《中共中央关于全面深化改革若干重大问题的决定》提出"推动文化企业跨地区、跨行业、跨所有制兼并重组，提高文化产业规模化、集约化、专业化水平"[②]，我国传媒业转型加速，不同传媒产业之间的界限愈加模糊。《中国传媒产业发展报告（2014）》在深入分析了传媒热点现象和产业变革数据的基础上，指出"内容类型化和渠道碎片化"构成传媒产业的新趋势，"移动互联网+社交媒体+大数据"形成传媒产业的新模式。[③]这一新模式的转变，对文学的影响是极其巨大而深远的，它不仅使文学传播的路径发生显著变化，存在方式发生转换，扭转了读者的阅读习惯和选择偏好，进而影响读者的接受视野、欣赏趣味和价值判断，而且改变了文学传播的整体面貌，甚至对文学形态及生态均有不可小觑的影响。

移动互联化是指网络应用进入以移动设备端为主要应用形态的转型

---

① 详见中国社科院. 社会蓝皮书：2012年中国社会形势分析与预测［R/OL］. 2012-04-30.

② 新华社. 授权发布：中共中央关于全面深化改革若干重大问题的决定［EB/OL］. 2013-11-16.

③ 参见人民网. 崔保国，何丹蜩. 2014中国传媒产业发展报告［R/OL］. 2014-05-21.

过程。移动互联网的迅猛发展，已经呈现全面超越PC互联网之态势，移动互联时代到来。移动互联网已覆盖全国近半数人口，并在继续增长，这个惊人的数字说明了移动互联网巨大的用户黏性和影响力。无论在媒介形式抑或媒介内容层面，都满足了用户需求因而受到广泛欢迎，而文学成为用户需求的重要构成部分。移动互联网与文学传播媒体的联姻，诞生了文学作品在手机阅读App、网络视频和网络广播中的传播路径，其形态有电子书、网页、影视剧、音频节目等。

何为"社交化"？从语义上分析，社交是社会交往的缩写，社会交往即大规模群体的网状交互性往来，社交媒体成为供大规模群体的网状交互性往来的公共平台，内容由用户自制是其典型的特征之一。社交媒体，源自英文名称Social Media，是建立在WEB2.0的技术基础上的网络应用，它的出现大大改变了传统媒体的单向传播属性，在传播内容的专业生产之中，拿出部分媒介资源关注用户自制内容或者对其进行二次改编，或者进行后续、追踪报道，导致传统媒体的形态、内容，甚至是话语姿态发生不同程度改变。社交媒体的强势发展带动了媒体的社交化。影响力较大的主要社交媒体有维基、百科、博客、微博、微信和播客等。在这些社交平台中，文学话题和章节片段，根据文学作品改编的仿句、段子、微电影等成为常见的用户自制内容、交流讨论和分享内容。社交媒体与文学传播媒体的结合，诞生了网络化的文学迷群、文学组织和文学社团。基于文学担当主要社交内容这一现象，许多社交媒体还开辟专门文学类频道或开发专门文学类产品，成为文学传播的又一新路径——出版社、作家、作品等作为传播主体的新浪博客和微博、微信公众号、百度文库、豆瓣读书等。

新媒体传播的场景化，是指新形态的媒体建构起受众或用户的生活存在场景，如同电影拍摄中人为构建的场地和布景。从事新媒体研究的学者谭天指出，互联网的场景包括虚拟场景和应用场景，场景的构建需要考虑三个维度——满足欲望、相应需求、创造价值。[①] 目前文学对于读者来说只是塑造了因阅读体验而生成的虚拟场景，本研究即对移动路径的文学传播塑造的私场景价值进行了发掘和论述。而按照传播的场景化发展，我们将研究维度延伸开去，设想文学对读者的价值也应从单一的虚拟场景价值发展为应用场景的价值，它将改变的不只是技术形态，甚至有可能上升至内涵和外延的改变。场景化依赖的云计算（Cloud Computing）、普适计算（Ubiquitous Computing）和情境感知（Context Awareness）技术为本研究的设想提供了更多可能性。本研究大胆预测和设想这些前沿技术与文学的结合，可能实现的结果是借助体感科技和可穿戴设备主动推送符合读者当前地理位置、处境或心态的文学语句或篇章，这一应用将有可能改变文学接受的历史状态，阅读文学不只是一种休闲行为，它将与读者的日常生活深度融合，用诗歌、小说和散文、戏剧等文学形态构建起生活场景，借助作家之口，更深刻、生动、凝练地表达自我，将个人生存与文学更紧密地结合，使生存能够一定程度地超脱当下的苟且，适时地品味诗与远方，进入审美式生存。

"大数据""云计算""场景化"等新的科技以及理念不断涌现，对传统产业造成了颠覆性影响，文学这一传统产业也难以"幸免"。"大数据"是在20世纪90年代兴起的"数字现代主义"的背景之下产生的，从21世纪初开始逐渐形成广泛影响。当前，"大数据"在文学中的渗透，主要体现在读者对于文学作品的偏好、文学内容中某一段落的偏好等个性化大数据的形成，对作家继续创作以及为读者推荐阅读对象均有深刻影响，同时也促进了文学传播的接受导向。"云计算"的技

[①] 谭天，张冰冰．"互联网+电视"的场景构建［J］．视听界，2015（3）：25-29.

术促使阅读跨越了介质和空间藩篱。

1.1.2 新传媒之"惑"

被认为最早发明平板电脑的美国学者 Roger Fidler（1997）使用 Paul Saffo（1992）提出的"30 年法则"来分析媒介形态的变化——新思想、新技术完全渗入一种文化一般需要大约 30 年时间，第一个十年从少量被感知到需要，第二个十年增加市场渗透率，第三个十年最终被接受。① 从全国公共互联网络的服务于 1996 年开始计算，第二个十年即将结束，数字网络媒体对华语文学的渗入即将完成第二阶段。因而，网络技术对文学的渗入已被大量感知到，并且在文化市场上有着极高的渗透率。对于当前文学在 PC 互联网和移动互联网中的高渗透率，从以下数据或许可见一斑：CNNIC 数据显示，截至 2015 年 6 月，我国网络文学用户达到 2.85 亿，占网民总体的 42.6%；手机网络文学用户 2.49 亿，占手机网民的 42%；网络文学与网络视频、网络游戏等一并成为最受欢迎的互联网内容。② 而对于数字媒体在国民生活中的高渗透，也是既成事实——2015 年中国用户在全部媒体上的每日用时为 6 小时 08 分，其中，数字媒体每天花费时间 3 小时 05 分，首次超越了传统媒体。③ 这两项统计数据表明，"30 年法则"在我国同样适用，我们的数码空间中文学的多维传播路径正处于增加市场渗透率阶段。文学"IP"交易频繁，文学作品正在被充分开发，围绕文字形态改编成电影、电视剧、广

---

① 参见菲德勒. 媒介形态变化：认识新媒介 [M]. 明安香，译. 北京：华夏出版社，2000. 其中的"市场渗透率"指市场上当前市场需求和潜在市场需求之间的比例。
② 数据截至 2015 年 6 月. 第 36 次中国互联网络发展状况统计报告 [R/OL]. 中国互联网信息中心，2015-07-22.
③ 传统电视的每日用时为 2 小时 40 分，收音机 11 分钟，印刷媒体 11 分钟。2015 年中国社交媒体核心用户数据分析 [EB/OL]. 中文互联网数据资讯中心，2015-07-06.

播剧、有声小说以及游戏和话剧等形态，呈现跨媒介、跨表现方式的多维传播，充分满足潜在的文学需求。

按照 Roger Fidler 的推论，新传媒对文学的介入有规律性的时间表，距离其被完全接受，还需要至少十年的时间。或许这就是当下各种"争议"和"乱象"的"现实困惑"横生的主要原因。

现实困惑引发的文学之争，择要梳理有：当代中国到底"有没有文学"？网络原创文学中泛滥"低俗、庸俗、媚俗"作品吗？高度类型化的文学形态，能否"毁掉文学"？各种浅薄僵化的"总裁文""玛丽苏文""小白文"的盛行，是否会导致青少年文学素养的下滑？影像对文学的介入能否造成文学逻辑思维的简化？数码空间中、文学作品中大量的情色描写，到底是文学艺术还是色情？此虚幻空间中盛行的反智主义和无厘头文化，能否消解小说的文学性？最后，新媒体还给我们带来另一个困惑——拥有互联网络的我们，是解决了孤独的问题还是更加孤独？

在现今这样一个时代，雅俗共济、良莠并存——出现新闻过度娱乐化、庸俗和低俗的网络内容等文明失落问题，对于这些问题的解决，有效途径之一为提升文学性，增强对文学的理解和使用。若单单在审美领域徘徊，文学可能愈加曲高和寡，而为政治所用，容易消解文学本体。诚然，与大众传媒的积极融合，亦可能会消解文学，这正是文学本体工具性的体现。这一现象反映出文学自力更生的脆弱，若文学仅仅依靠其审美价值，很难获得广泛的接受和影响力，这与经济和权力相关，讨论文学很难逃脱这两个因素。

我们分别进入数码空间的各维路径当中，深入研究这些"困惑"产生的语境和情境特征，传播路径的不同形态造就了各种文学变动，来自不同路径的"忠实读者"产生争鸣，我们在质疑声中指出其合理之处，在赞美声中发出质疑之音。不必为数字和网络新技术对文学的介入感到忧心忡忡的困惑，这是符合新技术发展规律的，而且让人欣喜的是——我们即将走出这种困惑。

1.1.3 新传媒之"合"

媒介融合，Media Convergence，其中 Convergence 有"聚合、融合"之意，源于生物学概念"趋同"。趋同演化（Convergent evolution）在演化生物学中指的是两种不具亲缘关系的动物长期生活在相同或相似的环境，它们因应需要而发展出相同功能的器官的现象。[①] 媒介融合利用趋同演化的生物现象隐喻媒介在发展过程中出现和形成的相同、相近形态。美国学者 Andrew Nachison 将其定义为"印刷的、音频的、视频的、互动性数字媒体组织之间的战略的、操作的、文化的联盟"[②]。

从本书路径研究的视角赋予这个概念一个新的定义——媒介融合就是各种传播路径在时间演进和空间延伸过程中出现的路径交叉聚汇现象，并由此形成一个新的聚合路径的现象。

文学的媒介融合体现在以下几个方面：数字制式的使用清除了不同路径间信息的物理制式的壁垒，使之无需转制转码即可轻易实现文学文本的复制和融合。网络的多媒体特征使得文学表达的多维符号的物质载体融合。移动化、社交化的数字多维路径中，既包含文学网站这种新媒体，也包括传统出版机构在社交媒体上的延伸；文学内容既包含网络原创文学，也包括出版的文学；文学作品时代既有现当代作品，也有古代文学作品，实现了市场的融合。

---

① 维基百科，趋同演化词条.
② Andrew Nachison. Good business or good journalism? Lessons from the bleeding edge [R]. A presentation to the World Editors´ Forum. Hong Kong, 2001-06-05.

社交媒体的发展使得文学出版和传播组织融合于同一社交平台,而更显著的文学传播组织融合现象表现在大型垄断性文学出版组织出现。2014年年底百度整合纵横中文网、熊猫看书和百度书城,成立百度文学;2015年年初,腾讯和盛大文学组成阅文集团。随后,阿里巴巴组成阿里巴巴文学,整合淘宝阅读、UC书城、书旗小说,进军网络文学。至此,原有的多个公司分别运营的文学原创网站和阅读类应用,被三大互联网巨头整合成三大文学阵营。如此这些足以改变文学当前生态的大规模商业行为,具有当代文学传播发展的里程碑式意义,证明主营搜索引擎、即时通信、电子商务等业务的网络公司进入文学领域,成为出版、文学社区和文学网站之外文学传播的新的路径,标志文学传播开始新的旅程。

麦克卢汉曾提出"内爆"的观点,认为新媒介的出现带来界限和区别消失。[1] 不只是媒介形态界限和区别消失,媒介融合加剧,文学接受价值也发生"内爆"——接受价值内部出现离散趋势和多元偏向,接受者出于不同的审美价值选择接触不同的路径。

1.1.4 新传媒语境的特征

我们现在所谈论的"语境"是个舶来词,源于希腊文"Contextre",英文为"Context",意即"交织在一起",在语言学中指各种词汇的交织,强调一个单词或者一句话的意义由它存在于其中的语段或对话决定。[2] 语境是在交际活动中产生,展现全部对话语言形成的关系状态。新传媒语境的显著特征就是其虚拟性的移动化,传媒更多转向虚拟的移

---

[1] 麦克卢汉. 理解媒介——论人的延伸 [M]. 何道宽, 译. 南京: 译林出版社, 2011.
[2] 程曼丽. 什么是"新媒体语境"? [J]. 新闻与写作, 2013 (8): 90-91.

动社交平台，以及由此带来的对话关系的社交化互动性、全时性、全球性、多媒体化、碎片化、交往主体和文化的多样性等特征。

具体而言，语境虚拟性移动化指对话发生在移动设备的数码比特的虚拟空间中和采用非原子的数码符号进行。语境的社交化互动性指话语在交际双方的双向交互流动，更多地带有社交媒体属性，重视普通用户的发言反馈和交往互动。全时性是指全天候的信息发布，对话不受固定的工作时间限制；全球性指语境受到来自本国和他国文化的双重影响。多媒体化指对话可以采用文本、图形、动画、图像和声音组合的多种媒体信息形态。碎片化指对话在相对割裂的情境中进行，相对完整的传统的社会关系、消费模式瓦解，对话双方被分割成相对零散的社会"小众"，对话方式的完整性被分割驱散。交往主体和文化的多样性指同一空间的对话双方来自更加多元的差异化的社会身份和文化主体。

在新传媒语境中，电子技术和网络的发展直接促成了文学路径的嬗变。而毋庸置疑，经济条件、科学技术和历史环境的发展变化与钢筋水泥的城市化生态环境形成是文学传播路径发生嬗变的外因。市场经济时代，物质与金钱挂钩，我们生存的环境被贴上了价签，待价而沽，经济因素成为决定人地位的最大因素，经济收入成为评价人的成就的绝对尺度，因而读"闲书"——与工作和赚钱看似无关的书是浪费时间的"读书无用论"甚嚣尘上。在巨大的市场机器面前，人性嬗变，金钱观、虚无主义的后现代思潮盛行。

社会思潮与普世价值观变化。在当代异化社会中，人们为了达到"丰富的人""完整的人"的追求，进而寻找更为丰富的当代文学多维传播路径，旨在多感官协调发展，完善内在和外在体验。传统的单一的文字符号和平面印刷路径完善了读者的内在体验；而为了超越文字印刷路径的抽象性和形式化，读者主动选择了蕴含颜色、声音、语调、情境等复合感官符号的多媒体路径，获取更加生动具象的外在体验。

另外，生存情境的城市化语境形成对文学影响的双刃剑。成长环境愈加去自然化、复制化、消费化、高度社会化，许多父母形成"不输在起跑线上"的教育观，当代许多少年儿童经历繁重的课业压力，对自然和社会的接触受到限制。为了满足巨大的认知需求缺失和精神空虚，青少年读者只有主动寻求更为感性和具象的文学，影视和广播，满足感知觉系统对感性刺激的强烈渴求。因此，文学的需求扩大，同时影视路径和声音路径的大众文艺形式愈加受到受众青睐，逐渐对以抽象的文字符号作为传播媒介的图书市场产生冲击。当代青少年受大众传媒影响极为深远，言行举止和价值观念均有显著烙印。然而，文学这种基于意义理解和意象建构的艺术形式，对其欣赏和接受有赖于读者已有的认知图式。当代读者认知途径的城市化和认知图式上的稀缺已成为不容忽视的事实，在一定程度上影响着文学接受和文学创作的面貌。

1.2 新传媒语境中的文学传播的嬗变与转型

麦克卢汉曾断言，媒介的影响最大可以"改变人的关系与活动，使其形态、规模和速度发生变化"①。因此，社会形态和思潮的内因性变化以及传播介质的物理性变化，终将导致文学在形态、规模和速度等方面发生嬗变，文学传播的形态被渐变式改写。

文学本质属性决定了文学对于受众来说具有刚性需求，并因其具有良好的适应性，使得在传播介质发生变化、传媒领域出现巨大变革之

---

① 麦克卢汉. 理解媒介——论人的延伸 [M]. 何道宽，译. 南京：译林出版社，2011：5.

际，文学能够进行自身调节，发生量的和质的变化。图1.1展示面对新传媒语境，文学自身的变化。

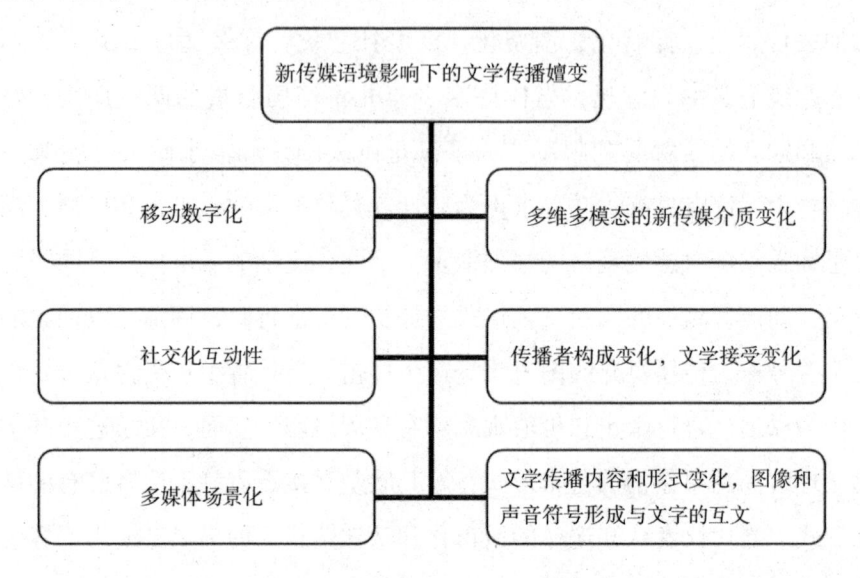

```
                新传媒语境影响下的文学传播嬗变
                            │
        ┌───────────────────┼───────────────────┐
        │                                       │
    移动数字化                           多维多模态的新传媒介质变化
        │                                       │
    社交化互动性                         传播者构成变化，文学接受变化
        │                                       │
    多媒体场景化                         文学传播内容和形式变化，图像和
                                        声音符号形成与文字的互文
```

图1.1 新传媒语境影响下的文学传播嬗变示意表

1.2.1 传播介质与路径嬗变

约书亚·梅罗维茨（Joshua Meyrowitz）论述了电视媒体加入媒介矩阵之后发生的显著变化[①]，而今，网络媒体和移动媒体加入媒介矩阵，引起的社会以及人的行为的变化之巨大影响之显著远超过电子媒体，也使媒介矩阵更加立体多维。媒介本身形成矩阵，不仅仅因为技术的发展，更是由于受众自身选择的结果。美国学者保罗·利文森提出了媒介演进理论，并发展出了较系统的"人性回归"（Authropotropic）理论，他认为所有媒介都朝向愈加人性化的目标驶去，媒体演进是人为选择使

---

① 参见梅罗维茨. 消失的地域：电子媒介对社会行为的影响[M]. 肖志军，译. 北京：清华大学出版社，2002.

其更为接近人类官能的结果，促使媒体不断与人类自身相协调。① 所以，文学传播发展为多维路径一方面是媒体矩阵发展之物理场和科技场的结果，另一方面更是人的价值选择和人性回归之心理场的结果。

表1.1 不同传播时代文学传播介质与传播路径嬗变

传播时代演变	前印刷传播时代	印刷传播时代	电子传播时代	网络传播时代	移动网络传播时代	代表
大众传播路径及形式	手抄本	印刷书籍 戏剧	印刷书籍 戏剧 广播 电视 电影	印刷书籍 戏剧 广播 电视 电影 文学网站 电子书网站 视频网站 数字广播 电商网站 社交网站	印刷书籍 戏剧 广播 电视 电影 文学网站 电子书网站 视频网站 数字广播 电商网站 社交网站 阅读类App 视频类App 广播类App 社交App 电商App	起点读书 优酷 荔枝FM 微博 亚马逊

---

① 利文森. 软边缘：信息革命的历史与未来 [M]. 熊澄宇，等译. 北京：清华大学出版社，2002：60-61.

在文学传播路径演变过程中，一如技术革新一样体现着技术和制度层面的路径依赖现象，即新的传播时代能够兼容先前的传播形态，同时旧的文学传播形态亦在新的传播语境中嬗变进化为新的形态。文学传播路径嬗变的过程演变如上表 1.1 所示。

表 1.1 明显展示了媒介融合的演进和多模态多维度的新传播形态的嬗变。阅读类 App、视频类 App、广播类 App、社交 App 是当前移动网络传播时代的主要传播介质，移动传播终端融合了先前的文字、影视和声音三大模态符号体系，也融合了现存的几乎所有传播形态，打通了新旧传播形态的维度，之前的每一种大众媒体都寻求和移动互联网络的联姻，诞生出融合形态的新型传媒。

传播学大师威尔伯·施拉姆曾探讨受众选择信息传播途径的影响因素，认为回报和付出的比例起到决定性作用，总结成公式即选择的或然率=报偿的保证/费力的程度。由此观之，一种文学传播路径满足其实际需要的程度越高，受众为此付出的经济、时间和人力成本越低，受众选择这种文学传播路径的可能性越高。在同样的文学需求下，使用网络和移动设备付出的经济成本低于印刷媒介，因此读者更有可能倾向于选择前者。据亚马逊网站 2011 年 5 月宣布，在引进电子书阅读器 Kindle 不足 4 年时间后，亚马逊网站电子书的销量全面超过纸质书籍。[①] "第十二次全国国民阅读调查"显示，国人对数字化阅读方式（网络在线、手机、电子阅读器、光盘、Pad 阅读等）的接触率 2013 年为 50.1%，2014 年上升至 58.1%，已超过图书阅读率。[②] 数字出版俨然成为文化和

[①] 电脑报在线．亚马逊的 Kindle 电子书销量正式超过其所有纸质书销量［EB/OL］．2011-05-20．

[②] 息慧娇．第十二次全国国民阅读调查数据在京发布［EB/OL］．2015-04-20 日．

文学传播的主要渠道。

从纸媒只手遮天，变成影视、广播、网络、移动终端等多传媒形态并存的态势，并且新媒体愈演愈烈，正逐渐成长为覆盖最多数受众的媒介形式。技术的进步带来更为丰富的媒介形态，电子媒介、比特、赛博空间……这些乱花渐欲迷人眼的媒介新贵日渐占据我们的时间和空间，文学也从诞生之初的口头传播形式，发展为印刷、影视、网络、移动等多维度多模态传播路径。并且，多模态多维度的数码传播介质日渐形成后来居上态势。

正是由于媒介可以融合，形成新的媒介形态，我们无法准确预测未来的媒介形态，但是，无论媒介如何融合变化，在相当长的历史时间内，人的感觉输入器官和信息处理系统不会发生根本性变化。在对传媒不断变化发展的当下，唯有按照信息的不同符码呈现方式来命名传播路径，才能尽可能延长本研究的生命周期，不至于过早地成为明日黄花。因此，本书对于多模态多维度的传播介质的分类，按照诉诸人感觉器官的符码的不同，分为数码文字路径、视媒路径和声媒路径。

媒介融合的加速使得文学和其他传媒文本共用相同的媒介资源，二者日益相互渗透、相互影响，界限模糊，如生成了"新闻小说""微博文学""日更千字"的"连载小说"等。尽管如此，二者的本体仍是独立的，其本质性的差别依然存在。这种差异从功能论角度可加以阐释——在本体性上传媒文本和文学文本仍有本质差异，新闻传播主要诉诸认知层面，解决受众对于客观世界的认知，消除不确定性，因而新闻传播者以传递真实信息和社会最新动态、最大化还原事件为职责，在写作上强调相对统一的写作守则；而文学传播主要诉诸情感层面，提供审美享受，净化精神品格，抒发共鸣，消除现实感，寻求对于客观世界的间离和超越，因而文学传播者以传递个体意识和主观情感，寻求个性表达和精神共鸣为集体无意识，在写作上鼓励差异化和个人化的表述。虽然二者在表象上都传播和描绘了社会风貌，但是前者的精神内核是对于某一组织结构和一定权力意识的附属，是"公"和"众"的传播；后者的精神内核是作家个体或曰"天赋个人"的个人体验喷涌，是"私"和"人"的传播；诚然，文学发展的历史上存在许多关于权力附庸对大众臣服的文学作品，但是历史证明，只有那些表述个性、反映人性、描绘情感体验的作品才能成为跨越地域、超越时间的公认经典。所以，从功能论的视角综观当代新传媒时代，文学在传媒领域的渗透以及文学和大众传媒的融合，恰恰体现了受众对个人化体验和人性化内容的深层需求，体现出受众对超越现实、表达人性的强烈欲望。因此，在对受众形成合围之势的新传播形态中，既包含了公知信息、理性意识，又蕴含了个人故事、感性情绪，个人赖以生存的外在信息环境就愈加发展成为多样化存在，实现了传播的多样化、丰富性和高价值，为人的存在和发展提供更多可能性。

除了路径融合外，还出现路径缩短的新变化——扁平化传播转向。传播路径缩短，从作者—传媒机构—读者这一基本模式发展到作者—读者，甚至是读者＆作者（读者参与作品写作之中，成为作者的一部分），中间环节省略甚至消失。在文学网站中，作者和读者在作品下方评论区进行对话；在微博和微信中，作者（或作家）通过开办个人账号，和读者们进行互动对话，甚至以私信的方式交流，将文学作品的传送流程缩短，作者和读者的交流实现自主性和常态化。

1.2.2 文学传播者构成变化

随网络传播风生水起的，还有具有网络双向传播特性的网络文学，它促使文学传播的接受者——读者亦跻身文学传播者行列，与传统的作家、出版社、杂志社和研究者一道，成为参与文学传播阵营的生力军，文学传播者构成发生主体多样性变化。

把关人效应的嬗变降低了文学创作的门槛，使其呈现多样化。把关即对传媒内容的选择和过滤，新传媒时代的"把关"不再是一种权力，逐渐转变成一种服务。随着卖方市场向买方市场的过渡，受众的地位上升，销量、点击率、收视/听率成为传媒实力的主要指标，因此，赢得受众眼球，争取尽量多的用户订阅成为传媒的首要任务，因此，"想让受众看什么"转变成为"受众想要看什么"——喉舌意识逐步向受众意识转换（并非全部），受众的权利上升，因此新传媒时代，传媒把关的价值尺度中受众需要和喜好所占比例攀升，限制性的文学创作门槛降低。更多的人投身网络文学的创作之中，传受者的身份限制变得模糊。学者、记者、科技人员、企业职员、大学生、中学生等不同学科背景和年龄层次的人加入文学创作者的阵营当中，极大地丰富了文学作品的形态，题材更加多元、表现手法趋于多样。尤其是一些非人文社科类教育背景的新贵作家，给当代文学带来开拓性发展。比如，毕业于水电工程系的刘慈欣，通过创作《三体》等一系列科幻小说，开拓了中国科幻小说的新局面，并入围美国星云奖，获得国际性奖项——雨果奖最佳长篇小说奖，在中国文学的国际传播进程中具有里程碑式意义。

除此之外，在影视与文学的联姻中，演艺界人士、娱乐明星也因为参演影视文学作品，成为文学传播中重要的文学载体和代言人。文艺天然近亲的关系在当代表现得更加明显，并且文学的虚构化和幻想性被打破，一些因为塑造某个文学形象或者作家的演员成为虚拟文学人物的现实版本。譬如黄磊因为饰演《人间四月天》中的徐志摩而被看成"当代徐志摩"。

1.2.3 传播内容和形态变异

载体的不同使文学的生成形式、存在方式和符号形式不同，进而形成了各具特色的文学形态。而今，随着三网融合的不断加剧，文学载体不断融合，文学传播形态也随之融合，在同一路径中可以兼容来自不同路径的文学。文学传播的变化最主要的表征就是文学内容和形态的变化。

首先表现在文学体裁形态的改变——长诗的衰落，长篇小说兴起。20世纪末以及21世纪初是长篇小说的时代，为何长篇小说能够取而代之？有学者从传媒介质的变化层面予以解释，认为印刷技术的一次次飞跃，促进了长文章的传播；有学者从记忆角度分析，认为多媒体的使用使人无需更多记忆，电脑、手机和搜索分担了人脑的记忆存储功能，所以朗朗上口、相对短小、便于记忆和口语传播的诗歌就在当代文学领域衰落下去。

长篇小说在新传媒语境中的形态在发生着变化，根据篇幅长短来给小说分类已不能满足现状。如今惯于根据所依附的不同载体，来命名新的文学形态，如网络文学、影视文学、手机文学、微博文学、微信文学等。

从经济成本的角度，传播成本的降低使得传播内容更加具象化、大众化，在多方面影响着文学内容和文学的形式。从文学诞生开始，口头文学、神话、诗歌和日常语言间离，以文字形式抽象记录下来，形成独特的形式和规则，谓之为"文学"。此时传播的时间成本较高，需要对口头文学的记录进一步简化，从而使诗歌文学语言相较于日常用语更加简化凝练。随着纸张和印刷术的发明，记录和文学传播变得更为经济方便，简化在文学内容中的要求下降，所以长篇小说这种叙事文学兴起。

随着电子媒介兴起，记录方式可以还原人物在三维时空的行为和思想，文字直接传达美的体验和感受，但要依赖审美个人的感兴能力；影像传递美的形象，更直观具体，信息更丰富，对受众抽象思维的要求下降，对形象思维的培养上升。这一变化导致对文学受众的个人想象力的限制，阅读中的主观参与感下降。

说到影像媒体对读者想象力的限制，受众的想象能力会因此受挫吗？我们深入这个问题，会发现其实存在想象力的扩张与压缩的双重性。正是由于媒介具有补偿性发展的规律，在影像路径的接触中被限制了想象力，受众转向对文字的回归，在数码文字路径中补偿想象力受限的缺失，充分寻找阅读远离现实的虚构性文学作品，造成新路径中现实主义作品的整体性空缺和没落。

另外，正是因为影像媒体对读者想象能力的限制，所以转向数码文字路径时，想象力的美学原则备受推崇。《花千骨》中瑰丽的长留仙地，《盗墓笔记》中各种盗墓奇遇的波谲云诡，《三体》中建构起宏伟宇宙价值观的"黑暗森林法则"，等等，想象力成为这些作品在数码多维空间的海量作品中脱颖而出的制胜秘籍。理论物理学界的平行世界等创新理论和航空航天事业对外太空的探索，进一步刺激了穿越时空的想象。想象包含逻辑想象、批判想象、创造性想象三类。现代科技的高歌猛进在对文学的逻辑想象和批判想象性空间的拓展上大有裨益，但对创造性想象的拓展不大；同时在想象性描写修辞上又造成一定程度的挤压，对未知的修辞性想象受制于现代科技对未知世界的探索拓展程度。细观当前的许多穿越或玄幻题材小说，看似有着天马行空的想象，但很多都是使用科技武器解决问题，而非人的创造性思维和智慧因素。

1.2.4 文学接受的分化转型

文学传播的嬗变表现在文学接受层面，主要是表现在：一是大数据将多杂散匿的受众转变为具有主体间性的整合力量；二是文学接受方式发生分化，由单一的出版接受方式，转化为网络、移动、影视、广播数码化多元阅听；三是文学接受心理微观变化。

首先，新型传播媒介的出现，改变了文学活动以及主体的关系：作者与读者关系更加密切，出现互动创作；文学形态（文体、文本、叙事）、文学规模扩大化：出现作家群、读者转变到"读众"和阅听群，文学作品数量井喷、文学机构增长、文学介入生活面增加、文学写作速度提升，创作周期变短、读者反馈加速。由于超文本的属性和对人际传播的融合，个人成为传播链条上的节点，复制和发布信息都易如反掌，这使得文学文本再次呈现较强的开放性，文学传播愈加恢复开放性特质，回归了互动性传播特征。

网络的普及、移动媒体的发展，加之社交媒体的广泛应用，促使文学传播中传受者的关系发生变化——每一种传播媒介的诞生都改变着传播生态，重塑着人和人的关系——普通受众在社交化媒体中不只是被动地接受信息，而是能够主动地拉取信息，并能够自主地发布信息，写作者和读者均为传播主体。二者距离缩短，互动频繁，界限模糊，作者不止于"作"，读者不止于"读"，呈现"主体间性"的新型交往模式，在互动传播中形成统一性的文学生成场域。主体间性（Intersubjectivity）来自现代西方哲学界，由德国哲学家胡塞尔提出，经海德格尔、萨特、梅洛-庞蒂等人探讨和发展，指"人与世界、主体与主体之间交流、对话、共生共在关系的性质"，包含三层美学含义：审美是自我主体与对象主体之间、个人主体与他人主体之间相互作用和生成的存在方式，审

60

美艺术在主体间的相互体验、共生中领悟生存意义。① 文学创作的主客体无法泾渭分明，互为主体。在论坛中诞生的超文本小说，就是这一想象的最好证明，原本是读者的网友参与创作，聚集体之力形成了一个网络文学文本。同时，传播双向交流的变化促使传播主体创作意识转变，读者意识形成，热门话题、社会新闻等舆论热点，成为许多作家选取文学题材、素材、语言风格的衡量尺度之一，读者和作者共生共在，离开任何一方文学都失去意义。读者主体性地位的提升，对文学的影响是多面性的，无法一言以蔽之。一方面，它使文学更加满足读者所需，文学传播的市场也不可避免地成为"买方市场"，促进文化出版事业的繁荣；而另一方面，它使作家失去了写作的个性化和精神的独立性。

其次，文学接受的变化体现在数字阅读兴起，传统阅读式微。在21世纪，以网络化为特征的新传媒兴起之后，人们的阅读经历了重大变化，对书籍的阅读比例下降，取而代之的是以网络和手机为主要载体的数码化阅读以及以视频为主要途径的影视化阅听。李新祥在其博士论文中调查了数字时代我国国民阅读行为的嬗变，有效论证了数字时代的受众在阅读接受中的变化——浅阅读、泛阅读的取向明显，功利阅读超越人文阅读，流行阅读超越经典阅读，新闻关注超越文学感受，娱乐追求超越理论探讨；阅读方式由"读"，变为"读、听、看"三种方式并存等。② 正是出于思想和审美需求，文学传播成为网络传播的重要组成部分，文学的数字出版和网络传播逐渐发展为产业化运作。

最后，读者接受价值也在发生变化。新的数字技术和移动技术对文学审美领域的介入，丰富了审美表现手段，加强了审美过程中的互动性

---

① 朱立元. 美学大辞典 [M]. 上海：上海辞书出版社，2010：470-471.
② 李新祥. 数字时代我国国民阅读行为嬗变及对策研究 [D]. 武汉：武汉大学，2013.

和能动性,审美价值发生嬗变——审美价值内爆、裂变,审美愉悦浅层化、感官化。周宪认为技术给文学带来非个性化、商品化的消极影响,以及"审美的感觉钝化和惰性"[①],虽然发生"钝化和惰性",但是文学接受价值要素中最重要的仍旧是审美价值,新技术和新传媒形态并未移除文学的根本属性。

---

① 周宪. 中国当代审美文化研究 [M]. 北京:北京大学出版社,1997.

第 2 章

新传媒语境中文学传播路径嬗变的表征

本章在论证新传媒语境中文学传播路径嬗变的表征时,遵循以下思维路径进行逻辑论证。

首先从传播视角,通过列举同一文学作品的传播过程和网页搜索的词语抓取,说明社交化移动化的数码多维路径的存在孕育生成了文学作品的多形态存在。其次从接受视角,统计分析文学接受者的调查问卷,探索新传媒语境中阅听者的媒介选择、接受习惯和动机,作为传播路径嬗变的表征,揭示路径发生嬗变这一事实,得出新型多维文学传播路径发生这一结论。

2.1 文学传播路径与价值嬗变的表征之一
——同一文学作品的路径转向

为了验证文学传播路径嬗变,本节选取有代表性的高传播率文学作品,统计梳理其传播中的形态——主要是虚构型作品。作为虚构型作品的小说是 21 世纪文学的主要形态之一,小说尤其是长篇小说成为 21 世纪文学中获得最高成就和最大关注的文体。本研究分析对象的时间维度集中于 21 世纪的第二个十年——传媒大规模进行新媒体转型的 2010 年左右至今,空间维度包含来自民间、官方和学术界三个阵营的华语文学作品。

本节使用内容分析的方法,对同一文学作品的传播路径进行梳理,揭示多元多维传播路径的大量存在,从而论证新传媒语境中文学传播路径的嬗变。

分析框架中的文学作品来自市场、官方和学术界三大阵营。引进后两个阵营的作品目的是平衡市场统计的消费文学倾向,防止严肃文学的缺失,希冀能够兼顾当代文学的大众属性和精英文学属性、消费文学倾向和纯文学倾向。

首先,从 2010 年至 2014 年的亚马逊图书排行榜、当当网图书排行榜和"开卷虚构类畅销书排行榜 Top30"中遴选出具有代表性的作品进行分析。这三份排行榜被认为是线上图书销售(包括电子书)和线下图书销售最权威的排行榜,前两者由经营图书(包括电子书)的跨国电子商务公司亚马逊公司和我国的图书电商当当网,后者由北京开卷信息技术有限公司统计和发布,三者能够将当代最受读者青睐、占有最多传播资源的文学作品统计出来。

其次,本书在研究当中还引进茅盾文学奖 2009 年以后的获奖作品,众所周知,茅盾文学奖是我国最高荣誉的文学奖项之一,由中国作家协会主办,每四年评选一次,评奖对象为 13 万字以上的长篇小说。[1] 由于主办方的官方性质,其获奖作品一般被认为具有较高的文学素养、主流思想和艺术价值。

最后是选自中国小说学会奖"中国小说排行榜"2010 年以后的长篇小说。该奖由中国小说学会负责评选。该奖项主办方属于非官方性质

---

[1] 茅盾文学奖评奖条例 [EB/OL]. 中国作家网,2015-03-15.

的全国性专业学术团体，标榜以"历史深度、人性内涵、艺术创新"[①]为评选原则。

2.1.1 横向表征：横跨多维空间

由于网络是拓扑结构，所以文学作品在网络中的传播不是线性的，而是拓扑状态的。为了更好地描述文学的多维路径的存在，并统计多维路径的构成，本书对数码网络空间进行横向研究——选取文学在数码网络空间传播的横截面来梳理文学传播路径。使用 ROST News Analysis Tool（V3.1版）进行随机抓取关键词的词频分析方法，输入作家和文学作品名称作为关键词，对数码网络空间随机抓取，从而得知该关键词出现频率较高的网站。该程序由清华大学新闻研究中心出品，基于网络爬虫程序设计，能够在多个搜索引擎的网页和新闻中采集关键词，进行关键词分析。

第一个关键词是郭敬明《小时代》。

郭敬明这一从获奖少年成长起来的青春文学作家，从主编《最小说》，成长为超级畅销书作家和电影导演，其作品在数码空间的传播跨越了哪些网站呢？抓取的213个网页按照内容可以划分为以下几个类别。

[①] 李晓晨. 中国小说学会2014年度中国小说排行榜揭晓［EB/OL］. 中国作家网，2015-01-12.

表 2.1　《小时代》系列作品的数码多维传播路径

文学传播关键词	较高词频的网站列举	网站归类
郭敬明《小时代》	百度文库、百度贴吧、百度知道、百度百科	搜索引擎旗下网站
	新浪（娱乐、时尚、影音）、搜狐（新闻、文化、娱乐）	综合性门户网站（含视频类）
	凤凰视频	视频类网站
	随便看看吧、纵横中文、散文网、最小说	文学和阅读类网站
	豆瓣书评、腾讯（视频、财经等）	社交网站
	新华网、人民网	新闻网站
	中国作家网	文学出版机构或社团组织
	当当、一淘	电商购物类网站
	网易游戏	游戏类网站

从表 2.1 可以看出，郭敬明的《小时代》除了出版社的纸质书籍、电子书外，还有电影、手机游戏（网易游戏）等形态，存在于不同的传播路径中，从 2007 年 11 月开始在《最小说》独家连载；2008 年 9 月 25 日在北京举行新书发布仪式，9 月 27 日零时起盛大文学旗下的起点中文网发布收费阅读的小说连载，10 月由长江文艺出版社出版发行纸质图书；2013 年 6 月 27 日郭敬明自导的同名电影于全国范围上映；2014 年 7 月《小时代》网络自制电视剧在优酷和土豆首播；郭敬明监制的同名手机游戏于 2015 年 3 月上线，至此，文学杂志—纸质书籍—网络电子书—电影—电视剧—游戏这些跨媒介形式的《小时代》家族

基本成熟，全媒体形式、形成文化产业的泛文学传播形式初露端倪。

第二个关键词是严歌苓《陆犯焉识》。

严歌苓，这个在大众眼中由影视带动的高产作家，作品屡获文学大奖。《陆犯焉识》选自中国小说学会奖"中国小说排行榜"，同时也是亚马逊中国 Kindle 电子书畅销榜前 10 名。随机抓取的出现频率较高的网页主要隶属于以下网站。

表 2.2 《陆犯焉识》的数码多维传播路径

文学传播关键词	较高词频的网站列举	网站归类
严歌苓《陆犯焉识》	百度文库、百度贴吧、百度知道、百度百科	搜索引擎旗下网站
	新浪（娱乐、时尚）、搜狐（新闻、文化、娱乐）、腾讯、网易（新闻中心）	综合性门户网站
	腾讯视频	视频类网站
	九九藏书网、网易云阅读	文学和阅读类网站
	豆瓣书评	社交网站
	新华网、人民网	新闻网站
	中国作家网	文学出版机构或社团组织
	当当、亚马逊	电商购物类网站

《陆犯焉识》首先于《当代》期刊上发表，2011 年 10 月出版发行纸质书籍；2013 年张艺谋导演、改编自《陆犯焉识》的电影《归来》上映。表 2.2 反映出的典型特征就是中国作家网对于该关键词的频繁提及，显示了严歌苓在当代中国文坛的地位和传播影响力。

第三个关键词是张嘉佳《从你的全世界路过》。

获得 2014 年亚马逊中国 Kindle 年度付费电子书畅销榜第一名的作品，同时在"开卷"中排进畅销书前十名，也是微博关注度较高的作品。

表 2.3 《从你的全世界路过》的数码多维传播路径

文学传播关键词	较高词频的网站列举	网站归类
张嘉佳《从你的全世界路过》	百度文库、百度贴吧、百度知道、百度百科	搜索引擎旗下网站
	新浪、搜狐、网易（云阅读）、腾讯、网易（新闻中心）	综合性门户网站
	优酷网、新浪影音、腾讯视频	视频类网站
	努努书坊、随便看看吧、文网	文学和阅读类网站
	豆瓣、微博、简书	社交网站
	21世纪新闻网	新闻网站
	中国作家网	文学出版机构或社团组织
	当当网、文轩网	电商购物类网站

《从你的全世界路过》在新浪微博上首发，以"睡前故事"为标签，凭借 14 亿次惊人阅读量、1500 万次转发量登上微博最赞图书榜。2013 年 11 月由湖南文艺出版社出版为短篇小说集，书籍封面上定义张嘉佳为"微博上最会写故事的人"，描述该书是"让所有人心动的故事"。2014 年年末，张嘉佳获得"2014 年第九届作家榜"榜首殊荣。从 2014 年开始，张嘉佳与王家卫导演联手对书中短篇之一《摆渡人》

进行电影化改编。

第四个关键词是刘慈欣《三体》。

《三体（全集）》在亚马逊的 Kindle 电子书的小说作品集类销售中排名居首。

刘慈欣的代表作《三体》于 2006 年在《科幻世界》杂志连载，后来由重庆出版社 2008 年开始出版全集第一本《三体》，2012 年出版三部曲的全集，2015 年出版电子书《三体（全集）》。2014 年游族影业购得《三体》全版权，作者刘慈欣担任监制改编的电影已于 2015 年开机。因此，在横向的关键词抓取中，《三体》除了出现在搜索引擎网站、综合性门户网站、文学网站等相同性质的网站外，还高频地出现在科幻小说网和"IT 之家"这样的 IT 界和数码产品资讯类的科技门类网站中。

表 2.4 《三体》的数码多维传播路径

文学传播 关键词	较高词频的网站列举	网站归类
刘慈欣 《三体》	百度文库、百度贴吧、百度知道、百度百科	搜索引擎旗下网站
	凤凰网、搜狐新闻	综合性门户网站
	吾读网、科幻小说网、书书网、励志一生	文学和阅读类网站
	豆瓣、简书	社交网站
	电影网	视频类网站
	IT 之家	分类网站（IT）
	亚马逊、京东图书	电商购物类网站

横向总结分析以上关键词词频统计，可以看出，在网络时空中，文学原创网站在文学作品传播信息流中仅仅占有一隅之地，视频类、社交网站类、综合性门户网站类、电商购物类等各类网络应用均存在文学的身影，成为常规性的文学传播路径，联合构成网络传播时代文学传播的共生图谱。

2.1.2 纵向表征：在多维中进化

传播路径的改变影响了文学存在的样式，数码空间对文学创作或者传播的参与，导致一些不同于印刷书籍的新型作品出现，这些作品成为文学和新的传播路径结合的产物，同时，融合媒体语境下的文学传播主体的多元化和民营传播主体的加入，促成了新的文学型构。

第一个案例来自金宇澄的《繁花》的纵向传播过程。

金宇澄的《繁花》曾获茅盾文学奖。这是个不太符合大众对"网络文学"刻板印象的网络作品，但它确实源于网络空间。从2011年5月开始，金宇澄在弄堂网论坛发帖，断断续续用上海话讲各个上海人的故事，这个主打"上海人讲自家身边的故事"的"弄堂网"，有"上海历史、上海话、弄堂小菜、新老照片、古董摊、客堂间"等若干版块，金宇澄在"客堂间"使用"独上阁楼"ID名称，发表网帖《独上阁楼，最好是夜里》，上海方言写作传递的浓郁的沪上味道受到网民热烈推崇。经删减和修改，更名后的《繁花》于2012年8月在《收获》杂志发表，删掉2万余字，并将叙述性语言更改得更贴近普通话，对话仍沿用上海话。2013年3月上海文艺出版社出版单行本，增加了5万字的重要细节。随后,有报道称小说版权已被王家卫购买筹拍电影。① 新闻媒体澎湃新闻经文汇出版社授权,发表了被称为"《繁花》的素材笔记"的散文集《洗牌年代》中的一篇文章。

作为《上海文学》编辑的金宇澄,在最初并未刻意创作长篇小说,否则以其资深文学编辑的社会资历和文学素养,直接写作后投稿传统出版媒体也可以易如反掌,但是,作为热爱上海方言的海派文人,金宇澄创作《繁花》的过程起初有"无心插柳"之象,网络传播的强互动语境和连载发帖形式对这部茅盾文学奖小说的诞生具有非凡意义。在接受南方周末记者采访时,金宇澄表示网络互动写作提升了他的写作热情。

"在网上别人也不知道我是谁,我也不知道这些跟我帖的人是谁,写作者和读者非常近,让我的写作热情逐渐升温,这是非常新奇的事情。"②

不仅是创作热情,在网络论坛这种传播路径之中,金宇澄充分感受到了写作过程中来自读者的即时回馈对文学作品本身的影响,他在接受人民日报记者采访时谈论了对这种即时回馈的部分顺应与底线坚守。

"比方写1960年回忆,如网上反应沉默,会引起我注意,于是换一群90年代的男男女女上场,网上就热烈……我是二十多年的小说编辑,有文学底线,只是我明白一般意义的小说家,也就是一个讲故事的普通人,我需要读者……网友很关心我,甚至帮我文字分段,说这样不分段,看得眼睛疼。我不同意很多建议。记得一读者提出,某个人死得太突然了,希望不要死很多人,却引起我警觉。"③

---

① 参见金宇澄《繁花》将拍电影 王家卫执导保留方言[EB/OL].中国日报中文网,2015-08-18.
② 张英.金宇澄·《繁花》·饭局·口水上海[EB/OL].南方周末,2013-04-26.
③ 金宇澄.谈《繁花》创作:网络初稿阶段经常感受读者脉搏[EB/OL].人民网,2013-09-04.

所以说，不论从创作动机，到小说平行时空、人物之间的关联跳脱式写作、人物情节走向，甚至到段落分布，都体现了网络传播路径对文学创作的重要价值。正是在一个聚集了上海人的网站，用上海话谈论上海生活的专门论坛版块"客堂间"内的"我爱上海——上海生活"主题分论坛发文，才使得《繁花》在创作时大量使用方言闲谈和对话，对上海生活进行细致展示，不徐不疾，不注重情节曲折、视觉奇观和惊险刺激，只顾细致地描述上海日常生活和人物对话，看似波澜不惊、平淡无奇，一反传统文论"文似看山不喜平"[①]的价值论断，被认为是一部海上生活的《清明上河图》。

《繁花》从诞生路径看是属于网络文学的，但是却不具备明显的"网文"特征，因为它从传播过程看是典型的 PGC（Professionally-generated Content）产物，即"专业生产内容"模式的产物，是线下的专业人员在线上进行非职业化自主创作的模式，这种 PGC 是先前的 UCC（User-created Content）即用户原创内容模式持续发展分化，网络通过移动化和社交化日渐渗入大众生活的结果——表象就是连"50后"的资深文学编辑金宇澄也被吸引创作网文。PGC 模式的一大好处，就是来自传统文学产业的作者与新媒体路径发生碰撞，被充分激发创造力和自主性，大幅提升了网络生产内容的专业性和丰富程度；有着良好职业训练和深厚文化底蕴的专业文学工作者在新的创作语境中迎合新路径的技术特点和语言特点，使用新的语言、形式和叙事方法进行创新性写作的结果，促进了文学的良性发展。

初稿诞生于网络论坛，但是，《繁花》为何没有被当成网络文学？无论在出版社宣传推荐语上，还是在京东或亚马逊的电商传播推介中，

---

① 袁枚语，出自《随园诗话》。

《繁花》都未被当作网络文学，甚至丝毫未提及它的这段生产、传播经历。原因可能有以下两点：一是《繁花》虽诞生于网络语境之中，还适应网友要求进行人物交替转换和平行时空叙事，但是之所以能被多种文学奖项青睐，并在众多优秀文学作品中脱颖而出获得2015年的茅盾文学奖，它在外在表现形式和内在价值观念上都是符合传统文学评判标准的，其人物塑造的丰满程度、文学性、历史价值和在方言写作上的独特性，其和《海上花列传》和《红楼梦》的相似之处等，都容易被传统文学评价体系所接受和推崇，正因如此，《繁花》才没有被冠以"第一部获得中国最高长篇小说奖茅盾文学奖的网络小说"的头衔，而实际上却是如此。二是《繁花》在论坛发表之后被《收获》刊载传播，这一传统路径中的权威文学杂志为小说成功"赋权"，将其"洗白"为来自传统文学领域的严肃文学，使其摆脱了"网络文学"数年积累起来的消费文学、低俗化倾向的刻板印象的负面影响，而且，《收获》的传播经历，也为《繁花》的获奖加持了砝码——诚然能够进入这一传播路径的小说本身文学质量就非常高，但是《收获》高水平和高规格的把关编选和修改标准，也一定程度上提升了小说的文学水准，从而有助于获得奖项青睐。这就是不同路径的把关和赋权对文学作品的潜在影响。

第二个案例展示《杜拉拉升职记》在时间走向上的传播。

《杜拉拉升职记》系列作品的传播过程从博客文学写作开始，经历了实体出版—声音广播—话剧—电影、电视剧—网络及出版的线路。

这个诞生于财经博客的职场畅销出版物，在亚马逊网站连续87周位列文学书店销量第1名。最早于和讯网站发表，经和讯编辑推荐成为热门网帖。和讯网是我国内地第一个财经资讯垂直网站，其所有者联办集团的前身为"中国证券市场研究设计中心",是中国证券市场的发起者。① 这些鲜明的证券财经特点,使该网站的博客吸引了大量来自上市公司的"白领"阶层,其中就包括在和讯博客上写下最初的《杜拉拉升职记》的李可。

2007年8月,民营的中南博集天卷文化传媒有限公司副总发现和讯博客上李可2000余字的文章,于是安排编辑主动联系李可写作出书事宜;2007年9月李可的《杜拉拉升职记》出版,在当当和亚马逊上成为畅销书。②

2008年4月,中央人民广播电台制作了同名广播剧,10月繁体版在中国台湾出版,12月底《杜拉拉2:华年似水》出版。有声小说吧、听中国和畅想听吧等有声小说网站上也连载了同名有声小说。

2009年4月姚晨版话剧《杜拉拉》上演。

2010年4月徐静蕾版《杜拉拉升职记》电影首映;5月《杜拉拉3:我在这战斗的一年里》出版,荣获亚马逊2010年度十大畅销书奖;7月王珞丹版《杜拉拉升职记》连续剧播出。

2011年10月《杜拉拉大结局:与理想有关》由湖南文艺出版社出版。

2012年新浪视频开播网络版《杜拉拉升职记》,每集12分钟;8月音乐剧版《杜拉拉升职记》演出。

2013年改编自《杜拉拉2:华年似水》的焦俊艳版《杜拉拉之似水年华》于东方卫视播出;2013年7月、8月南海出版公司相继出版增补修订版"杜拉拉系列"的第1部和第2部。

---

① 关于我们[EB/OL].和讯网,2015-05-04.
② 杨雪梅,刘阳.杜拉拉"升值记"一本书衍生出一条产业链[EB/OL].人民网,2010-07-13.

第三个案例是流潋紫的《后宫·甄嬛传》的传播过程。

《甄嬛传》的传播过程因循着网络文学—出版书籍—电视剧—网络再传播—跨文化传播的线路。

2006年电视剧《金枝欲孽》热播，流潋紫受触动开始在网络上创作自己的宫斗小说。2007年，《后宫·甄嬛传》获得了腾讯网"作家杯"原创大赛的一等奖。之后，"磨铁文化"出版了小说纸质版本。纸质出版物先后被花山文艺出版社、广西师范大学出版社、重庆出版社出版，共七册。

小说版被导演郑晓龙的妻子所喜爱并推荐，郑晓龙将其拍摄为76集古装清朝电视剧《甄嬛传》于2012年播出，成为收视热门。

之后有漫画《甄嬛传·叙花列》、衍生小说《如懿传》出版。

在《后宫·甄嬛传》的更新和出版中的"不买书联盟"事件上，我们可看到因着网络尤其是社交网络，读者得以形成集群势力，从单一的接受者成为可以左右传播过程的因素之一。因为网络连载尚未结束，《后宫·甄嬛传》即将出版第一部，流潋紫按照合约不复在网络上更新，网络读者因为无法看到小说结局而"因爱生恨"，发起"不买书联盟"，更表示只买盗版，致使磨铁文化不得已在网络上向读者致歉，后又不得已同意延迟发表网络连载的余下全文。①

第四和第五个案例来自以女性文学著称的晋江文学网——《何以笙箫默》和《庶女·明兰传》。

作为第一批在网络上走红的经典言情小说，顾漫的《何以笙箫默》于2003年登上网络，于2005年首次出版实体书，名列亚马逊文学类图书排行榜前列，顾漫曾获第三届网络文学节2010年最佳作者奖。2015

---

① 选自磨铁文化向读者致歉并说明情况［EB/OL］．腾讯文学，2013-08-02．

年在江苏卫视和优酷视频播出电视剧《何以笙箫默》，由钟汉良和唐嫣出演男女主角。作者顾漫亲自参与改编，与职业编剧一起，将小说从原著 11 万字扩编成 40 万字的剧本，"由于篇幅的加长，我又进一步拓展和深入了人物的性格，想呈现给大家更全面的何以琛和赵默笙。"① 同在 2015 年，《何以笙箫默》同名电影上映。

《庶女·明兰传》（《知否？知否？应是绿肥红瘦》），是穿越架空类小说，完结篇总分位居晋江文学城第一名，作者 ID 名称为"关心则乱"，于晋江文学城连载首发，彼时名为《知否？知否？应是绿肥红瘦》，经湖南人民出版社改名为《庶女·明兰传》后于 2013 年 10 月出版。

总结梳理以上多部文学作品抵达阅听者的传播路径，我们可以发现传播路径呈现多维形态——所谓"多维形态"，即文学传播媒介常随时间发展跨越印刷媒介、电子媒介和网络、手机媒介，使用符号常有文字视觉符号、图像视觉符号、影像视觉符号、声音听觉符号，以及多种符号并存互文的复合符号文本，而且受到社交化和移动化的影响。在多维符号和路径中发展进化的结果，是小众作品持续发酵，逐渐成为大众化文学作品，甚至成为一个时代的标记；网络空间正在成为一个文学传播的发源地、一个孕育多元作品的孵化箱——不仅是对类型化的"轻文学"作品，还是对"厚重"的纯文学作品而言。而能在各个路径持续通吃的作品，仍旧应该具有普遍的人性价值和经典的文学性。

那么，是什么内在动力推动着文学作品的跨路径的多维传播呢？

---

① 顾漫.《何以》台词太甜 钟汉良唐嫣害羞 [EB/OL]. 新浪娱乐，2015-01-12.

2.1.3 马太效应：路径转向的内推力

是什么使文学作品克服路径依赖的惯性，实现路径嬗变？从传播者角度而言，经济利益、社会运行和文化扩散驱动了文学作品的动态传播；而最直接的推动力，是马太效应促使其他路径的传播者更倾向于选择前一路径中受关注度高的作品，加以再度编码加工传播于本路径。

"马太效应"源自《圣经新约》中的《马太福音》卷的一则寓言，"凡有的，还要加倍给他叫他多余；没有的，连他所有的也要夺过来"。犹太人"马太"被认为是该书的撰写者，可能源自希伯来文，意为"耶和华的恩赐"。马太效应于1968年被美国科学史研究者罗伯特·莫顿（Robert K. Merton）提出，用以总结个体产生"赢家通吃"的社会现象。当代文学传播中广泛存在这种赢家通吃现象，表现在文学魅力高的作品能够进化至不同维度传播路径进行跨越式传播。张荣翼也曾论述当代文学传播中的"评奖/通吃"现象，认为一些获奖作品容易成为通吃的赢家，占据更多传播资源和奖项青睐。[1]

那么在新传媒语境中的马太效应是否存在不同？一个显著的转变是，专家群体的评奖结果对于马太效应的影响下降；大众阅听群体的重要性上升，甚至超越评奖影响。大众阅听群体通过读者评论、点击率、阅读数、转发量等形成受众反馈系统。该系统不仅成为读者选择作品的参照物，也成为其评判作品价值的衡量尺度，大力推动着作品的跨路径多维传播。

这一现象的背后，是文学"专家"在大众中权威感的下降，对应着大众群体作为参考团体地位的上升；更深一步，表现了精英价值的衰

---

[1] 参见张荣翼. 文学传播中的当代问题 [J]. 社会科学辑刊, 2003 (6): 152-156.

落和大众狂欢价值的升腾。但是这种以大多数文学阅听群体的反馈行为作为"排行榜"依据的价值判断形式，并不一定能够筛选出文学水准和艺术水平高的作品。一些排名靠前的作品，从文本层面来看不仅写作手法匮乏，而且语言修辞也欠缺文学性，更加缺乏语言的凝练、美感，叙事结构的精巧或主题思想的深刻，这一错位是否能够体现新媒体语境中接受价值的变化？由于新媒体环境中读者反馈系统成为文学作品传播的内容部分，读者反馈系统的重要性上升，读者和受者形成主体间性的交往模式，传统的精英审美价值观的影响下降，大众化的审美品位成功左右了更多读者。

新媒体语境中文学排行榜的一个鲜明特色，就是分众传播和社交网络的影响，使得排行榜的标准不再是网络发展初期单一的点击率，而是发展到按照读者/阅听者的评论数排名、推荐数排名、转发量排名、付费销量排名、新书排名、VIP更新排名、字数排名等多种多样的受众反馈方法，虽然多到令人茫然和无所适从，但多样化的排行能够体现受者视角不同参与程度的价值判断，进而满足读者多样化的主观的价值需求。当然，我们通过研究发现一些问题，使这些网站或阅读应用的文学排行榜的可信度遭受质疑、公信力堪忧——某些排行并未展示相应的点击数量或者销售数量，降低了该文学排行的可信程度。若想单纯地表现读者接受层面的价值判断，网络排行又受到传播组织的介入影响——一旦作品被首页推荐或置顶推荐、加精推荐，能够得到迅速的排名提升，这个也大大影响了读者反馈系统的信度。因此，我们呼唤第三方组织或机构评出更具有公信力的文学排行，一个更加独立的大数据分析和推广科学排名的第三方评价机构。

社交网络路径中，受自媒体人影响的马太效应更容易推动作品的跨路径传播。新浪微博中通过认证的享有众多粉丝和关注度的微博自媒体人，被称为"网络大V"①，阅听者倾向于关注和参与传播网络"大V"所推广和喜爱的文学作品。

当下影视改编对文学作品的选取标准也表现出了明显的马太效应影响。不同于20世纪80年代第五代导演对先锋派文学和严肃文学的青睐，也不同于90年代对民间和武侠等通俗文学改编的热衷，2010年之后，影视改编对文学作品的选取倾向于网络文学中关注排名靠前的作品，如《致我们终将逝去的青春》《何以笙箫默》《盗墓笔记》《花千骨》等影视作品。

揭示、明确马太效应在文学传播路径和评价机制中的作用，对这个文学爆炸式增长、多元思想并存的时代尤为重要。当下新传媒语境中的这种排名至上的马太效应的负面影响也是显然易见的。大众化的文学批评和文学接受者的价值判断，容易形成文学价值的一元化和定型化，遮蔽了具有个性的小众文学，拉低了文学活力。回味现代文学时代的优秀文学作品，是否也存在不同于当时的大众化环境，个性十足趋于小众的呢？对于张爱玲、沈从文、周作人等人的文学评价在某一时期确实被小觑，关注度极低（其中主要是政治因素影响的结果），但是在当代文学中的价值重估和重新发现，确实归功于个别文学学者型"专家"，如夏志清教授。那么在当代文学中，是否也存在被大众化的马太效应遮蔽的文学家？我们不能等时间长远流逝后才给予这类作家迟来的公正评价。

---

① V即VIP的首字母，全称Very Important Person，有"贵宾、高级用户或会员"之意。

2.2 文学传播路径与价值嬗变的表征之二
——文学接受群体的路径选择变化

本节通过分析文学接受群体的调查问卷,探索网络环境下阅听人媒介选择、接受动机、价值判断是否发生变化,注重分析媒介选择和阅听习惯的群体差异。

这些数据分析验证了以下三点。

一是新传媒时代,文学接受着从传统的印书出版路径转向电脑、移动阅读和视听化接受。人与文学、与社会、与生活更广泛密切地联系,文学已然成为个人在社会生活和精神世界中无法逃离亦不可割舍的刚性需求。

二是接受路径嬗变使新传媒时代的文学读者群体嬗变分化,传统的文学接受者突破了"读者"的界限,包含了听者、观者等接受形式,所以使用"阅听者/人"这一概念能更好地指代新传媒时代的文学接受者。

三是验证了不同的群体的文学媒介选择及接受心理存在的差异。

性别影响——影视路径是女性的领地,满足了女权思想、女性独立意识、情爱幻想、对时尚流行和美的渴望。

年龄影响——电脑和移动网络路径是青少年的天下,充满青春荷尔蒙的蠢动、代替式想象、对成就和权力的渴望和动机以及割裂式成长。

孤独感差异——声音路径的接受者孤独感程度最高,是孤独者的贴身伴侣,满足对集群动机的需要,塞满信息的真空感;电脑和移动网络路径的孤独感平均程度较高;纸质书籍路径的接受者孤独感最低。

2.2.1 路径选择的十年变迁

可以说，网络的飞速发展影响了文学的存在方式。对城镇16至60岁的居民来说，网络的影响力更加难以估量。在所有成年群体中，18至25岁的居民是最活跃的网络用户群体，媒介活动参与度最高，是网络和新媒体高频活动的主体。

在时间维度上，十年前为21世纪初，网络在我国兴起不过五六年时间，只在部分群体中盛行，随着十多年的发展，如今网络与手机、基于网络的新媒体已经席卷多数人群，它对我国的文化和受众的影响愈加深远。本研究在问卷中使用两个问题前后对比，让填答者选出十年前后的文学阅读的最常选择路径。从而验证文学接受群体的路径选择发生变化。

验证问题1：十年前后样本首选文学传播路径确实发生变化了吗？对十年前后的文学接受群体进行数据交叉和对比分析。

验证结果：当代文学接受群体大部分（73.5%）改变了常用文学阅读路径。

通过交叉分析得出的数据显示，十年间最常接触的路径未发生变化（前后一致）的样本数为399人，占26.46%；路径发生变化的样本数为1109份，占73.5%。

这一较高比例再次有力地证实了大多数当代读者的文学路径选择发生变化，原文学书籍读者在当代被电脑、手机、影视等多维传播路径分流，转向手机移动路径的比例较高。

路径选择发生变化已被证实，那么在具体构成方面有何变化呢？

印刷路径读者的转向。从接受群体的来源，现今电脑路径接受群体，有76%的样本源于十年前（2005年左右）的书籍读者，移动路径接受群体中77%的样本来源于十年前（2005年左右）的书籍读者。大量传统纸媒路径群体被分流至网络媒体和以手机为代表的移动媒体中，尤其是移动媒体发展极其迅速，用户增长迅速。

表2.5 十年前后常选文学传播路径的频数与百分比交叉分析

X \ Y	(1) 电脑文字路径	(2) 移动文字路径	(3) 影视路径	(4) 声音路径	(5) 纸质书籍路径	小计
(1) 电脑文字路径	32（45.07%）	27（38.03%）	8（11.27%）	2（2.82%）	2（2.82%）	71
(2) 移动文字路径	4（5.41%）	53（71.62%）	8（10.81%）	4（5.41%）	5（6.76%）	74
(3) 影视路径	23（17.97%）	52（40.63%）	32（25.00%）	5（3.91%）	16（12.50%）	128
(4) 声音路径	10（20.83%）	24（50.00%）	4（8.33%）	4（8.33%）	6（12.50%）	48
(5) 纸质书籍路径	225（18.96%）	525（44.23%）	140（11.79%）	19（1.60%）	278（23.42%）	1187

如表2.6所示，现今日常选择电脑文字路径的人，有76.53%十年前是最常阅读纸质书籍的，而今他们对文学接触的路径发生转移。

表2.6 现今电脑文字路径接受样本群体在十年前的路径选择比例统计

选项	小计	比例
(1) 读电脑文字	32	10.88%
(2) 读手机文字	4	1.36%
(3) 看影视文学	23	7.82%

续表

选项	小计	比例
（4）听声音文学	10	3.4%
（5）读纸质书籍	225	76.53%
本题有效填写人次	294	99.99%

表2.7显示，纸媒读者不仅流失至网媒和移动媒体，以电视、电影以及网络视频等为传播终端的影视路径也是纸媒读者的流动方向，有高达72.92%的阅听人来源于书籍阅读者。

表2.7 现今影视路径接受样本群体在十年前的路径选择比例统计

选项	小计	比例
（1）读电脑文字（网络文学、电子书）	8	4.17%
（2）读手机文字（包括iPad/电子阅读器等移动文学阅读）	8	4.17%
（3）看改编自文学的电影/电视剧/网络视频等影视	32	16.67%
（4）听有声读物/广播文学节目等声音	4	2.08%
（5）读纸质书籍	140	72.92%
本题有效填写人次	192	100.01%

验证问题2：十年前后传播路径构成变化。

验证结果：如图2.1所示，十年前的文学传播路径选择中，高达78.71%的样本选择了纸质图书路径，非纸质阅读路径合计只占

21.29%，其中占比最多的为影视路径，也只占 8.49%，电脑和手机移动路径均不足 5%，纸质阅读的印刷路径在文学传播领域一枝独秀，占据绝对优势。

而随时间推移至今，读者最常选择的路径已经改弦更张，纸质阅读跌落幅度显著，降至 20.36%；非纸质阅读涨幅明显，已升至 79.64%，其中占比最多的为移动文字路径，占 45.16%，其次是电脑文字路径，占 19.5%，二者合计超过 64%。网络媒体发展至 21 世纪的第二个十年，已深度改变了国民阅读习惯，改变了他们的文学接受路径——从以纸质路径，转移至网络、移动互联、影视路径，传统印刷文学传播路径的受众被大量分流。

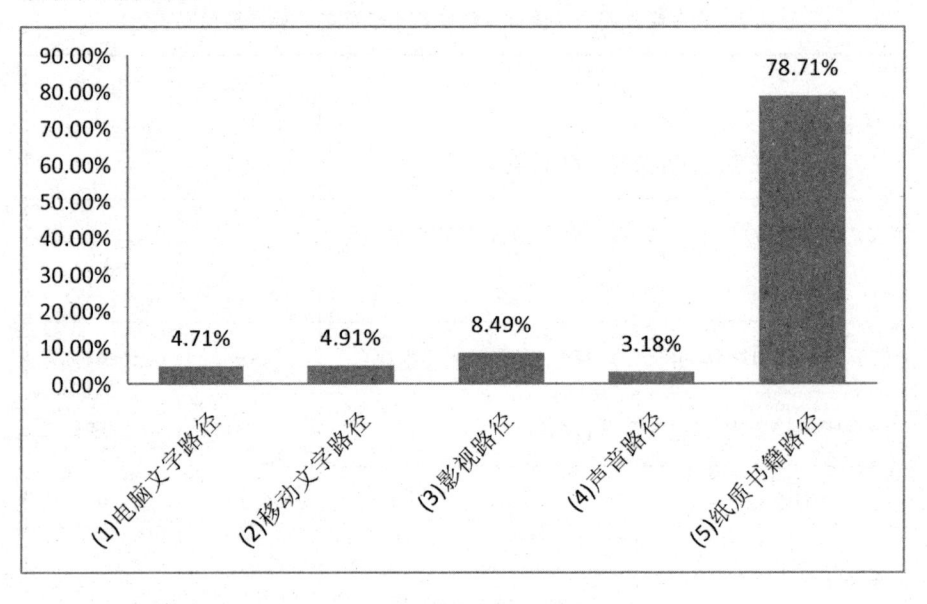

图 2.1　十年前后最常接触的文学传播路径分布

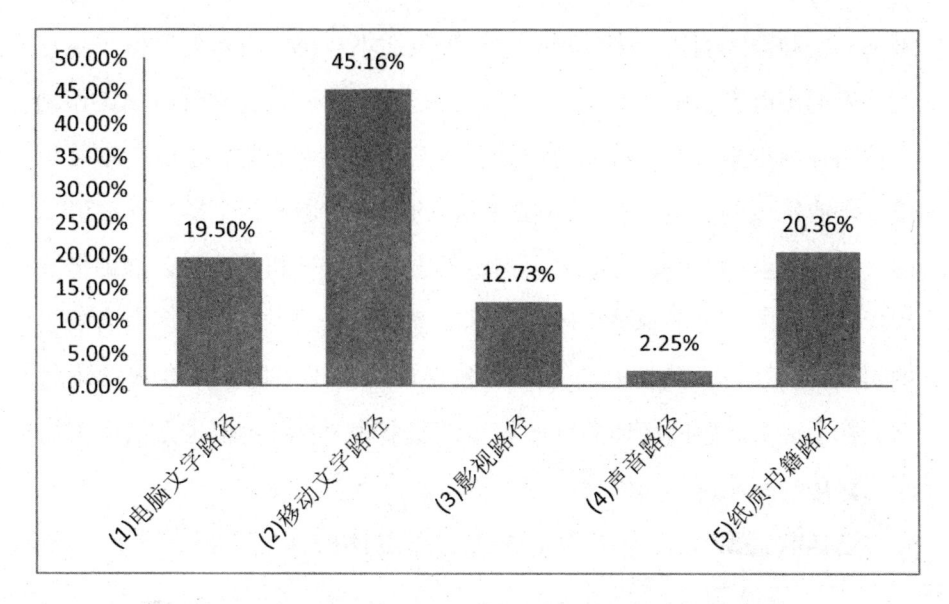

图 2.2　现今（2015 年 1 月）文学接受者最常接触的文学传播路径分布

移动文字路径以绝对优势取代了纸质书籍传播路径。与十年前纸质阅读一枝独秀不同，现今，文学传播途径中占首位的是移动文字传播路径，排名随后的电脑文字、影视和纸质书籍路径的占比差距不显著，多维传播路径呈现势均力敌齐头并进争夺受众的现象。

具体分析受众选择不同路径的各自的比例。

在多维传播路径中占比第一位的是移动文字路径，样本共 681 份，占比 45.16%，表明目前以手机、平板电脑等为主的移动互联网媒体成为读者阅读文学作品的最常用工具和路径。

移动互联媒体包括手机、平板电脑、电子阅读器等终端，在阅读体验上最为接近传统纸质书籍阅读，比如亚马逊出品的 Kindle，盛大出品的采用电子墨水屏的 Bambook，苹果公司的 iPad 等。

纸质书籍路径的样本为 307 份，占比 20.36%，排在第二位。虽然网络冲击和数字阅读带来激烈竞争，但纸质书籍仍占有重要席位。在普通读者的价值观念中，文学和书籍往往是趋同的——文学就应该是印刷书籍路径的传播形态，这种传统观念常常是根深蒂固的，手捧一本装帧或古朴或精美的小说，抚摸着纸张略带粗糙的质感，随着一页页地翻阅，根据故事的发展，合上扉页幻想书中的颜如玉和黄金屋，这种传统阅读的质感体验是很难被生硬的屏幕阅读所取代的。尽管许多书店陆续倒闭或转项经营，但是电商亚马逊和当当的实体书仍保持客观的销售额。除了追求质感阅读体验外，看重纸质书籍的收藏价值也是纸质书籍阅读保持较高比例的原因之一。

选择电脑路径的样本为 284 份，占总体的 19.5%，占比排名第三位。

选择影视路径的样本为 192 份，占总体的 12.73%，占比排名第四位。

选择声音路径的样本为 34 份，占总体的 2.25%，排在最后一位。以声音符号为表现形式的文学样式，曾经以词牌、话本、唱词等形式流行于市井街头，为现场公共艺术的主要形式，在当代或成为小众的表演艺术形式，或转入数字广播阵地，与社交媒体融合生成社交化的数字广播应用，如荔枝 FM、喜马拉雅等。

2.2.2 路径选择的人口学变量差异

施拉姆认为，人们选择不同的传播途径，是根据传播媒介及传播的信息等因素进行的，人们总是选择最能充分满足需要的传播途径。那么，不同年龄、性别、收入等群体在选择文学阅听媒介时有何不同？人口学变量是否对文学接受路径选择存在影响？通过交叉分析，得出以下结论。

<<<　第 2 章　新传媒语境中文学传播路径嬗变的表征

首先，如图 2.3 所示，不同年龄群体的文学路径选择差异显著，呈现清晰的三个层次的代际差异。

第一个年龄层，40 岁以下的所有中青年和青少年样本群体路径选择构成相近，移动文字路径均居首位，而且占比较高，均超过 40%。

在第一个年龄层内部，18-25 岁和 26-30 岁这两个群体的路径选择比例十分相似，按选择比例依次为：移动路径遥遥领先；纸质书籍和电脑文本路径的比例较为接近，前者纸质书籍略高，后者电脑文本略高，影视路径次之，声音路径垫底。在 31-40 岁群体当中，纸质书籍位列第二，其余依次是电脑文字、影视、声音路径。

第二个年龄层，41-50 岁的中年群体路径选择不同于其他任何年龄层，呈现多元格局，电脑文本路径以较小优势取得首位（33.33%），移动路径居第二位（30%），印刷路径随后分庭抗礼（23.33%）。

第三个年龄层，51-60 岁的中老年以及 60 岁以上老年样本群体路径选择构成类似，影视路径是日常首选路径的比例最多，尤其是超过 60 岁的老年群体，超过半数（57.14%）将看电视视为日常娱乐活动的首选，印刷路径骤减为 0，声音路径大幅上升至 29%。

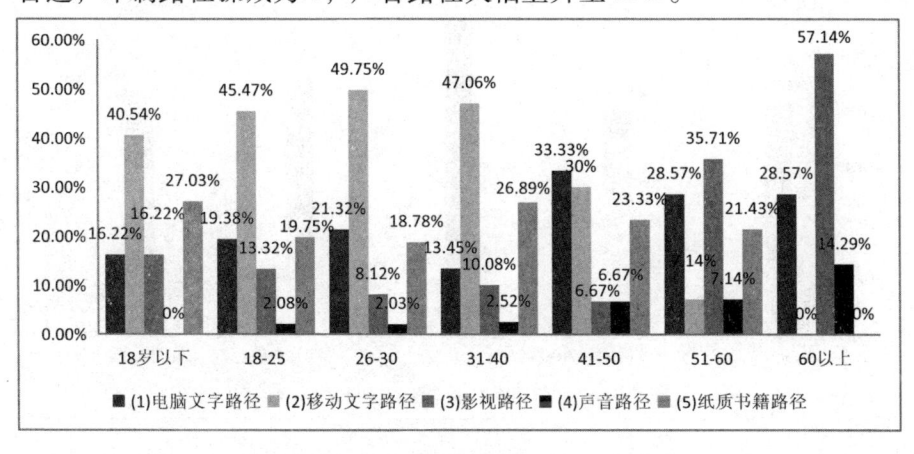

图 2.3　不同年龄层样本群体的文学路径选择

87

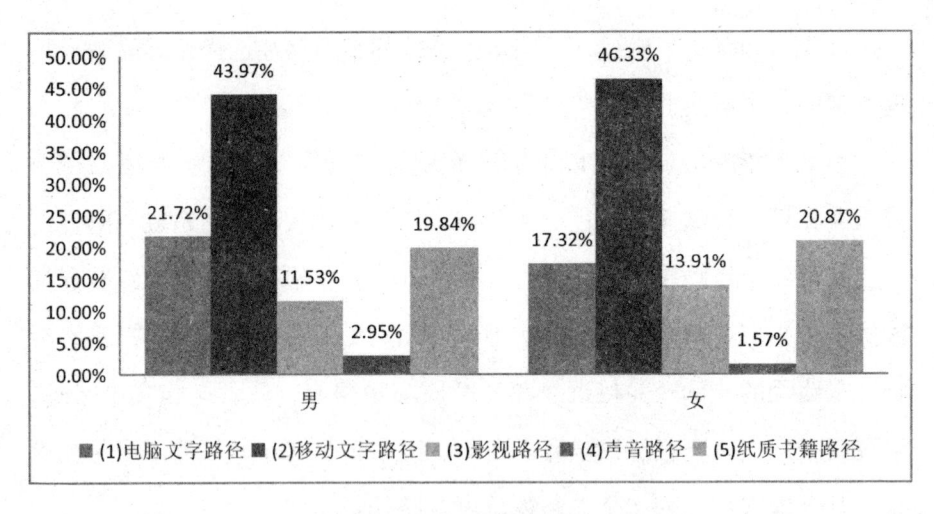

图 2.4　各路径接受群体的性别比例分布

第二，两性性别的文学路径选择多元，但移动路径在男性和女性群体中均居首选之位：如图 2.4 所示，男性在电脑文字路径和声音路径中多于女性；女性明显更倾向于影视文学和移动路径，在纸质书籍路径中也略多于男性。具体而言，移动文字路径选择男性群体占比 43.97%，女性群体占比 46.33%。

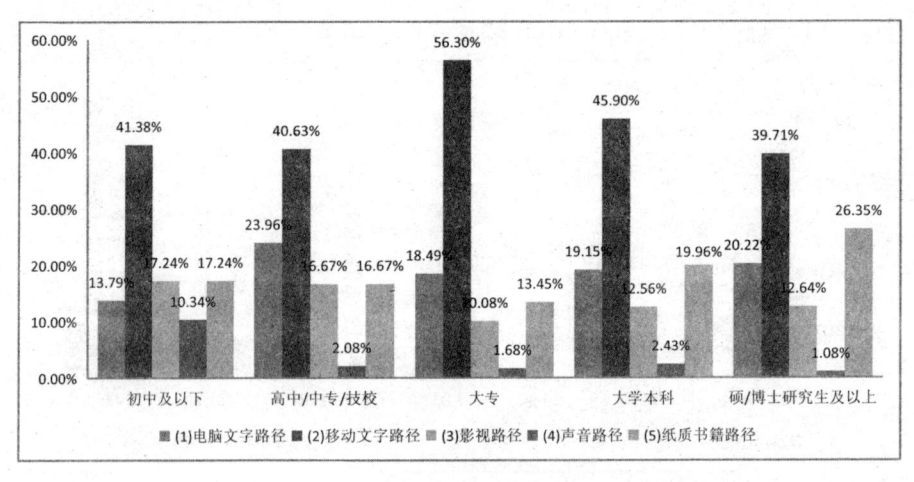

图 2.5　不同学历样本群体的文学路径选择

第三，移动路径成为各学历群体接受文学的日常路径：在任何一个学历层次的群体之中，移动文字路径都以绝对优势成为最常使用的文学接触路径。电脑和移动路径共同构成的网络路径，在所有学历层次样本群体的路径选择比例中都超过50%，最高的甚至达到74%（大专学历样本群体）。除移动路径外，初中及以下学历常选择影视和印刷书籍路径；高中和大专学历样本的第二选择是电脑文本路径。在大学本科阶段，书籍的选择略高于电脑文字路径，而到了研究生及以上学历，选择书籍的比例大大增加，在所有学历中书籍选择的比例最高。

第四，职业对路径选择的影响。少于50人的职业样本不予分析，只分析学生、商业/个体、事业单位和国家机关公务员、专业技术人员/教师/医生、企业白领/一般职员/文员/秘书等五类职业身份。移动文字路径选择比例在学生、商业/个体、事业单位和国家机关公务员、专业技术人员/教师/医生、企业白领/一般职员/文员/秘书等五类职业身份中均排名第一；纸质路径选择在学生、专业技术人员/教师/医生职业人群中比例第二；电脑文字路径在事业单位和国家机关公务员、企业白领/一般职员/文员/秘书职业人群中比例占第三位；商业/个体职业群体中影视路径和纸质书籍路径选择的比例并列第三。

第五，文学路径选择的专业差异：对样本超过50人的专业进行分析，剔除农业科学类。如图2.6所示，移动文字路径在各个专业领域均为比例最高的选择；按照比例排名，最多选择移动文字路径的是工程与技术科学类专业，比例高达51.37%；在纸质图书路径中，自然科学类专业人群选择比例最高，艺术类最低。

人文与社会科学类、自然科学类、工程与技术科学类专业人群最常选择的路径依次是移动文字、纸质书籍、电脑文字路径。

医药科学类、艺术类人群最常选择的路径依次是移动文字、电脑文字、纸质书籍路径，不同的是艺术类人群的影视路径选择比例只是略低于纸质书籍。

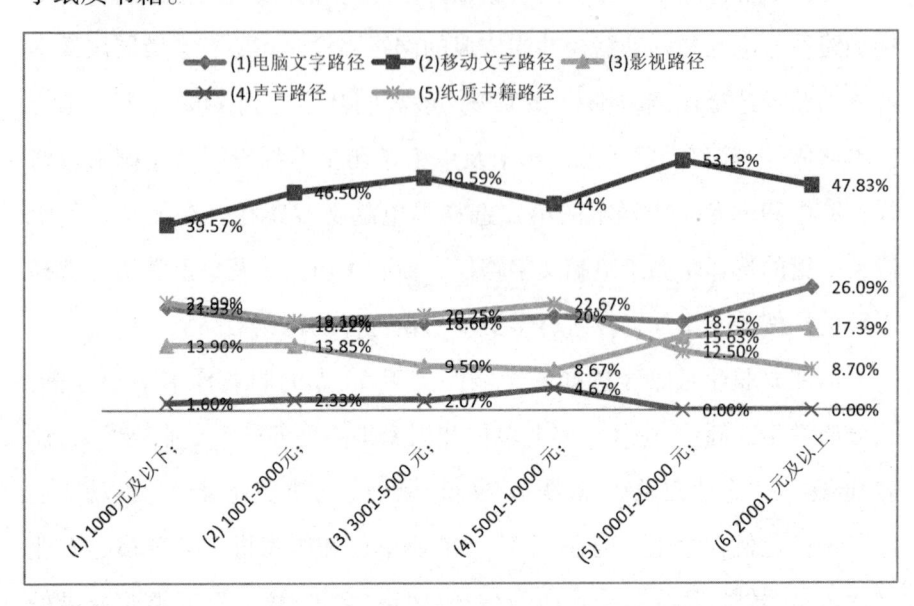

图 2.6 不同经济收入层次群体的文学路径选择

　　第六，文学路径选择的经济条件差异：剔除样本数低于 50 人的月收入 10000 元以上的群体。数据表明，媒介选择受经济条件变量影响不明显。在各个收入层次中，移动文字路径均为首选路径；纸质书籍和电脑文字比例十分接近，比例差距甚小；影视路径次之，声音路径垫底。在数字化生存时代，或许由于数字的免费共享特征的影响，加之纸质书籍的价格为在大多数人可以接受的范围之内，故而经济因素对媒介路径选择的影响不明显。除性别、经济条件外，地域和网龄时长等变量对文学传播路径的选择也显示出明显差异，受众整体均表现出对移动文字路径的高选择比例、声音路径的低选择比例。

2.2.3 不同路径选择的使用习惯对比分析

当代文学接受群体的多维路径选择中，移动文字路径总体比例最高，其余依次为纸质书籍、电脑文字、影视、声音路径。读者———阅听人对各路径的接触和使用频率如何？接触情境如何？为了厘清这些问题，本小节对各个路径的接触习惯和偏好等因素加以分析，通过横向对比的方法，揭示各文学传播路径的差别，尤其是在传播的形式内容、意识主旨和接受习惯等方面的差别。由于分列各个路径会造成图表过多，只列出所有多维共存路径的整体比例示意图，但数据依然提供。

第一，在接触频率上，每日接触成为常态，58.16%的受众每日都要接触文学路径。从每个路径分别来看，移动路径的文学阅读最为频繁，每日阅读的比例最高，其次是电脑文本路径，二者均在60%以上；接近半数（47.88%）的纸质路径读者每天都要进行阅读。

表2.8 不同路径受众的接触频率占比

不同路径 接触频率	电脑文字路径 小计	比例	移动文字路径 小计	比例	影视路径 小计	比例	声音路径 小计	比例	纸质路径 小计	比例
（1）每天	185	62.93%	445	65.35%	82	42.71%	18	52.94%	147	47.88%
（2）每2天	39	13.27%	75	11.01%	21	10.94%	8	23.53%	35	11.4%
（3）每周	48	16.33%	108	15.86%	61	31.77%	7	20.59%	95	30.94%
（4）每月	14	4.76%	34	4.99%	23	11.98%	0	0%	19	6.19%
（5）半年	5	1.7%	14	2.06%	3	1.56%	1	2.94%	9	2.93%
（6）一年	3	1.02%	5	0.73%	2	1.04%	0	0%	2	0.65%
有效填写人次	294		681		192		34		307	

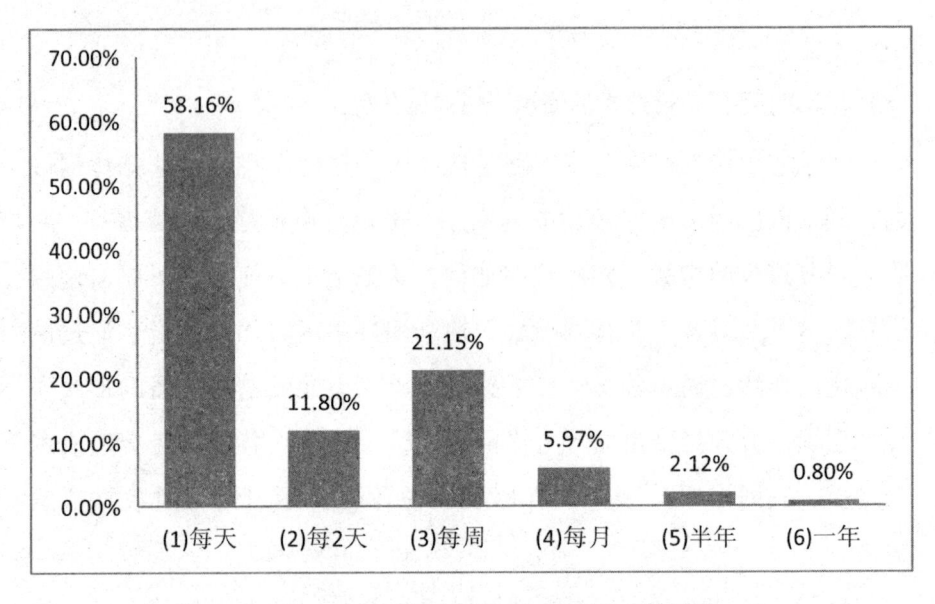

图2.7 多维路径样本群体的接受频次比例分布

第二，在每次平均接触时间上——影视路径和声音路径的平均阅听时间长度最长。影视和声音路径沉浸的时间最长，也许比起影视和声音符号负载，文字负载更容易引起心理疲劳，当然，也和影视和广播的播出时间相对固定等因素有关。从总体情况看，每次接触的时长不确定成为在每个文学传播路径均存在的最明显现象，可长可短的不确定的平均接触时间，反映了媒介接触的碎片化，使受众无法准确估量出自身的媒介接触时长。又或者，是数码路径的全时性特征的独特语境，潜移默化地诱使当下受众的时间感失灵，不似电视媒体的准时定时性特点，当《新闻联播》的片头音乐响起，观众马上感知到七点来临，而电视剧开演，即为八点钟到来，当电视节目结束，检机画面出现，即意味着一天的结束。相比之下，不论是电脑端还是移动端的数码媒体，均不能传递这样准确的时间感，比特空间似乎永远可以歌舞升平，时间永恒流逝，

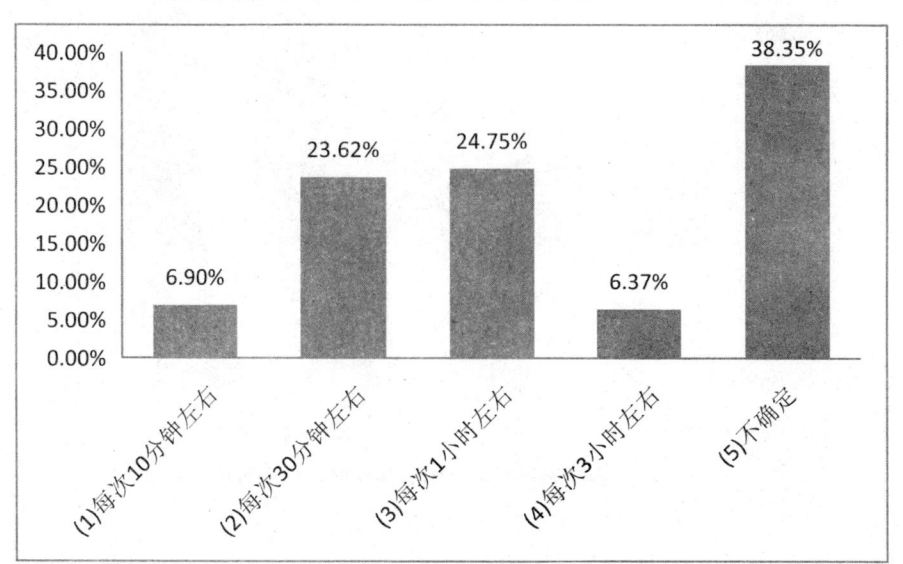

<<< 第2章 新传媒语境中文学传播路径嬗变的表征

无休无止，造成接受者时间感知的灵敏度失效。

图2.8 多维路径样本群体每次平均接受时长比例分布

第三，在接触时段上，各路径在夜间的发生比例最高，但是移动路径的高峰时间出现在深夜，影视路径出现在18点~20点，电脑和移动端的数码文本路径入侵深夜阅读。"挑灯夜读"的文学阅读习惯仍在，晚间仍然是国人阅读的主要时段，尤其是深夜阅读十分常见。不同的是，阅读的对象由大小不等的屏幕取代，不需"再挑灯火"就可以"看文章"，多种传播形式的文学成为读者不眠之夜的陪伴或理由。

第四，在接受文学的地点上，仍旧以室内为主，但是乘坐交通工具时的阅听增多，超过公共场合。这主要是移动阅读媒体的发展带来的结果，移动媒体的便捷性使得城市人口可以在交通路途中享受文学阅读之美，使读者可以在不同空间享受审美阅读，并在阅读发生之时于公共空间中塑造出小小的私人化的"私空间"，一定程度上维持了个体的独特性，实现对公共生活的最低限度抗衡，意图解决个人和集体生存的永恒矛盾。

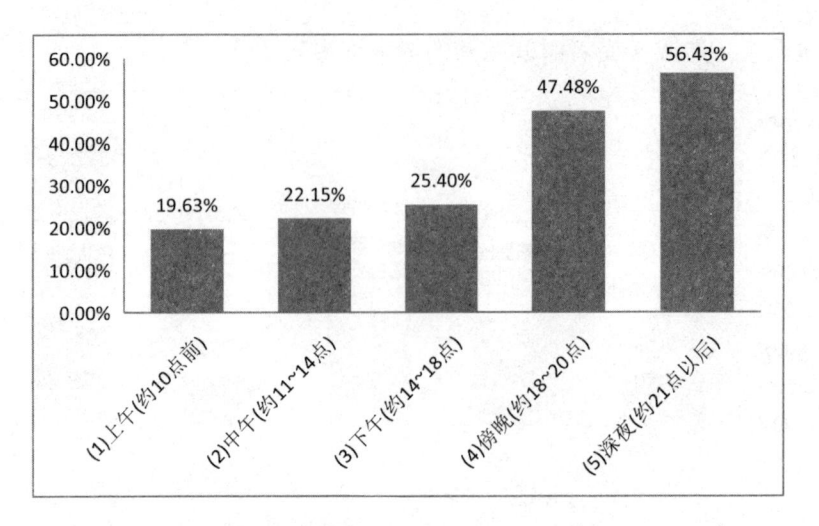

图 2.9 多维路径样本群体的接受时段比例分布

（注：此为多选题，所以比例总数多于100%）

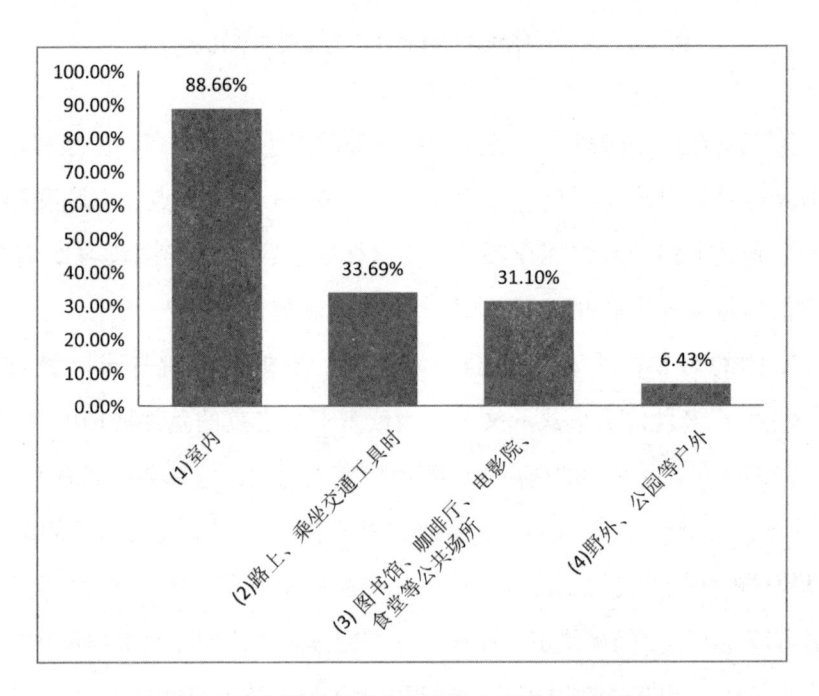

图 2.10 多维路径样本群体的接受地点比例分布

（注：此为多选题，所以比例总数多于100%）

对以上统计结果进行总结，我们得出以下结论。

与十年前相比，绝大部分读者从印刷文本转向数码的电脑和移动路径。我们从对电脑和移动构成数码路径和影视路径每日的高频次接触使用，每次一小时左右的接触时长的数据中可以得知，当下受众对于文学作品的阅读和视听已经进入日常化阶段，不同形式的文学在国民生活中发挥着不可估量的作用和价值。不同文学符号形态的媒体路径存在性别偏向。

读者通过电脑端和移动媒体阅读、影视和声音阅听、书籍阅读这五种传播途径，实现了对文学之美的日常体验，将浮在纸面和屏幕上面，隐藏在文字、影像和声音符号之下的文学内核内化为自身生活的一部分，模糊了文艺和生活的距离，通过审美化的手段消弭了想象和现实的边界，消解了日常生活的噪音和信息冗余。就如同费瑟斯通所论述的那样，日常生活的审美化正在消灭艺术和生活的距离，这构成了后现代社会的特点之一。[①]

我们在文化上已驶入后现代社会，多种传播形式的文学已与当代受众密不可分，文学成为调剂生活、逃离乏味感、缓解压力、维持个体心理平衡的日常工具，文学审美日渐日常化、生活化，其存在和发展促使着当代人对感知时间、诗意生活、媒介真实、审美生存的持续体验和不懈追求。

[①] 参见费瑟斯通.消费文化与后现代主义［M］.刘精明，译.南京：译林出版社，2000.

2.2.4　路径变化与接受价值判断嬗变

阅读是文学价值得以实现的过程，阅读价值判断，即文学接受者基于对文学的使用价值和内在价值做出的判断，可以构成选择和阅读文学的内在驱动力。问卷对价值判断分为审美价值、交往价值、净化价值、娱乐价值、陪伴价值、便捷性价值等12项。

首先，为了验证文学读者/阅听人的阅读动机是否存在差异，对全部路径受众的接受价值进行非参数检验的 Cochran Q 检验，检验结果表明，Cochran Q 为2964.285，渐进显著性概率 P 值小于0.01，高度显著，表2.9显示了全部路径的文学受众的阅读动机存在显著差异。根据各种阅读价值被选择的频率，得出以下比例分布（见图2.11）。

表2.9　全部路径受众阅读价值的检验统计量

N	1508
Cochran Q	2964.285[a]
df	11
渐近显著性	0.000
a. 0 将被视为成功。	

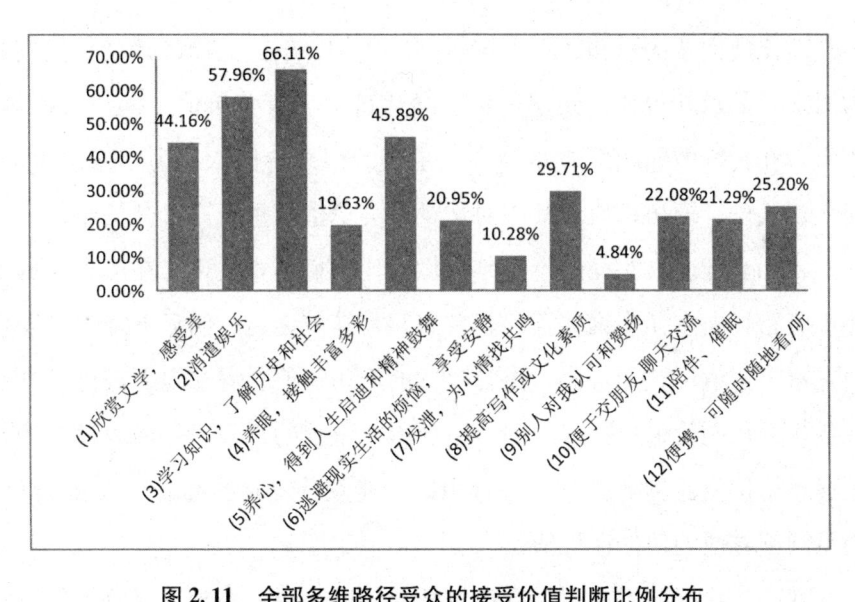

<<< 第 2 章 新传媒语境中文学传播路径嬗变的表征

图 2.11 全部多维路径受众的接受价值判断比例分布

（注：此为多选题，所以比例总数多于100%）

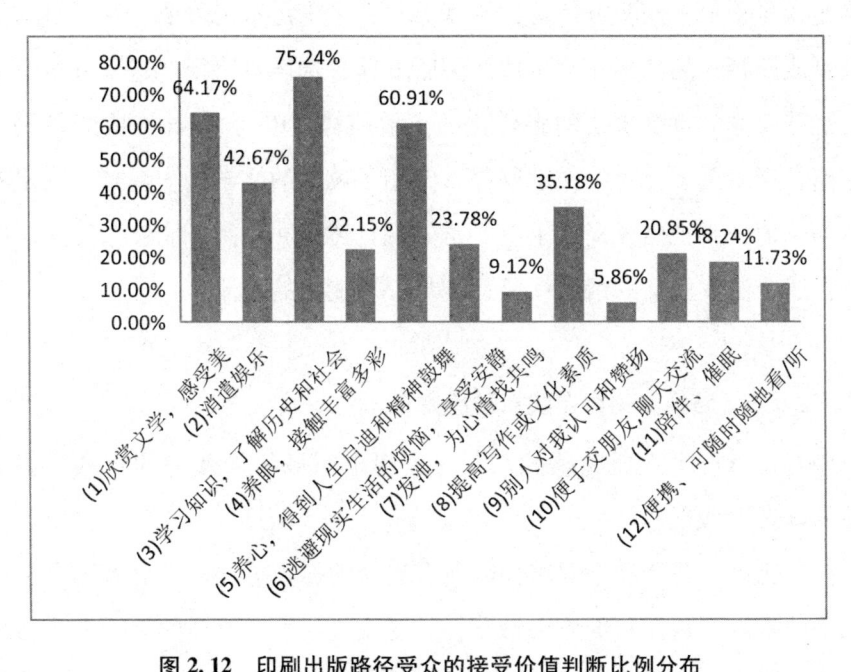

图 2.12 印刷出版路径受众的接受价值判断比例分布

对比上面两图可知，在多维传播路径中，较为突出的接受价值判断为对文学的求知价值、娱乐价值、净化价值、审美价值、模仿价值等。阅听者在传统的印刷纸质路径中，主要的阅读价值依次为求知、审美、净化、娱乐、模仿价值。其中对文学审美价值的重视高于其他路径。

将和全部多维路径的价值判断做对比我们不难发现，在由单一的纸质出版路径向多元多维共存的新传媒路径转向之后，明显下降的接受价值是审美价值、认知价值、提升写作的模仿价值、渴求他人对自己肯定或赞扬的认同价值。升降之间，更加得到重视的价值——最为显著的是消遣娱乐价值比例的提升，还有用以躲避烦恼的避世价值、交际价值，满足阅读方便的便捷性价值。

其次，数据分析表明，受众对文学传播路径有先验的价值判断和路径选择偏向：为满足求知价值，阅听群体首选PC和移动文字路径；为满足娱乐价值，阅听群体首选影视路径；为满足审美价值，阅听群体首选纸质路径；为满足净化价值，阅听群体首选声音路径。这一分析结果也意味着文学接受价值的多样化的离散趋势：PC和移动构成的数码文字路径拥有更多元化的文学题材，开拓了读者的文学认知视野，满足其认知价值；影视路径提供了更丰富的视觉体验和刺激，能够激发更多的愉悦感，激发观众的情绪体验，满足心理能量的宣泄。

2.2.5 路径变化与自我孤独感差异

对比分析主观孤独感的水平，表现出明显的"孤独的听众，不孤独的读者"倾向。

对比每个路径和全部路径的所有受众的孤独感比例，显著偏离平均水平的是声音路径和纸质书籍路径的受众——声音路径的阅听人高孤独感的人群更多，纸质书籍的低水平孤独感读者的人群更多。其他三个路径的分布比例趋于正态分布，无明显偏向。由于数据不能显示因果关系，所以仅从数据分析来看无法确定是听有声小说使人更孤独，还是孤独的人更倾向于选择听有声小说，但是深入定性分析这个问题，本书认为当前读者的路径选择是使用与满足的结果，面对多种媒体多维路径，受众具有主观选择权，因而，有较高孤独感体验的阅听人偏向选择声音路径，有较低的孤独感体验的阅听人偏向选择印刷路径。

正是由于路径选择是阅听人的自主性行为，所以，对于文学传播路径的选择与人格、动机、期待视野等个人化心理特质有较大关系。孤独感较强的人，为何偏爱选择声音路径的文学接受形式？

从路径差异看，声音路径的传播符号拥有更多的人性化情感，音色、语气、语调、音乐等声音可以给孤独者以抚慰和安全感。进一步而言，人类在进化过程中愈加群体化和社会化，集群动机成为遗传性的先天动机之一，个人处在群体之中可以获得更加安全的生存环境和更高的生存概率，因而，就算只听见人声，也可以使人获得更高的安全感。作为人际传播的主要媒介，声音较早地被研究如何实现远距离传播。直到1876年亚历山大·格拉汉姆·贝尔（Alexander Graham Bell，1847—1922）发明了电话，1906年费森登（Reginald Aubrey Fessenden，1866—1932）进行了第一次无线电空中广播。由此开始，声音传播介质成为一种便捷的大众媒体，不仅可以提供信息，还可以提供陪伴，慰藉孤独的心灵。不仅是物理学家和发明家，文学家也在其作品中展开了对于远距离声音传播的想象——如《西游记》当中的"顺风耳"、梁羽生武侠小说中的"传音入密"等。

影视路径和声音路径一样也可以提供人声，使阅听者有人群假想，但是为什么影视路径却未能体现出明显的孤独者偏爱呢？可能的因素有以下两点：一是可能由于广播常常在深夜时分睡眠之前被启用，这是个人较易感受孤独的时段；二是当下影视观赏常形成多人甚至群体形式，群观形式消解了个人的孤独感。

那么听文学的形式是加重了孤独感还是将之减轻？就如同影视路径一样，声音媒体提供给受众的，只是一种陪伴和欣赏，而非参与。即便不是听广播，而是听主持人聊文学这种可以互动的形式，听众对声音解码的接受形式也使受众处于低参与度，无法根本上降低孤独感水平，听众依然孤独。

印刷路径的解码形式使得读者的参与度升高，读者可以收获阅读的丰盈之美，沉浸在精神想象建构的个人世界里，与虚构的人物对话，与过去或未来的自己对话，一定程度上消解了孤独感。虽然阅读书籍是只能独自一人进行的个人行为，但是喜欢阅读书籍的人享受这种"单独"和安静，内心丰盈而富足。阅读书本上的文字提供了对话感，阅读者在想象中完成和文学世界的对话，因而可以说，喜欢读书的人非但不孤独反而可能是享受孤独的。

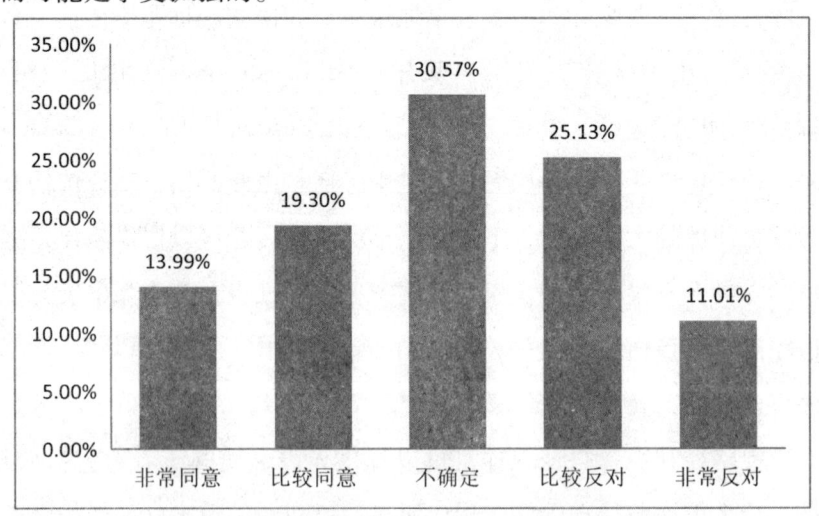

选项	比例
非常同意	13.99%
比较同意	19.30%
不确定	30.57%
比较反对	25.13%
非常反对	11.01%

图2.13　全部路径的所有接受者的孤独感比例分布

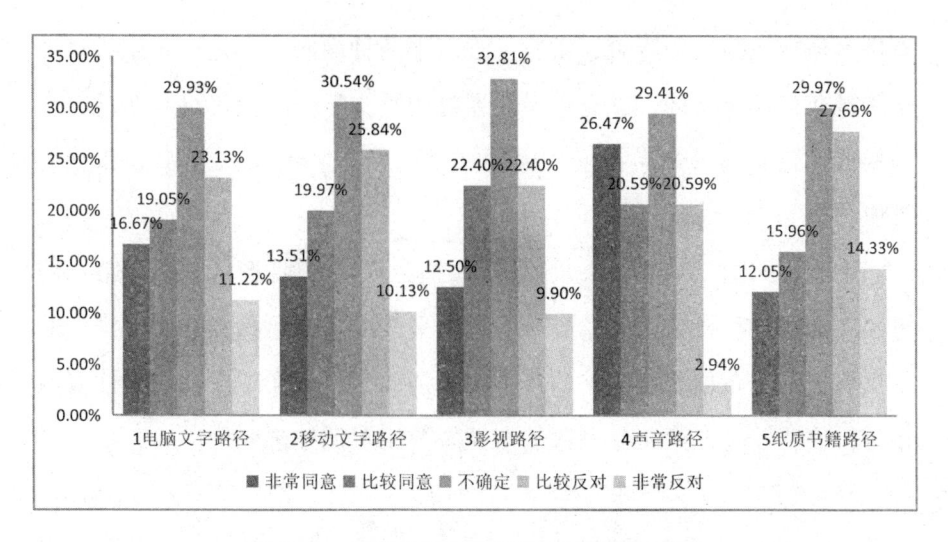

图 2.14 每个路径接受者的孤独感比例对比

孤独感与路径选择显著相关,二者存在密切关系。那么除了路径的形态原因之外,还有哪些影响因素?通过相关分析,本研究发现自我孤独感与以下四个因素存在密切关系。

第一,孤独感与媒介使用的时长存在显著正相关,这意味着,每次接触媒介时间越长的人,感觉越孤独,但究竟是因为阅听文学的时间越长越容易有较高的孤独感,还是反之,孤独感强的人更愿意长时间沉溺在文学的阅听当中?相关分析只能揭示二者在发展变化时的密切关系,我们认为二者互为影响、互相强化。我们使用新传媒中的社交化媒体进行探讨——常使用社交网络有可能造成真实世界中的社交障碍,形成社交网站弱化社交的"社交悖论"。一种观点认为是因为其本身就拥有孤僻内向的人格特征,因而惧怕真实社交,转而投向压力更小、个人空间更大的网络社交;另一种观点认为受众本身具有开朗外向的人格特征,因而十分积极地使用社交媒体发展更多的朋友关系。

第二,孤独感还与较高的社会认同动机和净化动机显著正相关,即有更多孤独体验的阅听者，常常呈现以下两种倾向：一是更希望通过文学接触获得社会认同；二是更希望通过阅听文学作品获得自我净化。个人的孤独感驱动了文学接受，因而文学的接受具有了抚慰个人孤独的价值。

　　第三，如图2.15所示，自我孤独感也存在性别差异，声音路径的男性样本的自我孤独感分布高于平均水平，纸质书籍路径的女性样本的自我孤独感分布显著低于平均水平，通俗而言，听文学广播的男性多数相对孤独感较高，读文学书籍的女性多数相对孤独感较低。

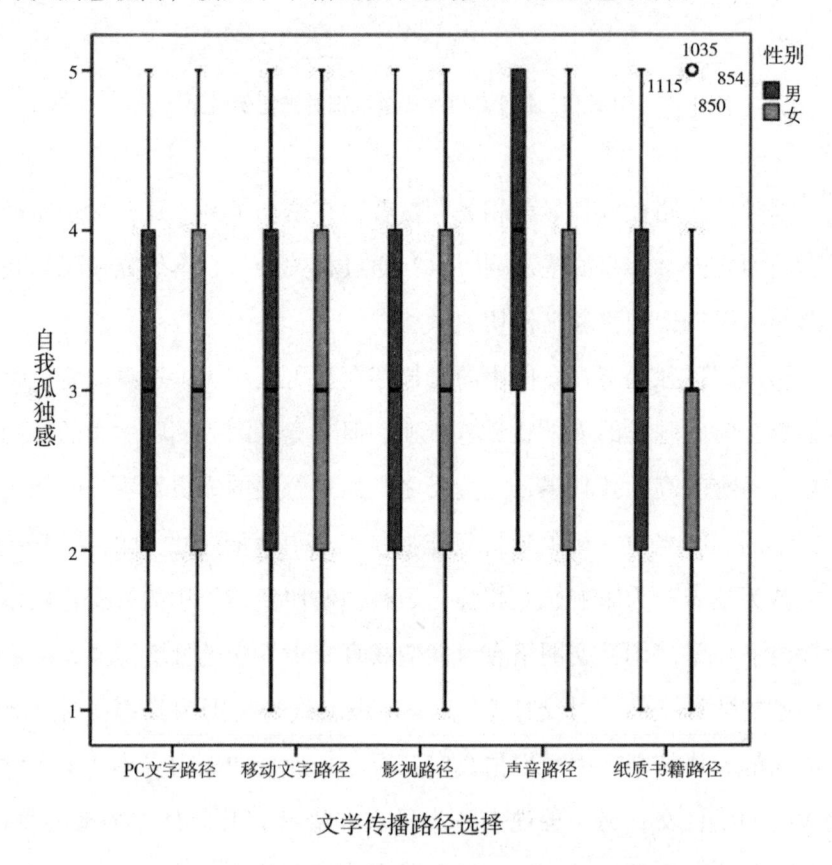

图2.15　不同传播路径的自我孤独感分布的箱形图

第四，不同的年龄层次在路径选择不同时可能造成自我孤独感差异吗？为了解决这个问题，本研究分析了不同年龄样本在五种路径选择中的自我孤独感的箱形图。箱形图用数据描述数据的分布区间，显示每组数据的分布情况。通过对比不同年龄的样本在五种文学传播路径选择中的孤独感数值水平，可以看到路径选择影响下不同年龄层样本的孤独感的显著差异。

18-25 当的样本基本没有显示出路径选择不同而造成的孤独感差异，而 18 岁以下的青少年和 31-40 岁的成年人却表现出明显的差异。

孤独感最高的有 18 岁以下的影视路径未成年接受者、26-30 岁和 31-40 岁的声音路径成年听众，18 岁以下的纸质书籍路径的未成年读者。

孤独感最低的是 60 岁以上的电脑路径和影视路径老年受众，51-60 岁的书籍路径中年读者，18 岁以下的电脑文字未成年网民读者。

通过图 2.16 显示的孤独感水平分布极值与中位数来看，18 岁以下的青少年显示出高程度的媒介选择差异：阅读电脑文字的青少年群体孤独感普遍较低，阅读纸质书籍的青少年群体感觉比较孤独，阅读移动路径的孤独感水平稍微上升，观看影视路径的青少年群体认为自己十分孤独，普遍达到顶峰。这一现象值得家庭、学校以及社会等方面予以进一步关注。也许，当前社交化的电脑网络应用可以缓解青少年的孤独感，而单向传播的书籍和影视无法满足青少年的社交需求和自我表述欲望。

对于本调查样本中的 60 岁以上的老人群体，明显显示出低于一般水准的孤独感，这与问卷选择网络和移动社交媒体端发放有关，能够接触这一媒介的老人，相对来说拥有更多的社会支持，因为他们学习使用社交媒体的方式主要是通过儿女后辈子代的帮助，这一反向社会化的现象很大程度上提升了老人的精神生活质量，因此这一群体的孤独感水平显著低于不使用社交媒体的老人群体。

不同年龄层的自我孤独感在文学路径选择影响下的箱型分布图

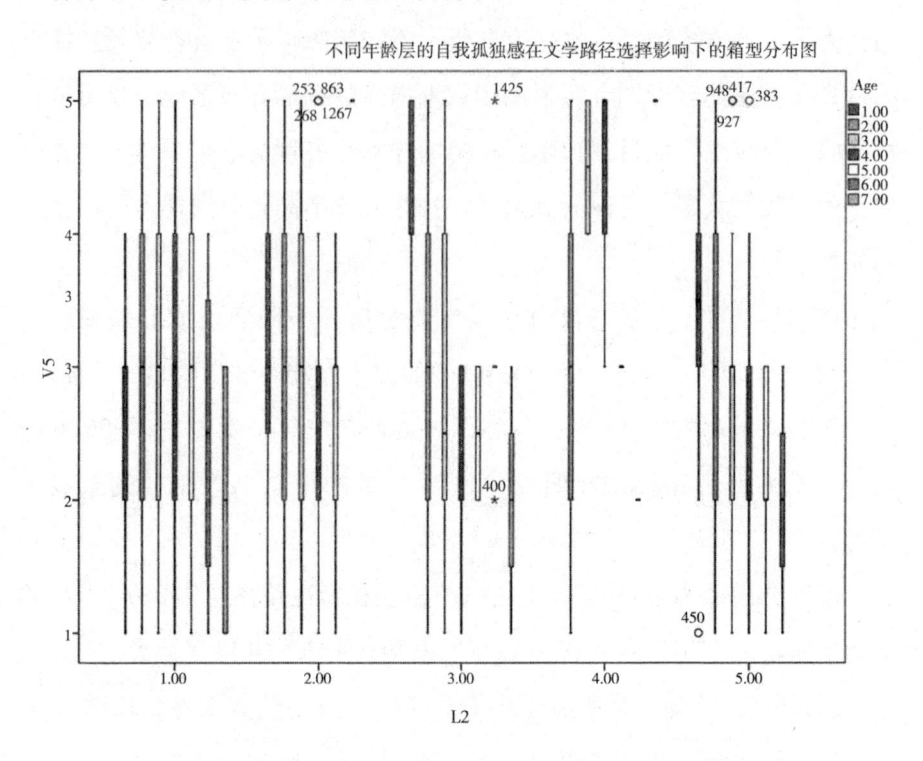

图 2.16　不同年龄层的自我孤独感在文学路径选择影响下的箱形分布图

2.2.6　路径变化与其他阅听心理因素

除孤独感外，本研究还调查了不同路径的以下接受心理因素的主观差异，并且使用相关分析探讨了相关影响因子。

第一，对文学的喜爱程度的平均值不同，印刷路径的读者对文学的喜爱程度最高。五个路径的受众表示喜爱文学的程度均值为 4.16，总体处于比较喜爱的层次之上，在文学日益"边缘化"的论调当中，文学仍然获得了较高的支持率。

各路径对文学的喜好程度存在差异，印刷路径的均值最高

(4.33),影视和移动路径的均值低于平均水平,影视路径最低(4.08)。这个结果表明,最不喜爱文学的接受者常选择影视路径,其次是移动路径;最热爱文学的接受者常选择印刷路径。

对文学的喜爱程度与娱乐动机显著正相关。在休闲时越多地接触文学的人,对文学的喜爱程度越高。"越看越爱",只要增多受众与文学接触的机会,就可能培养出更多的文学爱好者,因此我们应该大力开展商业或者公益的文学推广活动,提升文学的当代影响力。

表 2.10 五个路径的受众对文学的喜爱程度均值

L2		V1
PC 文字	均值	4.1905
	N	294
	标准差	0.85728
移动文字	均值	4.0969
	N	681
	标准差	0.81132
影视	均值	4.0833
	N	192
	标准差	0.79483
声音	均值	4.1765
	N	34
	标准差	0.83378
印刷	均值	4.3290
	N	307
	标准差	0.78335

续表

L2		V1
总计	均值	4.1625
	N	1508
	标准差	0.81752

第二，写作水平退步自评表现出较高的全部均值，也就是说不论偏爱何种路径，被调查的对象普遍觉得自己写作水平下降，其中印刷路径的对写作能力的自信强于其他路径接受者。这是从印刷转向多维并存的路径转向后在青少年中被明显感知到的变化，对国民的文字素养产生不利影响。

第三，移动路径和影视路径的阅听人对读书量的自信程度最低。影视路径有此特点不难理解，但是为何移动路径的受众会感到"读书少"？究其原因，"多"与"少"是相对概念，在移动阅读的海量信息面前，个人的阅读数量容易显得渺小，而网络文学动辄上百万的超多字数，也增加了一部作品的平均阅读时间。

第四，在教科书中文学经典的逆反心理上，整体水平上表现出一定程度的逆反状态，从各路径分别看，影视路径最高，印刷路径最低。按照从高至低的顺序依次为影视路径、声音路径、电脑和移动路径（二者并列）、纸质书籍路径。逆反心理的总体均值水平中等偏上，处于3.25水平，这一现象值得我们反思，反思如何重塑经典，审视如何对待教材中的文学作品及教育方式。对于如何定义文学经典，在问卷中无法清晰阐释，所以在问卷中，将教科书上介绍的文学作品当作文学经典，是为了具有较高操作意义而简化定义。

影视路径的观众由于长时间的影视欣赏，对经典文学作品的阅读障碍被拉大。惯于接受影视符号的人，在文字符号的阅读和解码上可能会花费较多时间，并且解读文本的耐性更少，更易心理疲劳，他们对视觉化符号的依赖，加重了对文学经典书籍的远离。

第五，对于文学作品的影视改编的态度存在非常显著的差异，印刷路径样本受众最不喜欢文学的影视改编，影视路径的受众最喜欢看文学改编成影视剧。经常接触印刷路径的读者，常常对影视改编的评价不高，二者的艺术假定性不同，下文再论，但在此可以用首因效应来解释这一现象——读者首先接触到的文字版本的作品通常评价更高。而对于经常接触影视路径的观众来说，改编自小说的影视剧与原创剧本相比，可能具有更深刻的人性、历史和文化内涵。

第六，对传媒推荐的接受态度方面，最反对传媒推荐的依次是印刷路径、移动路径。最赞同传媒推荐的是声音路径、影视路径、电脑文本路径。

第七，对韩寒、郭敬明等80后领军作家的文学价值评价上，移动路径和影视路径的接受者评价最高，电脑网络路径的评价最低。

第八，互动的倾向与行为。全部路径表现出整体水平较高的交流互动欲望，讨论互动的平均值非常高。其中移动路径与作家交流的欲望和参与讨论的欲望最低。

第九，对于受众使用网上发表或转发过诗歌、小说、书评或影评的媒介近用程度——对媒介不止于欣赏也可以享有使用的权利，移动和影视路径接受者的近用行为最少，最不愿意发布自身信息或意见。这一指标与上一指标结果重合，二者存在相近性，正是交流互动的欲望较低，因此近用媒介的程度也较低。移动媒介的操作界面小，在一定程度上限制了接受者的交流互动欲望。

媒介近用行为与文学阅听自我效能感的高低显著正相关。对文学阅听的自我效能感高，即认为自身的文学阅听更多、水平更高，能够促进阅听者使用网络媒介发表个人文学批评或文章、文学作品。

更愿意使用网络发布文学内容的人，往往是文学发烧友（喜爱文学程度最高），有较高认知动机、净化动机，有较高孤独感、交流欲望强烈的读者。

第十，性别差异对阅读心理和态度行为存在影响。女性显著高于男性的有——对文学的喜爱程度、对文字符号的喜爱程度、写作能力退化感、对韩寒和郭敬明的评价、媒介近用（在网上发表过相关言论）。而男性在下列方面均值更高——对声音符号的喜爱程度、经典名著的逆反心理、偏爱影视改编的程度、偏爱传媒推荐的程度。

2.3 小结：开放、融合、多维的新型文学传播路径

以上案例和调查分析数据表明，文学传播的路径确实发生变化。

首先，传播路径呈现开放转向。

从同一个作品的传播路径出发，按照传播形态的发展，我们梳理出以下两种文学传播的路径模式。

前网络时代的文学传播路径

作者	杂志社、出版社 广播、电视台 电影制片厂	读者/阅听者

当下（2010—2015 年）的文学传播路径

| 作者 | 杂志社、出版社
影视制作组织
广播制作组织
网　　站
社交媒体
网络自制组织 | 读者/阅听者 |

通过以上的路径传播模式总结，我们发现，促成传播路径的开放的直接原因在于传播主体的多元化转变。那么，又是什么因素促成了传播主体的多元发展？

推动传播路径由封闭转向开放的主要动力，是来自社会经济制度的深化改革。随着中央政府一系列鼓励支持非公有制经济发展的法规细则出台，隶属于文化产业的文学作品出版发行的传播权由国有垄断变为允许民间资本运营，引发文学传播主体属性的多元化，文学相对封闭的传播方式转型为开放式传播。

赋予非公有制主体以文学传播的权利的相关法规细则有：2005 年中央政府出台《国务院关于鼓励支持和引导个体私营等非公有制经济发展的若干意见》，放宽了非公有制经济市场准入，允许其进入垄断行业和领域；2010 年后出台的《国务院办公厅关于鼓励和引导民间投资健康发展的若干意见》中的第十七条规定："鼓励民间资本参与发展文化、旅游和体育产业。鼓励民间资本从事广告、印刷、演艺、娱乐、文化创意、文化会展、影视制作、网络文化、动漫游戏、出版物发行、文化产品数字制作与相关服务等活动。"之后，国家新闻出版总署出台了《新闻出版总署关于支持民间资本参与出版经营活动的实施细则》对民间资本的文学传播进行了更细致的描述，支持在民间资本从事"出版物、包装装潢印刷品及其他印刷品、可录类光盘生产和只读类光盘印刷复制经营活动"等多种出版经营活动，大大丰富了文学传播实体的类型，提升总体资本实力，提升了市场的开放性，促进了文学传播事业的进步。

其次，传播路径呈现融合转向。

路径嬗变与成本、收入等经济因素有关：印刷路径成本高，网络路径成本低，可实现受众最大化。新传媒语境的文学传播融合了人际、群体、教育传播和大众传播的形态。在新形成并逐渐成为主要路径的移动互联媒介路径中，也形成融合了原有路径的新式融媒形态路径：文学网站及其移动阅读类应用平台、社交网络平台（微信和微博"两微"）、视媒类平台、声媒类平台等移动化社交化多元多维传播路径。对于错综复杂的数码路径，本书按照类型分类法，根据文学路径的不同符号形态维度加以分类，从移动化和社交化的数码文字路径、影视媒体路径和声音媒体路径三大基本类别，对嬗变中的新传媒语境中的文学传播路径分别论述。

最后，传播路径呈现多维转向。

由单一的印刷文字路径发展为数码传播路径、影视传播路径和声音传播路径多维路径并举，逐渐以移动互联网路径为主，和原有的电脑互联网路径、影视类平台路径、广播类平台路径、出版印刷类平台路径以及其他路径（教育路径、新闻传播路径、剧场路径、游戏路径等）多种传播路径并存且相互融合的新型多元多维传播形态，其中占比最多的为移动互联路径。围绕着文学多维传播路径之间的关系，一直存在争论。一般来说，不论是以故事性为诉求点的小说，还是以文笔和语言运用为特色的小说，和影视、网络等多维路径频繁互动，形成了涉及更广阔的经济、社会、文化圈的文学传播场域，各个路径相互促进，形成不可分割的文化共同体。

第 3 章

新传媒语境中文学传播多维路径之数码文字路径分析

在以移动互联网络和社交网络的应用为典型特征的新传媒时代，不同接受路径对应了怎样的文学接受群体及文学价值差异？在各种休闲娱乐方式百花齐放的 21 世纪，对于不同的文学接受群体，文学的意义和存在价值何在？微观层面而言，本书意欲挖掘在移动化、社交化的新传媒语境中，文学是通过什么路径传播到读者（观众）的？为什么在各自路径中传播的畅销网络小说和微博小说、微信小说、影视改编小说部分不同，甚至是全然不同？这些不同体现了怎样的文学接受价值差异？

数码文字路径，是对电脑互联网路径和移动互联网路径的统称，二者有着高度的一致性和一定程度的差异性，因此将这两个路径合并为一章论述。

3.1 数码文字传播路径概述

数码文字路径是数码空间中以文字为主要传播形态的路径的总称，从本书的接受研究视角出发，可以按照接收端的不同划分为电脑文字路径和移动文字路径两大类。二者形态上不同，内容上几近同质。移动路径是对网络时代的网站传播的移动化继承，只是在呈现方式上予以简化和移动化处理。社交化、移动化、场景化的新型传媒再度使网络文学路

<<< 第3章 新传媒语境中文学传播多维路径之数码文字路径分析

径发生社交化和移动化嬗变——分众传播和定向垂直传播、自媒体传播、多模态传播。

在时间维度上加以比较，500年长存的印刷术、100年历史的电影与75年历史的电视，网络问世不足50年的历史显得相当短暂。在网络世界中，"比特（bit）"作为文学借助计算机网络传播所使用的数码语言，计算机和互联网共同构成的数码化媒介系统作为文学的物理传播介质。所有文字、视频和音频符号都由0和1两个神奇的数字相组合碰撞而生。数码文字是符号存在方式，网络是电脑端和节点的联结方式，电脑是数码和网络的物质载体。三者组成了数码文字传播路径。

文学在这一路径的诞生，是舶来的结果。先是北美留学生在课余即兴而作，而后1998年蔡智恒发表了小说《第一次的亲密接触》被视为"中国网络文学发展的起点"。[①] 网络文学的概念随着网络的发展逐渐成形。欧阳友权认为："从广义上看，网络文学是指经电子化处理后所有上网了的文学作品；从狭义上看，仅仅指发布于互联网上的原创文学作品。"[②] 随着1994年中国大陆用". cn"作为域名正式加入国际互联网开始，中国进入互联网时代已经有20年历史了。

从质疑不断、纷争四起，到2008年的"网络文学十年盘点"系列活动，主办方中国作家出版集团和中文在线公司对网络原创文学第一个十年进行阶段性总结。从中国作协的指导层面看，这一活动显示了传统文学界对这一新兴文学形态以及文学传播领域的接纳和认同。

在网络文学发展过程中，数码阅读逐渐成为青年进行文学阅读的主要形式之一。随着网络文学即将走完第二个十年，数码阅读形式已经不

[①] 苏晓芳. 网络与新世纪文学［M］. 北京：中国社会科学出版社，2011：8.
[②] 欧阳友权. 网络文学发展史——汉语网络文学调查纪实［M］. 北京：中国广播电视出版社，2008：81.

仅仅是青年群体的选择，阅读人群开始多元化，中年和老年比重增加。

数码路径目前发展出电脑互联网路径和移动互联网路径两大路径，二者都依附于互联网络，共性鲜明。

新媒体革新文学传播路径。出版的影视化以及数字化趋势的加强使得管理领域的重合度提升，迫使管理机构发生变革。国家主管机构变化——从新闻出版总署到国家广播电影电视新闻出版总局，两个独立部门合并为一个部门，对文学出版和影视、网络由分别管理转变成综合管理，从上层建筑反映出新闻出版与广播影视的关系更加密切。体制转变、市场机制的深入，使得作为精神消费品的出版业不得不走上市场化的道路，在运作体制上深入变革。但不得不说的是，宣传部门对出版业作为意识形态领域的管理仍未放松。

网络空间的匿名性与群体性可以放大争议与纠纷，因而在网络领域中，人际纷争层出不穷，文学争议事件也不外如此，如曾引起口水无数的麦家"网络文学垃圾论""思想界炮轰文学界"等。

数码文字路径使得文学传播的时效性变强——烦冗的排版印刷流通和仓储过程被省略，"一键发送"可以使创作和发表同步，作者与读者同频，是实至名归的"迅捷性传播"[1]。

---

[1] 欧阳友权主编.网络文学发展史：汉语网络文学调查纪实[M].北京：中国广播电视出版社，2008：391.

3.2 数码文学路径建构

3.2.1 文学网站路径——PC 互联网的主要传播形态

PC 是"Personal Computer（个人电脑）"的简称，是网民联网的"路口"，在这一端口连接到互联网络之后，文学网站成为 PC 互联网路径下的主要文学传播形态。

文学网站指主要提供文学作品、文学批评、作家介绍及其他相关资讯的网站，目前主要有原创性文学网站、杂志社出版社的官方网站以及一些专门性的文学协会、组织的官方网站。

文学网站由以下媒介实体和符号建构而成：物理载体：网络、电脑等个人网络终端系统。媒介符号：数码文字、图形和图像、少量声音符号。

文学网站路径的类别有：

第一类，专门性原创文学网站，如起点中文网、晋江文学网、红袖添香网等，现已形成网络原创文学的生产和传播平台。第一类原创性文学网站目前吸引了较多的读者，根据 alexa、PR 得分、百度权重算出总分进行排名，目前中文小说类网站排名前 20 位的有 15 个为原创性网络文学网站（见表 3.1）。

表 3.1　小说网站排名榜单前 20 名①

1. 起点中文网	11. 小说阅读网
2. 17k 小说网	12. 飞卢中文网
3. 纵横中文网	13. 言情小说吧
4. 晋江文学城	14. 逐浪网
5. 潇湘书院	15. 搜狐读书
6. 书包网	16. 凤凰读书
7. 新浪读书	17. 超星网
8. 豆瓣读书	18. 找小说网
9. 红袖添香	19. 看书网
10. 起点女生网	20. 3G 书城

作为原创输出平台，这类网站不仅推荐作品，还大多推出按照点击量或者付费量进行排名的小说排行榜。网站提供的排行榜按照不同指标分为点击榜、收藏榜、会员榜等多种榜单，为了与传统印刷传播路径相对照时标准较为统一，本研究在选取榜单时选取了会员榜单这种需要付费的榜单形式，另外付费这种形式本身就体现了读者的价值判断，因而付费榜单更能体现读者选取文学作品时的价值判断。

值得特别说明的是，文学网站付费模式出现单一化，按照字数付费

---

① 数据来源：榜单．网站排行榜［EB/OL］．2014-08-02．

的方式使得百万字数长度的小说比比皆是，而这种付费模式培育出大批冗长拖沓的网络小说，降低了作品的文学性和艺术性，严重危害了网络文学的发展。

个案：原创文学网站的重组与新生——起点中文网。

起点中文网，归属上海盛大网络发展有限公司，是最具有代表性的网络原创文学平台。以玄幻、仙侠、穿越等类型的网络原创文学为主要内容，并设有专门的"起点女生网"和有声小说频道。起点中文网首创的网络文学付费营销模式促进了网络原创文学的发展，许多签约作者成为知名网络写手，一举塑造了别样的网络江湖。

第二类，门户网站的阅读或读书频道，如新浪读书、搜狐阅读、凤凰读书和网易云阅读。

大型门户网站纷纷在文学界攻城略地，抢占资源，或以开办读书频道的方式，或以收购控股原创文学网站的方式来网罗图书资源、传播文化资讯。目前，各大门户网站均已涉足文学传播界，使数码文学路径呈现百度文学（百度）、阅文集团（腾讯QQ阅读和盛大的起点）、阿里文学（阿里巴巴整合了书旗小说、UC书城、塔读文学、长江传媒、光线传媒、九游联运平台等文学、影视、游戏平台）三足鼎立形式。

个案：门户网站的"网罗读书"——凤凰读书。

凤凰读书，属于凤凰新媒体公司，由凤凰卫视传媒集团控股，将所提供的图书分为出版书库、原创书库、影视剧本库三大类。除提供网络原创文学外，还提供外文小说和出版小说。源于传统媒体凤凰卫视的凤凰读书，和其母公司的受众定位一致，在文学网站上也走思想性和小众道路，借助凤凰卫视积累的收视人群和品牌威望，意在引领知识分子和中产阶级的文化消费，传播文学的价值观在于思想性和艺术性，呈现出与其他文学网站完全不同的严肃高深风格。

117

其他类文学网站：

一是以小说为对象，以提供搜索引擎服务的聚合搜索平台、跨平台的多家文学和阅读网站为主、书友交流为辅，如百度阅读、找小说网。

二是以文学书籍为交流对象的社交网站，内容多为书评、影评和文学作品推荐，给用户提供作品评分、添加标签、发表评论等功能，如豆瓣读书。

3.2.2 移动阅读应用路径——移动互联网的主要传播平台

移动阅读应用是移动互联网语境中文学的主要传播路径，英文为 Application program，即智能设备应用程序，常使用"App"这一缩写形式，是目前智能手机推送信息和提供服务的主要技术形态，也是阅听者对文学的阅听主要采用的形式。

移动阅读应用由以下媒介实体和符号建构而成：

物理载体：智能移动设备，如手机、iPad、掌上电脑等移动化媒介。

媒介符号：数码文字符号、图形图像符号、少量声音符号。

梳理目前阅读类手机应用这一传播路径的类型，主要有以下八种形态：第一类来自文学类专门网站，比如起点读书、晋江文学城、红袖添香书城等；第二类来自大型门户网站，如 QQ 阅读、百度阅读、凤凰开卷等；第三类来自经营书籍的电子商务网站，比如 Kindle、京东阅读和当当读书；第四类来自移动运营商，如中国移动推出的"和阅读"；第五类来自传统的出版社或杂志社，如人民文学出版社的"醒客"；第六类阅读类 App 是其他专门经营移动阅读的互联网创业公司或文化传媒公司，如掌阅、塔读文学和黑岩阅读等；第七类是文学爱好者个人或者团体开发的移动阅读类应用，如书香云集；第八类是个人化的阅读应用，大多是知名作家，借助自有或者和技术公司合作的形式，推出个人

<<< 第 3 章 新传媒语境中文学传播多维路径之数码文字路径分析

化的阅读应用，如韩寒的"ONE 一个"App。

个案：韩寒的"ONE 一个"App

韩寒任主编，与腾讯合作出品的移动阅读应用 App"ONE 一个"，以精简文学作品为主要特征——每晚 22 点更新一张照片、一篇文章、一个问答。一张照片通常为简约风格，附一段节选自文学作品的文字；文章通常为短篇小说或者散文，作者多为 80 后和 90 后；问答中的问题来自 App 用户，与其他网络问答不同的是，问题回答者通常为"一个"App 的签约作家，以文学性语言和文学形式解答用户疑惑。若网络信息以海量为特征的话，移动路径的文学信息就以"少"为特点，通过界面简洁、智能推送、定制服务等功能将文学信息过滤和简化。

图 3.1　韩寒任主编的移动阅读 App《ONE 一个》标识

阅读类应用程序数量繁多，除了阅读平台形式，还有某一书籍或者合集形式。在苹果公司提供应用程序下载的 App Store 上搜索统计阅读类程序的数量（搜索时间：2015 年 8 月 1 日 01：10），以"阅读"为关键词搜索，得到 5291 个结果，有"快读免费小说""一生必读的 60 部名著""搜狗阅读""盗墓笔记全集（有声+阅读）""听书宝""小说阅读网""听书排行榜""云起书城"等。以"读书"为关键词，搜索到1411个结果；以"文学"为关键词，搜索到1722个结果（如历届茅盾文学奖作品、世界文学名著、百家讲坛大全、免费晋江书城小说连载阅读）；以"小说"为关键词，搜索到4623个结果。

阅读类小说有鲜明的网络共享特征，所以有大量免费小说以App形式供用户下载。依托PC互联网时代，收益较好的网站推出免费阅读，依靠流量积累用户并吸引广告投放。在符号类型上多模态，有文字类，如掌阅iReader、QQ阅读；动漫类，如漫画岛、爱动漫；音频形式的有声小说类，如氧气听书、听说排行榜；电商类，如当当读书；文学作品单部及合集类，如盗墓笔记全集、一生必读的60部名著、花千骨等。这些免费App下载中，下载量最大的有快读免费小说、掌阅iReader、QQ阅读、漫画岛、免费书旗小说、氧气听书、追书神器等。

付费的图书应用有鲜明的倾向性，一是倾向网络文学，如网络文学航母起点以及网络文学经典《悟空传》；另外一个显著倾向就是依靠禁书、情色等出版领域的禁忌字眼吸引付费下载。付费应用下载量最大的有大角虫漫画、凤凰御令有声小说、情爱有声经典、中国古代十大禁书合集、悟空传（另类西游、大圣归来有声小说）、起点小说等。

在众多免费和付费阅读类应用中，收益最好的有QQ阅读、掌阅、起点读书、黑岩阅读、当当读书、豆瓣阅读、百度阅读等，这些大多为免费下载软件，说明其提供的图书具有较大吸引力，能够"诱使"使用免费软件的用户甘愿付费下载图书。收益排行中按照下载数量最多的有QQ阅读、掌阅、起点读书、黑岩阅读等。

3.2.3 微博路径——社交化数码传播平台

微博作为当代中国最大的社交网络平台之一，对文学的传播有巨大作用，因此在研究文学传播的路径时，不能忽视这一聚集大量文学内容

<<< 第3章 新传媒语境中文学传播多维路径之数码文字路径分析

和资讯的传播路径。

目前国内主要的微博平台有新浪微博、腾讯微博、搜狐微博和网易微博等。其中新浪微博占用最大流量。在新浪微博搜索中以"文学"为关键词进行注册用户搜索，找到625条搜索结果（搜索时间2015年3月9日17：17），结果中一部分为微博注册名称中含有"文学"字样的用户，另一部分为个人介绍显示从事文学出版、批评和研究的用户，具体有文学编辑、文学奖获得者、文学硕士或博士、文学批评家等，可划分为出版社、期刊杂志社、文学类奖项、文学社团组织、作家、文学专业学生、文学研究学者、文学爱好者等八类。需要指出的是，微博上至今未有一个令人信服的文学书籍点击量和转发量第三方统计机构，标准模糊，由于海量信息难以统计，对于高关注度的文学作品多以天、周、月为统计单位，年度总结较少。

在文学传播建构上，微博路径主要采用微话题形式传播文学。从2013年新浪微博发布"话题"功能起①，新浪微博中已存在一种固定的文学作品传播形式——以文学为主题的常设固定话题，这种名为"读书"的话题，内容通常为文学作品节选或者文学作品和作者的推荐广告。话题发起者有个人和企事业机构，文学成为企事业机构官方微博吸引眼球、提升亲民效果的常用策略，其中传媒机构的表现最为活跃。例如《中国日报》的官方微博发布了日常固定话题#三点一起来读书#②，从2015年3月末开始，选择在每天（主要是工作日）下午三点左右发布来自文学作品的一段文字节选，并附上作者和书籍出处，截至2015年5月5日已有672.9万阅读量，传播速度和范围不可小觑。该话

---

① 按照新浪微博《话题管理规定（试行）》的施行时间2013年3月29日起算，2015-05-05。
② 见新浪微博"三点一起来读书"话题.

121

题从小说、散文、诗歌等中外多种文学作品中节选富有人生哲理和普世经验的语句，形成语录式文学内容，如"生命中曾经有过的所有灿烂，终究都需要用寂寞来偿还。——马尔克斯《百年孤独》"①。

新浪微博专门有个名为#深夜读书#的话题，每天 22 点以后发布一段与书有关的内容，多为图书文字节选、书评、读后感或作者简介，该话题的阅读点击量达 23.2 亿，参与讨论的微博达 23 万，关注该话题的粉丝达 4319 个用户。② 根据新浪"话题"官方微博介绍，"微话题是基于社会热点、个人兴趣等内容形成的相关专题页"③。所以说，"深夜读书"现象之普遍存在，已经可以聚合成为一个集个人兴趣和文本阅读于一身的公共专题。不仅用户个人的自媒体会发布此话题，线下印刷媒体的微博也会参与这个话题，如《新周刊》杂志的新浪官方微博也将#深夜读书#作为一个固定发布栏目，围绕文学、历史等类作品的内容发布微博。

图 3.2 微博路径中《新周刊》官方新浪微博#深夜读书#话题截图

① 见新浪微博，@中国日报，2015 年 4 月 19 日。
② 根据新浪微博官方说明，新浪微博的话题榜数据每小时更新一次，根据单位小时的"阅读人数"进行排名，2015 年 2 月 22 日。
③ 详见新浪"话题"官方微博简介，2015 年 2 月 22 日。

<<< 第3章 新传媒语境中文学传播多维路径之数码文字路径分析

截至2015年5月5日，阅读量较高的话题已经超过十亿，阅读量惊人，成为文学传播中不可忽略的新媒体传播路径。按照微话题的统计，排名前几位的有#渡边和村上论战#，阅读数1220.7万；#原来你还在这里#，阅读数26595.5万；#晚安心语#，阅读数148317.1万；#他来了，请闭眼#，阅读数5426.7万。① 需要注明的是，《他来了，请闭眼》是一部首发于晋江文学城的原创推理和言情结合的小说，后被改编成同名网络剧，在网络和电视台播出——网络剧即网络媒体制作的电视剧，并非只可以在网络播出。

在文学体裁上，微博传播路径传播的大多是散文、随笔、语录集等相对轻松、心灵鸡汤式的作品，其中关于影视名人、文化名人、影像图文集的作品比较盛行，体现出微博社交平台的"轻化"、快餐型、时尚型特征。在文学传统中由来已久的散文和语录体，原本在21世纪开始兴起的原创文学网站中销声匿迹的文学样式，这些古老的文体结合成新型传播形态，在微博这一新型的社交网络平台上找到了栖息地，碰撞出新文学作品，传统散文的特质也随传播形态的不同而发生变化，发展朝向主题情感化、内容图文化、语言诗歌化、书籍精装化，宣传强调明星推荐和震惊效应等。在众多散文文体之中，随笔所占比例较大，这是对鲁迅、周作人、朱自清等现代文学家的随笔写作的传承和呼应。

在标题上，复杂结构、人情味式措辞、诗化语言风格的文学作品名称相对较多。首先，结构相对复杂。常有主谓宾完整句子作为作品标题，如林徽因个人文学著作集《你是那一树一树的花开》，杨杨、张皓宸的摄影文集《你是最好的自己》。其次，人情味式措辞。这些文学作品的名字中，人称代词出现的概率较高。比如，张小娴的《谢谢你离

---

① 有关数据见"读书"话题排行榜的网址，新浪微博. 2015年5月5日.

123

开我》《我这辈子有过你》，王小波和李银河的书信集《爱你就像爱生命》，双鱼座的祝小兔的《时光不老，我们不散》等，根据 Rudolf Flesch（1949）的易读性文章的研究，多用"你""我""他"等人称代词的文章更富有人情味，传播就更加广泛迅速。[①] 书名对作品的传播作用是不言而喻的，一个具有吸引力的书名可以促进书籍作品的传播和消费。所以，在微博这一高互动的社交平台中，具有较高程度人情味和可读性的书名，以更人性化的方式进行传播有助于影响受众参与互动的态度，进而有助于推动作品的传播和流行。最后，诗化语言风格。采用诗化语言，使用对偶、对仗、拟人等古汉语修辞手法，兼有诗歌的神韵，如十二的随笔《不畏将来　不念过去》，籽月的《夏有乔木，雅望天堂》，白落梅的《你若安好　便是晴天》。

另外，在文学的微博传播路径中，畅销书占绝对比例。是微博关注度高促成书籍畅销，还是用户在微博中对畅销书的反馈强烈？这个鸡生蛋还是蛋生鸡式的问题难以求证，因为不同的作品这两种情况都会存在。网络时间不间断的统计也致使难以区分二者谁先达到惊人数字。不争的事实是，微博路径受宣传营销的影响较重，有偿转发、传媒公关公司推手炒作盛行，文学关注度和点击率高的文学作品不一定等同于其具有较高的美学价值和文学价值。但是在印刷传播路径中亦不能避免他方势力影响——经济推手、组织化运作影响书籍销售是明显存在的事实。文学书籍传播领域，由于其巨大的产业潜力和商业价值，很难剔除经济因素和政治因素干预。

[①] 参见弗雷奇（Rudolf Flesch）的《易读性著作的艺术》，他提出了易读性和人情味公式（1949 年），人情味分数 = 3.365×每百字中的人称词数目 + 0.314×每百句中的人称词数目。

3.2.4 微信路径——移动化和场景化数码传播平台

手机、IPAD等移动媒体是对计算机网络的补偿性媒介。根据媒介理论家保罗·莱文森提出的"补偿性媒介"（Remedial Medium）理论，人在媒介演化过程中进行着理性选择：任何一种后继的媒介都是一种补救措施，都是对过去的某一种先天不足的功能的补救和补偿；他认为人的交流方式有两种：说话和走路，但传统的媒介都分割了人类说话和走路的功能，手机媒介的发展是对电脑媒介路径阻碍行走的反抗和补偿。同样作为社交媒体，微信平台补偿了微博平台日渐稀缺的封闭性，公众号对每日发文的次数限制（只有少量被微信特殊授权的公众号不受限制），也是对微博信息泛滥成灾的抵抗。值得一提的是，诗歌的传播在微信上开辟了多模态空间，文字、图片、视频和音乐以及社会名流的参与使"十月读书""为你读诗"等公众号取得了良好的诗歌传播效果。除此之外，用户关注度较高的悦读系列、水木文摘、笨鸟文摘、唯美微小说、新京报书评周刊等与文学关系密切，也取得了良好的文学传播效果。

文学类微信公众号的来源，涉及经济组织、公益组织和个人三大类，有文化传媒公司、同人团体、大学文学社、文学工作者、文学爱好者，更不乏传统文学出版机构的身影。纯文学出版机构为了应对纸质刊物读者年龄断层的趋势，积极开拓新媒体，争取吸引年轻读者，纷纷触电社交媒体。《小说月报》《收获》等纯文学杂志已在微信上开通公众号。另外还存在一些意图扛鼎"纯文学"旗帜的尝试文学商业运营的同人微信公众号，如"黑蓝"。

微信平台补偿了微博平台日渐稀缺的私密性、封闭性和精简性，延长了读者的时间感。但该路径的文学传播未独立出来，被涵盖在百科、文化、情感、文摘等类别的公众号当中，严重撕裂了文学的完整性和统一性。

比如，统计微信公众平台，我们发现以文学为主要内容的微信公众平台被分别统计在"文化""百科""情感"之中，尚未形成独立类别。

"百科"中有"精彩语录""经典语录大王""唯美微小说""美文美图""水木文摘""睡前故事""政商阅读""热文榜""阅读社会""悦网美文日赏""读者""晋江身边事""唯美文字语录""一路书香"等。

"文化"榜单中有"十点读书"（总排名第九）、"读书文摘""壹读""大家""笨鸟文摘""文字撰稿人""为你读诗""王五四""读首诗再睡觉""一个——韩寒""被窝阅读""悦读馆""诗词世界""青年文摘""凤凰读书""豆瓣阅读"等。

"情感"榜单有"张小娴爱情语录""路过心上的句子""知音"等。

"体娱"榜单中关于影视的微信公众号有："微电影""豆瓣电影""精彩电影""电影工厂"等。

后来"文摘"类独立成榜。[①]

据"新媒体指数（GSDATA.CN）"统计，以"文学"为关键词，搜索出608个公众号，微信文章71292篇。公众号主要来自期刊和杂志社、出版社、文学网站、教育机构、大学文学社、同人社团等，如历史与文学、红袖文学、人民文学出版社、今天文学、七色花文学社、茅盾文学奖网、每天读点文学典故、人民文学、青年文学、文学报、红岩文学、广州大学棠棣文学社等。以"阅读"为关键词搜索，有微信公众

[①] 数据来自新媒体排行榜，2015年5月的500强榜单。统计截至6月3日12时整。

号454项，微信文章50余万篇，文章内容除文学外还有大量非虚构文章，主要有育儿、养生、理财、心灵鸡汤、历史等内容，如每天阅读一小时，智慧阅读。以"读书"为关键词搜索，结果有微信公众号814项，微信文章162471篇，内容涉及文学、历史、财经、名人访谈等，如和讯读书与读书汇。后两者的区别在于除了虚构性文学内容外加入了更多生活资讯类内容，实用性强，烟火味十足。

然而，微信公众平台中的以文学为主题的公众号，文章多为"心灵鸡汤"式的散文和寓言、网络段子。这一方面对文学进行了大众化和世俗化传播，另一方面，彻底实现了文学的"文以载道"价值和心理宣泄功能。以"人生文学"为例，微信介绍为"分享最有深度的篇章，感悟最有价值的人生旅程。阅读最有魅力的文字，指导最明亮的前进方向"。[1] 文章大多为一个模式——前文叙事（寓言、个人经历或者名人轶事），结尾点出"人生之道"，其中人际交往之道颇多。然而更为突出的问题是，没有文章出处及作者姓名，更遑论作者简介，甚至标题中都有可能出现符号使用不规范现象。比如，《最狠的报复，原来是这个样子……》[2]。

3.2.5 补偿性传播路径——"文学奖/榜"模式的价值传播

文学奖项或者文学排行榜形成了对文学的再次传播，是对文学价值的传播和文化社会领域思想意识与审美观念的导航和重估。

目前有分量的文学奖项有：茅盾文学奖、鲁迅文学奖、冰心文学奖、华语文学传媒大奖、中国小说学会奖、上海文学艺术奖等。国际文学奖

---

[1] 新媒体指数.人生文学微信公众号。
[2] 参见新媒体指数，人生文学公众号《最狠的报复，原来是这个样子……》

项——如诺贝尔文学奖的影响更胜一筹。高行健、莫言、张洁、刘慈欣等文人皆因曾获得国际性文学奖项而被传媒大幅报道，其作品随之热销。

有影响力的文学排行榜有："开卷"销量排行榜、中国小说学会年度小说排行榜、中国富豪作家排行榜、光明日报"光明书榜"、新京报图书排行榜、凤凰新媒体的"凤凰好书榜"、新浪好书、亚马逊图书排行、当当图书排行等。

众多的文学奖项和排行榜，在评选体系上存在差异，并于近年来增设专门针对电子书或网络文学的评比，体现了网络传播路径的重要地位被传统文学评判体系所重视和接受。而往往单独列出奖项或者榜单，也凸显出新旧两种文学路径所传播的文学内容在价值取向上的不可忽视的差异，导致无法按照统一的标准去衡量和比照。如，2015年3月，由"南方报系"的南方都市报和南都周刊联合主办的第13届华语文学传媒大奖增设网络作家奖。[①]

《繁花》在亚马逊热销图书商品排名第13位，当代小说排名第1位，除了小说本身的吸引力外，与曾获得众多奖项不无关系，这些有分量的奖项成为许多读者选择阅读的理由。《繁花》在2012年曾获得中国小说学会评选的中国小说排行榜长篇小说第1名，南方华语文学传媒大奖年度小说家奖；2013年曾获凤凰网读书频道"年度十大好书"称号，北京开卷公司和《出版人》联合主办的"2013中国书业年度评选"年度图书奖，搜狐网主办的"鲁迅文化奖"年度小说奖，新华网和中国出版传媒商报社联合主办的"2013年度中国影响力图书"年度小说奖。而2015年获茅盾文学奖的消息甫出又对该书的传播和消费起到推动作用。

[①] 第13届华语传媒大奖提名揭晓 增设网络作家奖［EB/OL］. 新浪读书，2015-03-23.

3.3 文学的数码传播路径内容特征解析

3.3.1 性别的文化构建特征突出

该路径的明显特征之一就是对小说读者按性别进行划分，有专门为男性阅听人和女性阅听人设立的小说频道和排名榜单。如提出性别展演理论的朱迪斯·巴特勒所言，性别是文化建构而非自然事实[1]。是社会文化真正意义上区分了两性性别，而非生理构造。我们对男性和女性的认知，不只是外貌和生理上的区别，文化赋予了性别以不同的意义。数码路径中鲜明的性别差异传播，一定程度上形成对两性性别的文化构建。

两性在生理上的差异能够导致在文学接受上的泾渭分明吗？若要厘清这一问题，少不了生物学家和生理学家的参与，在答案未曾揭晓之时，数码文本路径的编辑们已经通过文学类型划分表达了他们的观点：掌阅"iReader"App的一级菜单中专门设置了"男频"和"女频"分类阅读入口。起点旗下的"起点读书"App中，将小说划分为"男生""女生"和"传统图书"三大门类，前两者为起点原创文学，后者为出版社所出版的图书。而起点中文网专门开设子网站"起点女生网"，内容以言情小说为主，细分为宫斗、架空历史、穿越、都市言情等类型化题材，在统计排行榜时也单独列出一个"女生网小说排行榜"，下设

---

[1] 见朱迪斯·巴特勒的《表演性行为与性别建构：关于现象学和女性主义理论》，1988年，转引自何成洲. 巴特勒与表演性理论[J]. 外国文学评论，2010（3）：132-143.

"女生周点榜""女生原创风云榜"等分榜单,但是并未出现"起点男生网",榜单中也没有"男生榜"字眼。从这一现象足以显示出起点中文网以男性网民为主要受众,彰显浓郁的男性气质成为男性性别构建的重要路径。

在移动路径中,百度阅读在书城界面设置了"女生看这里"和"男生看这里"两个导航,分别下设王爷、穿越、总裁标签和兵王、阴阳、鬼医、免费标签。[①] QQ阅读虽未在内容上区分男女导航,但在排行榜中区分了男女读者的选择差异,所以分列了"男生榜单"和"女生榜单"。

以上这些现象表明,文学成为性别特色鲜明的文化平台,成为性别社会化构建模式之一。

3.3.2 新民间文学特质鲜明

数码文字路径兼容了网络原创文学与出版文学。由于内容和主题上鲜明的差异,网络原创文学与出版路径常常被分而列之。从创作主体的民众化、传播范围的大众化、写作内容的通俗化来看,当代网络文学确实接近民间文学的本质,所以,网络文学是民间文学在新媒体时代的移植和延展,可谓"新民间文学"。

数码空间的"新民间文学"内容特质以下列两点为表征。

首先,数码文字路径的新民间特质以高度类型化写作为显著表征。在文学网站以及阅读类 App 中,文学作品的文类划分细致,同一门类的作品在人物设定、叙事模式以及时空设定上基本一致。以起点中文网推出的起点读书 App 对小说的分类为例,"男生"门类下有奇幻、玄

[①] 根据 2015 年 8 月 19 日 4:40 采集的数据。

幻、科幻等12项，"女生"门类包含古代言情、现代言情、玄幻言情等10项，传统图书单列成目，但内部未划分门类。在数码和移动路径中存在大量网络特色鲜明的民间通俗小说，他们或承袭自武侠小说，或受我国神话传说和道家文化熏染，或受西方魔幻文学影响，形成类型化的新型民间通俗小说，分类非常细致，有仙侠小说（如《诛仙》）、星际空战小说（如《小兵传奇》）、修真小说（如《飘邈之旅》）、重生类小说（如《重生传说》）、盗墓类小说（如《盗墓笔记》）、玄幻小说（如《完美世界》）、奇幻小说（如《永夜君王》）等。

表3.2 起点读书App对小说的分类

书库-分类	男生分类（篇）	女生分类（篇）	出版图书
小说类型及作品数量	玄幻 35.5万 都市 18.3万 奇幻 7.1万 科幻 6.8万 仙侠 5.9万 游戏 5.5万 历史 3.9万 武侠 3.8万 灵异 2.6万 职场 0.9万 竞技 0.5万 军事 0.2万	现代言情 27.6万 古代言情 8.9万 玄幻言情 6.3万 浪漫青春 5.0万 同人小说 2.0万 仙侠奇缘 1.3万 科幻空间 0.6万 游戏竞技 0.2万 悬疑灵异 0.2万 耽美小说 0.08万	无

（注：数据源自阅读类App起点读书"书库——分类"，引用时间为2015年8月，按照文章数量由多到少顺序排列。）

类型化写作原本就存在于民间文学之中，死而复生、地狱行、叛逆英雄、替罪羊、女神在人间等母题在金庸的武侠小说中频频出现。在网络原创文学中，这些经典母题依然反复出现，不同的是，网络原创文学对母题的演绎更为单一、僵化。文化种类被消解限定，出现复合型的主题，如神话和武侠消除了边界融合在一起，形成了仙侠系列；玄幻和奇幻这两组幻想文学类别主要的区别在于东西方空间和文化符号的设定，玄幻主要指以中国为故事背景，奇幻则是指基于西方文化背景的幻想小说。修真和仙侠边界模糊，都是仙人或欲成仙人的凡人的武术或魔法故事。

　　其次，占流行统治地位的言情小说和武侠小说也与民间文学兴盛时期的题材颇为类似。诚然，如一些学者所言，这些题材的小说统治通俗文学并非在互联网时代才有，但也并不如其所言，"是秉承了此前传统文学的大众欣赏习惯，只是变了一种传播渠道而已"。[1] 本书认为，由于网络媒介的特性使然，新时代的网络文学虽在题材上承袭民间文学的历史，但是在内容和主题上仍有别于传统，或者具体而言，其所言之情和所述之侠已较之前大相径庭，二者的定义和价值观念上大为迥异。个性、私密、情欲、权力……成为文学在数码比特空间中传播的关键词。

　　这些反复出现的叙事策略、人物的类型和行为模式，心理学家卡尔·G. 荣格称之为文学"原型"，它是人类精神世界中基本的和普遍的形式或模式的体现。荣格认为这些作为"原始意象"的原型是祖先生活中一般人类经验的反复模式的"心理残余"在文学作品中的再现。死而复生的主题被认为是原型中的原型，把客观世界变为可供选择的言语世界。

---

[1] 吴华，段慧如. 文学网站的现状和走势——基于五家著名文学网站的实证考察[J]. 湘潭大学学报（哲学社会科学版），2012，36（6）：105-108.

当前网络文学领域流行的玄幻、奇幻、盗墓、仙侠、灵异等"类型化文学"是路径依赖发展到一定阶段的结果,这种类型化的结果是造成了文学僵化和同质化,大量面目相似创新不足的作品为网络文学带来了极多的负面评价,严重影响了文学的数字化发展。只有超越类型化文学,深化文学体验,不拘一格地选取题材,采用更加灵活的叙事策略,创新写作的语言,更加凝练和推敲文字,才能创作出新传媒时代的文学精品,满足读者高层次的审美需求,激荡深层次的阅读体验。

3.3.3 新路径中的路径依赖现象:出版系统与网站的延伸

路径依赖的概念在前文曾论述过,主要是指人们的决策选择受制于其过去的决策,在事物发展中呈现的惯性现象。在移动化路径中,我们可以清晰地看到文学传播在技术创新中的路径依赖效应。占市场份额较多的文学类阅读应用,大多为在 PC 互联网阶段就已俘获大量用户的文学传播品牌,如起点和 QQ 阅读等,在进化到移动化阅读领域后仍吸引了大量的用户,呈现出路径依赖现象;并且在阅读过程中偏爱仿书籍形式的移动阅读界面,有时还会选择带有 3D 效果的翻页形式,寻找与印刷路径相似的阅读体验。但是有报道显示,最开始从未接触书籍,直接使用移动设备 iPad 阅读杂志的幼儿,在阅读书籍时会下意识地采用滑动纸面的翻页方式。

不仅读者遵循路径依赖原则,作者的文学生产也表现出路径依赖的"症候",更加促进了文学接受人由电脑阅读文学进化到移动阅读应用程序的路径依赖。一旦选择了在某一个网站首发文学作品,为了积累的点击率和人气,一般网络作家很难在写作过程中转投他处,因此,在网络原创文学中,路径依赖现象大量存在。网络作家出于机会成本的考虑,在作品完结之前对首发网站具有较高的忠诚度,轻易不肯将作品更换网站（还有版权和签约的原因），由此造就了起点、红袖添香等拥有大量高知名度的网络作家资源，作家资源的路径依赖和垄断也间接造成了读者在选择移动阅读路径时的路径依赖。

另外，在网络文学的商业布局中也存在路径依赖思维，知名网络作家成为不同文学网站激烈争夺的对象，因为培育新的作家不仅要花费更多的时间成本，还有可能会产生"沉没成本"，因而对于知名作家的路径依赖产生，造成其惊人的身价和高昂的前期投入。在腾讯文学成立之时，来自起点创始团队的领导层即以百万人民币的价格，"夺走"盛大文学的签约作家。

移动阅读App与文学网站在文学传播特点上十分相近，以起点中文网和起点读书App为例，二者均在文学作品界面之首页展示封面、简介、目录、作者简介、读者评论和"你可能还喜欢"的智能推荐作品链接。这些内容中，实时的、全部的读者评论展示和与相类似作品的智能推荐链接是电脑路径和移动路径所具有的印刷路径所缺失的内容特征，是在网络的超文本性、全时性、双向互动性和大数据、智能化的语境中才能够形成的产物。而与文学网站相比，移动阅读App的独有特征，就是与社交平台的无缝链接，可在页面直接转到腾讯微信好友聊天、朋友圈、新浪微博和手机短信界面，将正在阅读的作品的书名、作者和网址等信息分享发送。一般阅读类App在互动和融合社交网络平台的设计上大抵如此。另外，掌阅iReader还有语音阅读功能，对选定文学进行语音识别阅读，和声音传播进行了融合。

来自出版系统的期刊杂志社和出版社以新面貌出现在新路径中。出版系统的市场化转型迫使老牌出版机构开辟网络路径和社交路径，人民文学出版社、中国商务出版社、《收获》《当代》《百花》等普遍登陆微博、微信或者App平台，在移动社交路径中延伸出新景观。这导致了期刊的官方姿态和主流导向定位出现"被动的"政治性淡化，意识形态话语表述转向网络式语言表述，由严肃话语风格向可爱亲昵语言风格转变。

3.3.4 青少年属性、成人化与割裂式成长的隐含意味

数码路径独特的文学特质与网络媒介的青少年属性有关。它成为青少年群体标榜独立和成长的丰富表征，并且表现出儿童成人化的特点。青少年用追求时尚和嘲讽的方式，表征和父辈的潜意识割裂。

第一，青少年属性明显。

因为网络使用者的年轻化，网络文学的创作者和接受者均有大量的青少年群体存在，促使其文学内容带有强烈的青少年属性，表现在以下三个方面：一是大量以学校生活为叙事场景的小说收获较高点击率，如总点击率超过2382万（截至2015年5月）的《校花的贴身高手》（作者：鱼人二代）；二是以网络游戏为典型风格的文学作品，如点击率超过240万（截至2015年5月）的《重生之贼行天下》（作者：发飙的蜗牛）；三是小说主角多为青少年。

第二，儿童成人化、成人儿童化内容。

玄幻、仙侠、游戏等类型文学，可从属于神话范畴，神话是成年人的童话，还大量沉溺在这些成人童话里，反映了一个成年人儿童化问题；与此同时，儿童对这类小说及其电脑游戏的过早沉溺却反映了儿童的成人化，游戏类型的网络小说里面存在性描写，会促进儿童的早熟。起点中文网上总点击率超过5985万的仙侠小说《莽荒纪》的主人公纪宁，在四岁时候就已经有了成人的心智和能力，行为谈吐与成年人无异，虽然文中用投胎时未喝孟婆汤等加以解释，但这种超越儿童的成熟和对人情世故的熟谙在网络文学中是十分常见的。

第三，青少年属性带来割裂式成长的隐含主题。

青少年迫切想融入社会，体验生存的喜怒哀乐，表征内心意识的才被认为是好作品，并产生对作家的认同。割裂式成长突出表现在离家模式的广泛存在上。

离家模式早已存在，但是在新传媒语境下诞生的作品，不同于早前的离家模式，主要是离家动机的不同：先前的离家动机是因为追求真理、革命或者爱情等因素，到了80后、90后作家这里，离家是为了修仙，离家叙事的动机越来越个人、越来越荒谬。即便同样是武侠作品，金庸笔下的少年，父辈常被谋害至死，是"无父现象"；到了仙侠、奇侠，子代和父辈的疏离、少年离家因为儿子和父亲"说不上话"，有沟通障碍和交流困难。

青少年对割裂式成长的隐含主题来源于逆反心理的作用。表现在当代学生与传统价值观的割裂和与父辈的疏离上，可能表现出对"真善美"的文学经典名著的拒绝阅读；而对于反传统"恶"主题作品却表现出积极接受、慕名而来甚至焚香拜读，如《坏蛋是怎样炼成的》《十万个冷笑话》。青少年一代的学生群体，迫切地需要和祖辈、父辈拉开距离，所以，同被成年人批判为"怪异、奇特"的发型一样，新的话语风格和追求主题成为青少年群体亟须与众不同、与父辈不同的表征，当这一话语风格成为主流之后，青年群体就会弃之如草芥，转而追求新的表征。文学等成为青少年标榜和表征自我的成长和独立的有效包装。

人本主义心理学家马斯洛曾借用圣经中先知约拿的故事，提出"约拿情结"来指代人们对成长、成功的逃避心理。读者对于经典文学作品的避而不读、只愿远观的心态，对自身能力的低估、对恐不能理解其意的惧怕等因素使读者拒绝崇高、远离经典、割裂传统。

3.3.5 感官、娱乐的"浅阅读"文学内容

因为科技使人性不完整,需要借由文学来丰富和圆满自身的人性缺陷,海量的信息使人的认知处理系统负荷过多,为了大脑和心理平衡,需要泄压和释放心理能量,但是相对低水平的表述使受众无法表征自身的体验和感悟。当代人表征能力缺失,需要假借他人抒发和表征出来,因此,海量的网络文学和低门槛的数码写作成为网友寻求共鸣的尚佳途径。因而,网络文学世界充盈着男女性别意识、爱情困惑、权力欲望、孤独寂寞感等各种潜意识表征。而浅层的感官体验的表述尚且未圆满,更遑论深层的思想性和艺术性的追求。人的心理需求是逐级满足的,这样,文学的数码传播途径中思想深度的缺失就不难理解了。

玄幻文学的大热反映了文学的超越实体物质世界的价值,释放潜意识和情绪价值。玄幻文学的主要读者群——青少年群体寻求释放心理能量和压抑的途径,缓解成长带来的压力,网络文学成为调节压力的缓压阀,但作为尚未完成社会化的青少年,其个人的表述能力有限,无法充分表达个人的内在意识和压抑感,可自主使用的网络媒介带来了充分的自我意识延伸,使其欲望在虚拟空间中更加充分地释放。也正是因为玄幻文学的主要创作群体和接受群体的年轻化,玄幻文学作品表现出相对简化的社会和简单的世界观,青少年群体的心理压力,对内主要来自对自我认知的不确定和荷尔蒙压力,对外主要来自父母和学校教育、同伴群体。这些潜意识压力使得读者——主要是男性读者在小说男主角表现出远离父母和学校、追求暴力和刺激时找到了共鸣。

社交化的新传媒语境促成了"续写"和"重述"类小说形态的转变,"同人小说"形成一个固定的文学题材。"同人"源于日语どうじん,为"小圈子"之意。五四时期指具体相同或相近文学观的人所创

作的具有相同或相近美学风格、精神主题或艺术形式的文学作品，这些人时常聚会，互动交往频繁（如"新月社"），形成"圈子文学"。而今现代意义的"同人小说"（或曰"同人文学"）概念，仍旧是源自日本，是读者以动漫作品中的人物为基础进行的再度创作的文学形式，英文为 Fan fiction，即"粉丝（指特别迷恋某人或物的人）"所写的小说。

由于文学传播语境的嬗变和模因传播等原因，新传媒语境中保有大量的"重述"和"续写"的"同人小说"。"重述"即对原有的动漫、小说、影视作品中的人物角色、故事情节或背景设定等元素进行二次创作。"续写"是续写未完成或者不满意的原作小说的结局，有些作品没有完结或暂时没有完结，所以深爱原作的读者就自己续写结局，维护原作的完整性，这种做法以高鹗对《红楼梦》的续写最为著名，是在小说史上的常见做法，从这个意义上讲，《红楼梦》也为同人作品。为同人作品创造了生存条件的，除了作者中断写作的原因之外，还有连载的出版形式，而在数码空间当中，对未完成作品以章节形式连载发表或"日更（即每日更新）"形式，为同人小说创造了更强劲的创作动机和更大的创作空间。

曾经在五四时期流行开来的所谓"同人"小说或写作，而今不但演变为一种固定文学样式，还衍生出了"真人同人小说"。对人物身份的使用，已经突破了动漫、影视、游戏中的虚拟人物的限制，发展为体育界、演艺界、政治界等真实的名人作为小说主要人物的小说形式。真人同人小说的主角真名实姓，确有其人，但是情节全部虚构，大多是粉丝对现实人物的自我意淫，对意淫对象的外貌和身材过度描绘，写作手法粗劣、文辞粗浅，如《TFboys之男神听说你爱我》等。在一些真人同人小说中，通常原人物都会不可救药无法自拔地爱上作者（或者作为作者化身的小说主角），这种意淫式的小说价值只在于原作品或者真实存在的社会名人的"粉丝"，也是只能在这样的小圈子当中传播和存活，甚至在粉丝圈中也被抵制和批判，其语言运用和精神主旨可想而知。

文学史上许多文学名著，如古典小说《西游记》（吴承恩）、现代小说集《故事新编》（鲁迅）、当代小说《碧奴》（苏童）等，就是作者在前人著述基础上再度创作或者重新演绎的结果；而今数码文字空间中传播的大量的同人小说，除《悟空传》（今何在）等少量优秀作品外，整体水准堪忧。

这些感官、娱乐化的"浅阅读"小说的读者追求的并非深度的文学叙事和深刻的人性描写，而是"我"所读之物能否表达出"我"此刻之境遇和内心体验，能否表现出当下的主体与自我，能否准确捕捉出"我"的感受和故事，能否使"我"放松和快乐，能否在表象上重合，在潜意识里共鸣。在网络文学的作品分类中存在鲜明的性别文学划分——将玄幻、修仙归为男性小说，将言情小说与女性小说划下等号，因为在这些文学作品中大多采取了单一而固定的叙事模式，男性小说围绕暴力和性意识展开，女性小说意指纳西瑟斯情结（自恋情结）和情欲想象；女性读者的潜意识压力在小说女主角成为被男子追求爱慕的公主、格格、妃嫔之时得到最大化宣泄，自我爱慕心理得到满足。

那么，写作上的什么因素构成网络文学中感官和娱乐化的"浅阅读"呢？或许源自以下四个写作倾向。

一是口语化的语言风格，非但在人物对话当中，即便在叙事和情节进行中，仍大量使用口语化表述。常出现的调侃和诙谐的语言风格，增强了作品的娱乐化和趣味性。

二是隐喻的大量使用，降低了解码的难度，增强了网络文学语言的形象性和趣味性，使写作浅显易懂，便于理解。如："旧胶片哪怕能在脑海放映一遍，也缺篇少页，不知开章，不知尾声。"①

三是对话式强互动语境中对"我""你"等人称代词的频繁使用，提升了易读性。

四是网络语境下的日常化叙事策略，背离传统艺术原则的间离效果、陌生化效果，使其充分接近生活，成为"浅阅读"易理解的原因之一。

3.3.6 类人际传播效应和刻板效应显著

首先，文学的类人际传播效应频现。

由于社交网络的发展，网络为人际传播提供了更宽广的平台，不仅远距离交流能够迅速实现，跨现实社交圈和社会阶层的跨交流也越来越多地成为现实。读者和观众找到了和作者、导演、演员直接沟通的路径。博客、微博和微信这些自媒体路径使得文学爱好者们有了直接和作家沟通的平台，而且透过平台还能近距离关注作者的日常生活或者个人观点态度，这造成了十分新奇的"类人际传播"体验。

比如，郭敬明在新浪微博的粉丝有3885万（截至2015年8月），被粉丝亲昵地称为"小四"，这样亲昵似好友的关切和调侃，是在社交化网络平台中特有的显著"类人际传播"特征。

另外一个类人际交流的实例来自作家对于读者在微博空间的回复。在新浪微博中关注张嘉佳的微博后，读者的微博会收到一封来自张嘉佳的私信，这种体验是相当具有颠覆性的，回复内容没有采用正式出版物

---

① 选自诞生于微博的文学作品《从你的全世界路过》《6 写在三十二岁生日》，张嘉佳著，2015-08-19.

的严谨规整风格,而是有人际交流的亲切和自如。

"深夜写稿子,突然发现微博有这个订阅的功能……深更半夜不知道自己在说什么,就是谢谢你啦,我不会经常来打扰大家的。那么,大家好好的,加油。"①

其次,数码文学中标签效应与刻板印象频现。

"美女作家""网络写手""80后作家"这些标签,被人为地与人名固化联系在一起,作家有了固定的"标签",阅听群体对某一作家或作品形成刻板印象。一旦作品被赋予若干约定俗成的刻板印象式的"标签",这些标签多少带有前人的定型化思维、政治历史和社会思潮印记,致使读者进行了先入为主的选择性忽略,也使后人在阅读分析时不易跳脱先人的阐释分析窠臼,画地为牢,致使推翻先前文学价值论断的阻力较大。

对于文学的纸质传播路径已经形成刻板印象,有种观点认为文学和书籍是等同的,其他传播形式不能传播文学。中国现代文学馆副馆长吴义勤就认为对文学作品一定要通过纸阅读才能体现其价值,他表示很怀疑文学馆与手机阅读合作:"那些现代文学经典作品,下载到手机上有谁去读?"② 虽然手机移动路径中的现代文学经典有读者阅读,但是对于文学经典的逆反心理确实存在。青少年群体中盛行的反智主义和无厘头文化,消解了崇高之美和高尚之艺术,从而带来对某些经典文学作品中的意识形态观和社会价值观的逆反,经典文学性被消解和祛魅。

---

① 来自订阅@张嘉佳个人新浪微博后的私信,2015-08-19.
② 宋庄.全媒体时代,中短篇小说怎么办? [N].人民日报海外版,2010-10-25(07).

3.3.7 冗余修辞和重复美学的强势存在

冗余修辞体现了重复的美学原则，带有些许口语传播的特征，而社交平台之中的口语化特征又表现突出，所以，虽然微博具有不可以超过140字的强制性要求，但是改版新增的"长微博"功能，体现了话语自主性对限制的突破，以个案分析的方式，反映冗余的修辞和重复的美学价值在数码新传媒语境中的升腾——即使在微博这个少有的严格限制字数的新媒体语境中，冗余修辞和重复美学仍旧顽强存在。

个案分析：张嘉佳《从你的全世界路过》

张嘉佳的《从你的全世界路过》在微博中形成，实体出版后成为高销量畅销书籍。微博的140字限制毕竟不适合文学作品阅读，于是新浪微博在作家的微博置顶处设置"图书作品"专栏，罗列个人作品链接，链接至微博衍生品"微博有书"，比如，张嘉佳的两部作品《从你的全世界路过》和《让我留在你身边》。

2009年8月28日张嘉佳加入微博，他的《从你的全世界路过》最初以"睡前故事"的形式诞生于微博之中，因此成书之时沿用了睡前故事的形式，将惯用的"章"用"夜"代替，于是目录就成了"第一夜""第二夜"的形式，鲜明的章节命名特色带有前一传播路径的深刻烙印，且上下文关系较为松散，在排版上段首顶格，每段少则一句多则三五句话，段落间距较宽，便于阅读；章节划分更加碎片化，每节又被划分成两三小节，以迎合微博语境中的碎片化阅读。"微博有书"中只有两章，值得一提的是，这部叙事散文在微博有书中的语言比电子书更"净化"，有的禁忌语被用＊替代，甚至连"内裤"一词都被以＊符号代替。结果原文就变成了"总有人站在门外,光膀子穿条＊＊煲电话粥"①。

文学的审美原则仍旧适用,首先具有美感的原则是重复,影视中叫"复现"。例如在"3. 初恋是一个人的兵荒马乱"中,大量使用重复手法体现的重复美学原则和冗余修辞的强势存在。

"我班有朵校花,爆炸美丽,爆炸智慧,学习成绩永远是年级第一。"之后重复到"校花同学不但爆炸美丽,爆炸智慧,还爆炸伟大"。

在叙述"我"和女生姜薇的故事之后插入"我"和"爆炸美丽,爆炸智慧"的校花的故事,之后叙事在"我"和这两个女生的双故事线间穿插进行,大段重复甚至是一模一样的叙事语言频繁出现,下面这段对话就是如此:

她先给我一条绿箭口香糖。

我:"这是什么?"

我:"顶饱吗?"

姜薇:"你没有东西吃的时候,打电话给我好不好?"

我:"没有钱吃东西,老子还有钱打电话?"

姜薇:"那这张电话卡你拿着。"

我:"都没有东西吃了,我还要卡干什么?"

姜薇:"那这张电话卡你拿着。"②

这段看似平淡的没有华丽辞藻的对话式叙事,在双线叙事的第一条

---

① 见微博有书,张嘉佳. 从你的全世界路过 [M],第 2 章猪头的爱情(2),2015-08-19.

② 同上,3. 初恋是一个人的兵荒马乱(4),2015-08-19.

姜薇故事线和再次回到姜薇故事线时重复出现，甚至一字不差，非但没有拖沓冗长之感，反而增添了伤感情调。而在此节的最后，作为语义冗余、语段复现的修辞手法——在影视中即为"复现蒙太奇"的应用达到极致，"我"回忆起和校花先前的对话和往事，所有文字皆为再次原貌出现，将行文情感推到哀伤悲戚的高潮——因为"我"的初恋校花病逝。大量的重复冗余修辞的使用，丰富了两位女性的形象，加深了文章在深夜大梦初醒之痛彻、回忆哀婉伤感之深情。

在这篇叙事散文最后的高潮段落，"我"听到收音机里放歌，是《一生所爱》，"我"看到电视机里有人说"奇怪，那人好像一条狗耶"，暗示了典型后现代风格的周星驰电影《大话西游》的介入，如几近与周星驰同义的"无厘头"语言风格一样，《初恋是一个人的兵荒马乱》这篇叙事散文的语言风格也是反讽、荒谬和矛盾，用上下文情境消解了语言的本意，用重复的语言字句复现初恋的单纯美好。

3.4 数码文字路径的文学接受特征：日常、夜间、成瘾

3.4.1 电脑文字路径：日常、男性、入夜

第一，电脑路径差异显著，男性样本比女性样本多出10.2%，男性更喜欢电脑文字路径。男性对网络文学的偏爱，从网络文学中的玄幻、武侠、仙侠等小说的流行就可见一斑。雄性荷尔蒙驱使着男性对于刀剑江湖和肢体力量发达的憧憬，怂恿着男性对暴力冲突中热血与情爱的想象。

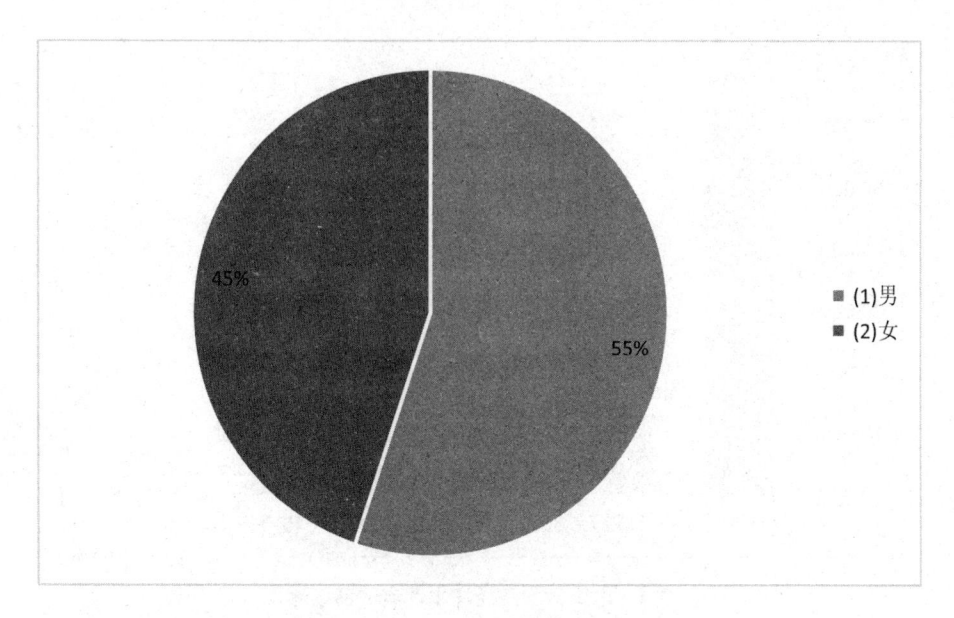

<<< 第 3 章　新传媒语境中文学传播多维路径之数码文字路径分析

图 3.3　电脑文本路径的性别比例构成

第二，电脑文字路径的阅读频率方面，多数样本读者（62.93%）每天阅读电脑文本的文学作品；约 29% 的样本读者每 2~7 天阅读一次。对多数新传媒语境中的受众而言，每日浏览电脑路径的文学作品成为日常生活的一部分，电脑对文学阅读者来说保持着较高的媒体黏性，文学阅读的习惯仍然存在，并呈常态化特征。

第三，电脑文字路径阅读时长方面，时长不定的比例最高（36.52%），其余依次为约 30 分钟（23.21%）、约 1 小时（20.82%）、约 10 分钟（12.97%）、约 3 小时（6.48%）。这一比例排名显示，能一次性阅读 1 小时及以上的读者减少，不足 30%，在移动化、社交化的新传媒语境中，完整的阅读时间被打碎，文学阅读呈现碎片化趋势。

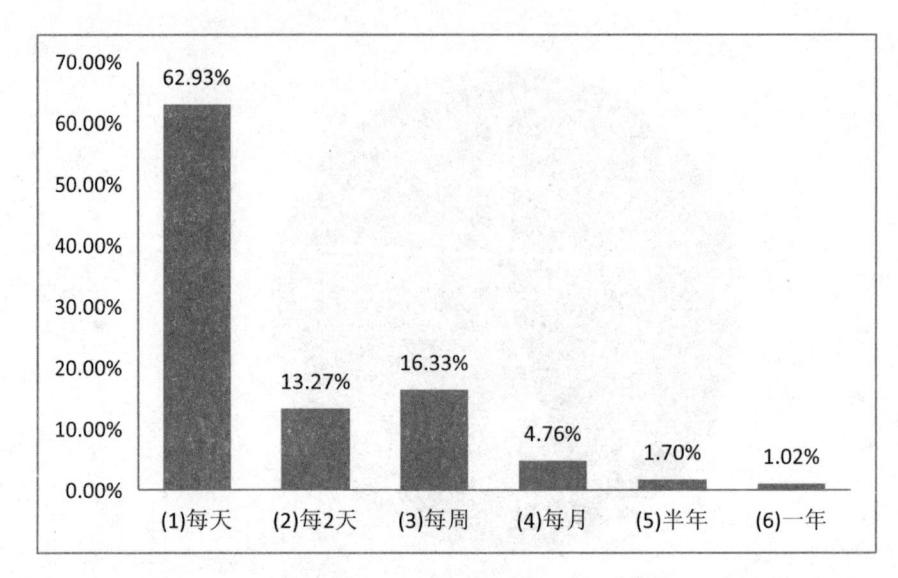

图 3.4　电脑文本路径样本读者的阅读频次

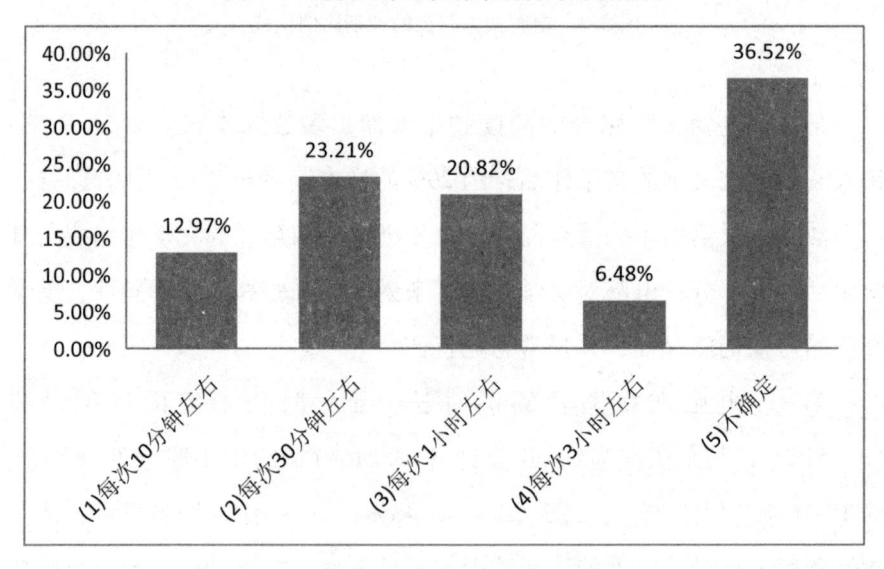

图 3.5　电脑文本路径样本读者的阅读时长

第四，电脑路径阅读时段方面，电脑文字路径的样本读者绝大部分在18点之后的入夜时间阅读（96.26%），这与18点之后为课余和业余时间有关。其中，18至20点阅读的比例稍高（48.3%），21点以后的深夜时间比例紧随其后（47.96%）。电脑文学阅读成为晚睡和熬夜的内容之一，"挑灯夜读"的习惯在网络新媒体时代愈加凸显。这一点与传统媒体存在显著差异：受物理状态和生产时间限制，报刊、广播、电视甚至是网站在对文学进行宣传和推广时，传播文学信息发布多囿于工作时间内；而在移动化社交化的媒体平台中，发布时间不限于8小时工作制度，文学传播的"全时化"传播形成。

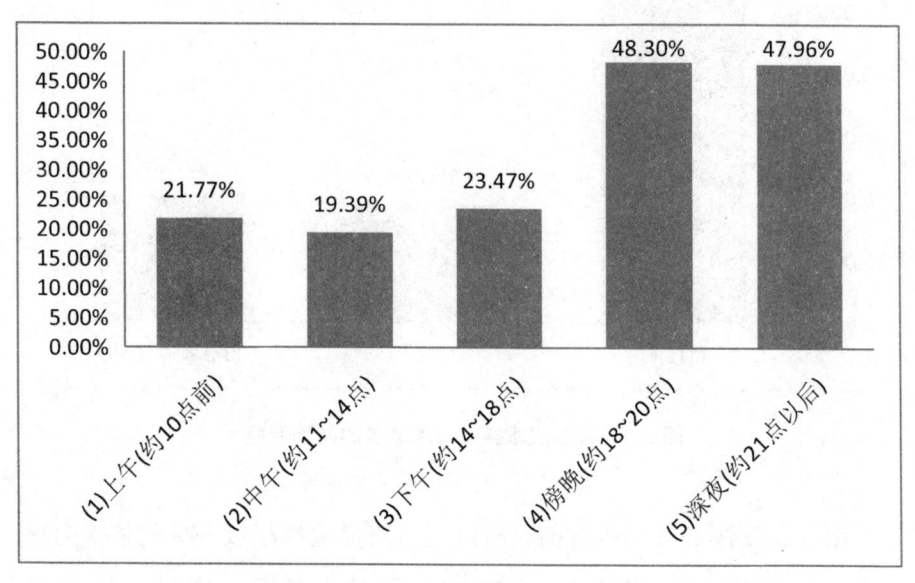

图3.6 电脑文本路径样本读者的阅读时段

（注：此为多选题，所以比例总数多于100%）

第五，电脑文本样本群体的阅读情境方面，多数人喜欢独自一人阅读电脑文本的文学作品（60.75%），其次为3人及以上的阅读情境（20.48%）。鉴于操作特性，电脑作为传播的物理媒介注定导致电脑受众的文学阅读是个人化的媒介行为，无法作为社交共享的工具，与传统的书籍阅读习惯一道，加剧了阅读的个人化和排他性。然而，人类天性的社会交往动机和集群倾向驱动了发明创造和网络变化的脚步——社交化网络的出现迅速弥补了电脑工具的社交共享功能缺陷，在网络虚拟空间中形成巨大、活跃而自由的社交空间，文学因其固有特质成为这一社交空间中的重要交往内容。

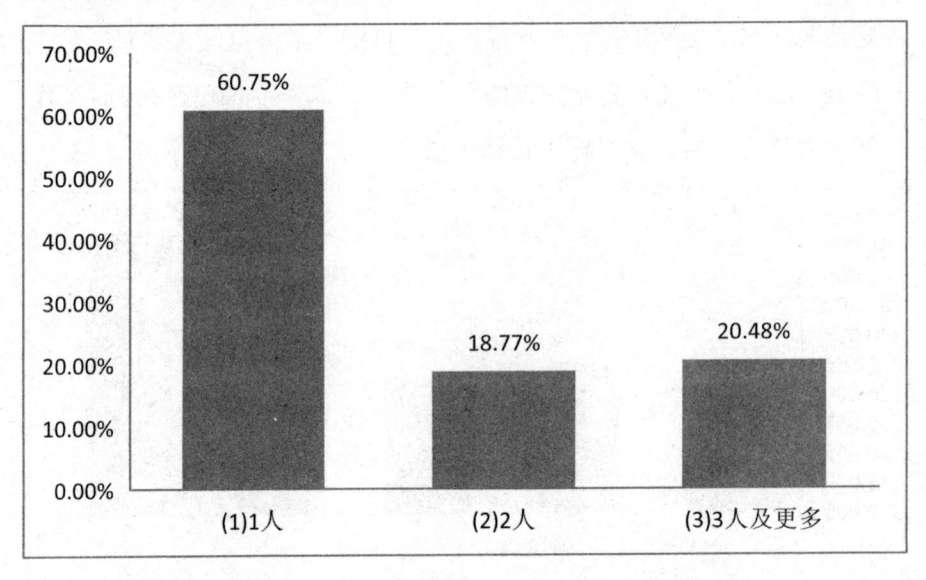

图 3.7　电脑文本路径样本读者的阅读情境

第六，阅读心理动机方面，电脑文字路径选择超过30%的依次为求知动机（63.27%）、娱乐动机（58.16%）、审美动机（43.88%）、净化动机（37.41%）。

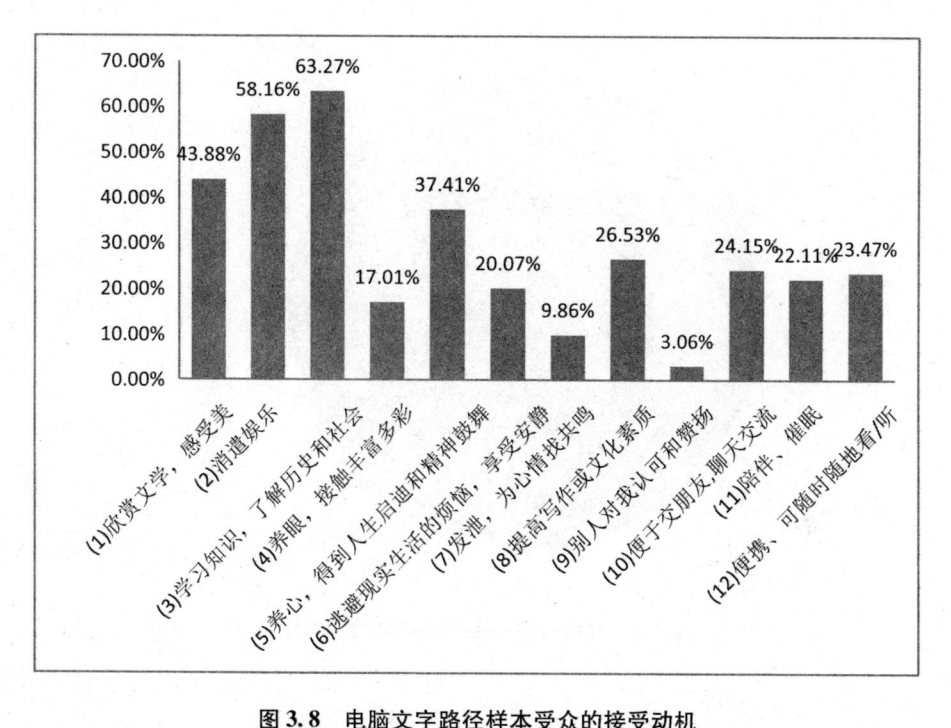

图 3.8　电脑文字路径样本受众的接受动机

（注：此为多选题，所以比例总数多于100%）

3.4.2　移动文字路径：成瘾、便捷、深夜、话题

第一，移动文字路径的性别差别不显著，女性群体只是比男性群体略多 3.68%。（见图 3.9）

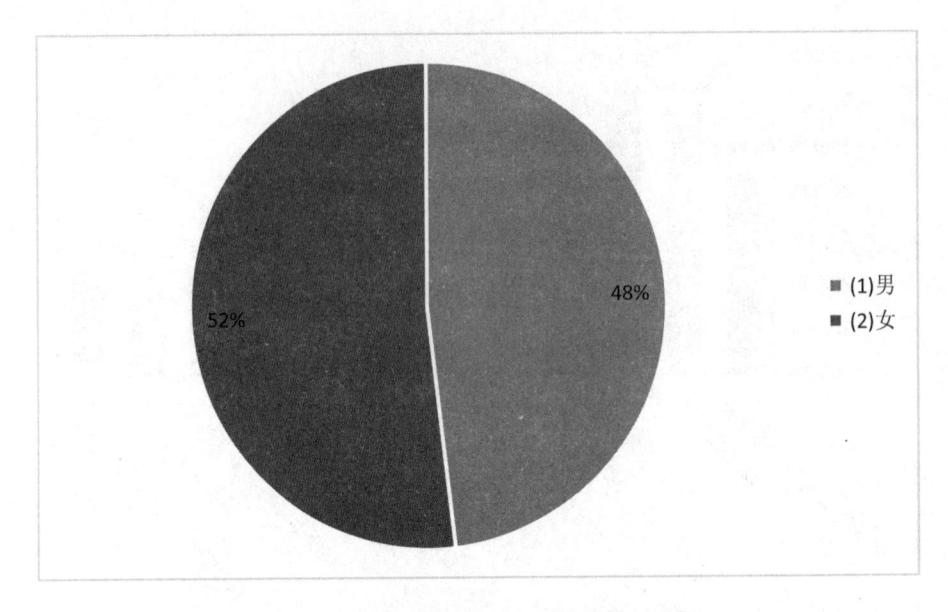

图 3.9　移动文字路径样本群体的性别比例

第二，移动文字路径的阅读频率与时长。

多数移动路径样本读者每天都阅读（65.35%），约 26% 的样本读者每 2~7 天阅读一次。（见图 3.10）由于手机和 iPad 等移动媒体的小型化、便捷性、智能化和个人化，受众对移动媒体的依赖达到新的高度，甚至出现"手机依赖症"，手机阅读不仅仅成为一种习惯，更像一种瘾癖。据 2013 年国际移动互联网产业高峰论坛上公布的数据，"中国人每天平均要花 158 分钟的时间用手机上网，而全球范围内的平均值是 117 分钟"。[①] 文学传播发展到移动路径时代，终于挣脱原子载体的重量和容量牵绊，读者可随身携带的文学作品的数量史无前例地翻倍增长，以比特形式可实现海量存储和携带。

---

① 唐小涛. 中国人均手机上网时间超全球水平［EB/OL］. 成都商报电子版，2013-04-12.

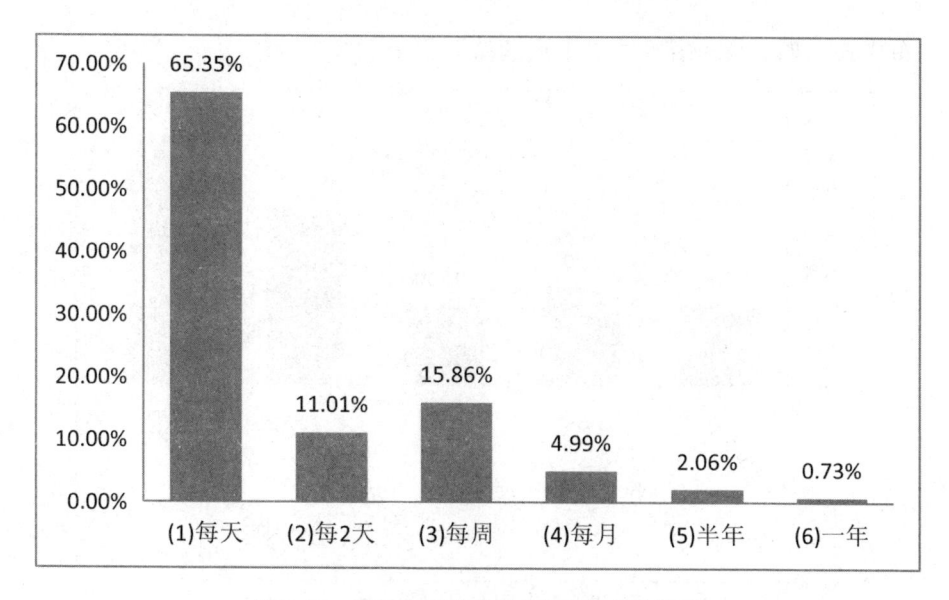

图 3.10　移动文字路径样本群体的阅读频率

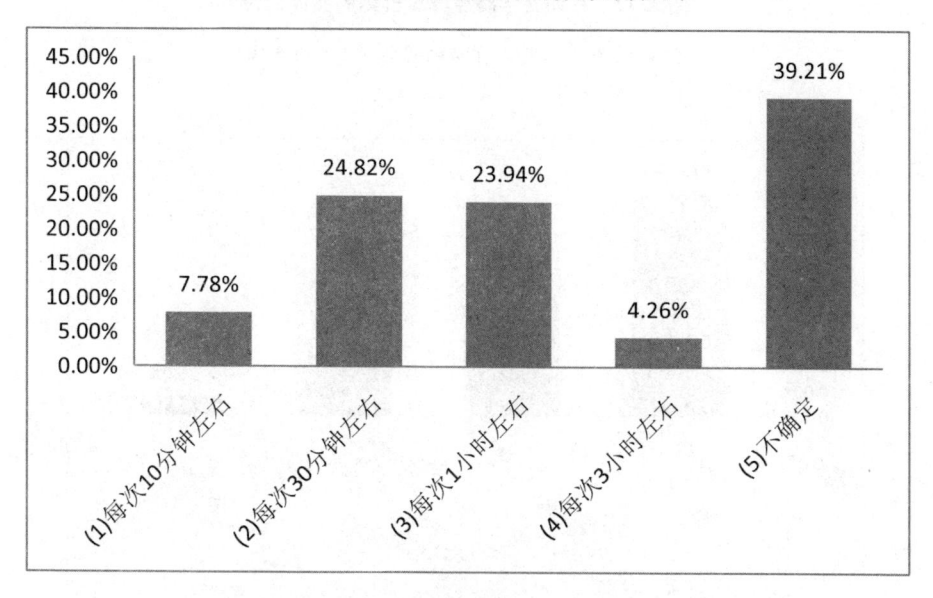

图 3.11　移动文字路径样本群体的阅读时长

第三，移动文字路径的多数人群（64.46%）习惯选择 21 点以后的深夜阅读移动文学（见图 3.12），这一特点促成了微博和微信的深夜发

151

布模式，如"深夜读书""十点读诗"等。

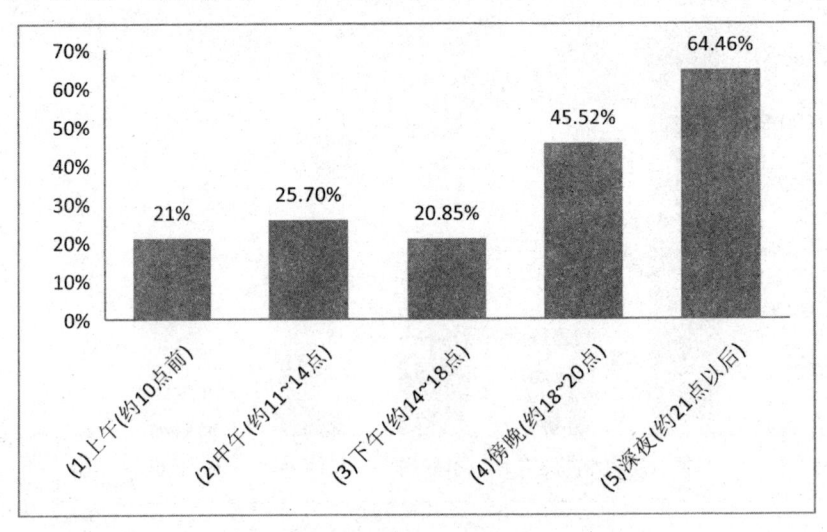

图 3.12 移动文字路径样本群体的阅读时段

（注：此为多选题，所以比例总数多于100%）

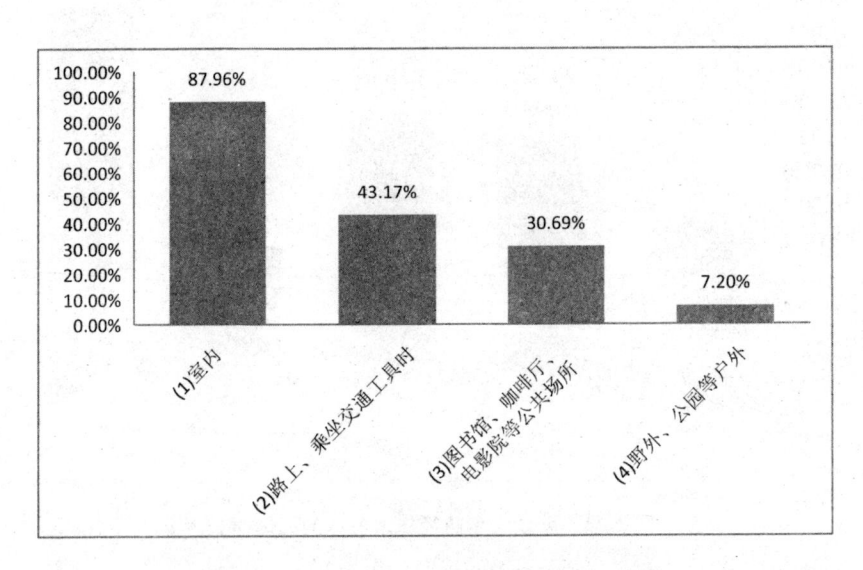

图 3.13 移动文字路径样本群体的阅读地点

（注：此为多选题，所以比例总数多于100%）

<<< 第3章 新传媒语境中文学传播多维路径之数码文字路径分析

第四，移动路径最大的价值在于便携，但是调查显示，即使不是在室外，受众仍然爱使用移动设备阅读文学，室内的应用率高达87.96%（见图3.13），阅听者对于移动路径的媒介成瘾可见一斑。

第五，移动文字路径选择超过30%的心理动机依次为求知动机（65.05%）、娱乐动机（63.73%）、净化动机（44.64%）、审美动机（37.44%）、便捷性动机（32.01%）（见图3.14）。

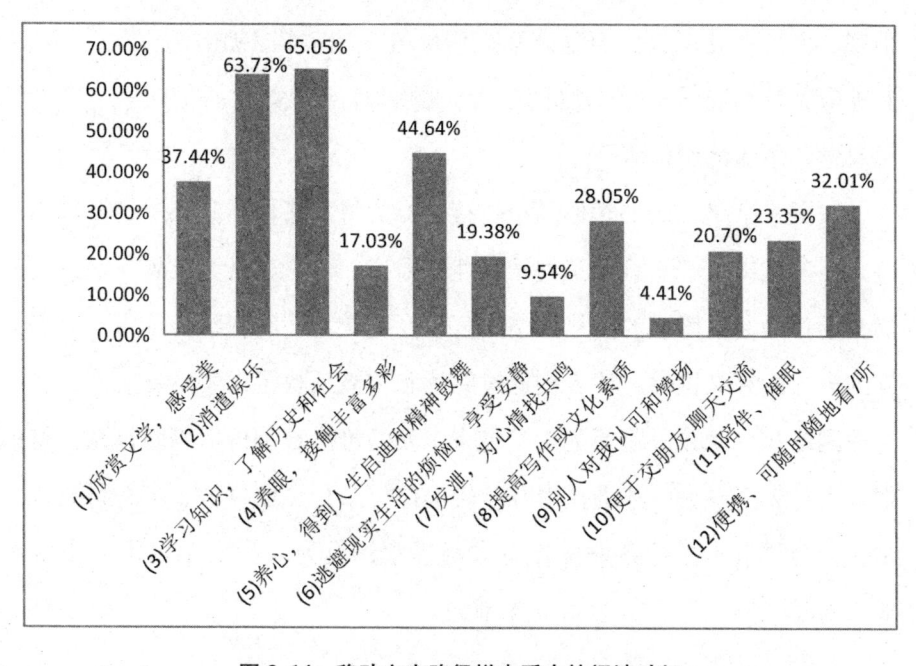

图3.14 移动文字路径样本受众的阅读动机

信息选择或然率公式显示，读者选择何种阅读路径的或然率，取决于报偿的保证/费力程度，在文学中报偿的保证，主要是施拉姆解释说，"报偿的保证"主要同内容及它满足受众当时感到的需要的可能性有关。移动路径在使用时的费力程度在诸多路径中可谓最小，不论浏览网站抑或下载电子书，费用极低甚至免费，因而更加提升了移动路径的选择比率。

153

3.5 数码文字路径的接受价值特征

亲社会核心价值观的存在反映了嬗变中的"依赖"与"坚守"。网络文学虽然五花八门，更有些许色情和暴力之流毒，但是从其传播的价值观念而言，其多数仍旧是亲社会化价值观的，其主题围绕励志、爱、利他等亲社会行为，本书赞同学者张颐武对网络文学的论断——"并没有偏离主流的价值观"[1]。

数码文字路径的文学作品通过接受行为将意义传播和共享，斯图尔特·霍尔提出了"表征是通过语言生产意义"[2]的观点。数码文字路径的文学作品通过鲜明的网络风格语言和高度类型化的叙事表征了一个变异的多元的意义世界，读者们通过阅读和传播反映了审美嬗变。

网络和移动数码路径为文学带来多元的价值观和价值判断体系，将把关人扩大至广大的普通读者和年轻群体，来自自然科学、工程科技科学、社会科学等各行各业的作者参与其中，成为当代文学的活力发源地，同时"嬗变"却是显著而深刻的。

3.5.1 传统文学价值评判体系的坍塌

传统文学价值评判体系在数码文字空间趋于坍塌，工具理性主义和虚无主义滋生，后现代的反权威、反理性、反崇高、意义消解和拜金主

---

[1] 周怀宗，张颐武：网络文学并没有偏离主流的价值观［EB/OL］.北京晨报，2015-06-17.

[2] 霍尔.表征：文化表征与意指实践［M］.徐亮，陆兴华，译.北京：商务印书馆，2013：20.

义价值观取而代之。

在畅销榜单和高点击量榜单中,我们可以发现这样一个现象——浏览量和点击量非常高的作品,往往并不是文采最飞扬、主题最深刻、结构最精巧、写作技巧最高超的作品,而这些评价维度,往往构成了传统文学或称纯文学的价值评判体系。以晋江文学网总分榜榜首的《知否?知否?应是绿肥红瘦》为例,这篇架空历史的穿越类型言情小说表述口语化,对话繁多,还常常用跳脱笔法将现实世界囊括其中。如在介绍女主角姚依依时,使用了中国香港电视剧《壹号法庭》,还提到了投胎回古代的好处是"不用考试、考公务员、考职称"[1]。不讲究文采,不重视修辞,不在乎结构和视角,在叙事策略上也乏善可陈的作品仍旧造就了其上百万的惊人点击量。

传统文学价值评判体系在新传媒语境中趋于坍塌,并与青年和少年一代读者所崇尚的反传统的文学价值评判体系发生现实碰撞,而碰撞的结果是掌握文学批评话语权的传统文学一派在文学批评界的决胜千里——与之对应的是用商业销售额发言的年轻群体在文学市场上的攻城略地。其钟情的是青春、校园、玄幻、奇幻、仙侠、都市言情等类型的网络小说以及类型化的"总裁文""后宫文"等。那么,反传统的文学价值评判体系的核心和表象是什么?

其核心是工具理性主义精神和虚无主义,表现为后现代的反权威、反理性、反崇高,无意义、拜金主义价值观。对于工具理性,学者刘再复认为:"工具理性是指知识,指数据,指逻辑,指人之外的物理、业理、原理,等等,而价值理性则是指'人'本身的真、善、美等主体价值。"[2] 纵观热门网络文学所呈现出的价值评判体系,是工具理性影

---

[1] 关心则乱. 知否?知否?应是绿肥红瘦. 第六回, 晋江文学城.
[2] 刘再复, 刘剑梅. 教育论语 [M]. 福州: 福建教育出版社, 2012.

响下的对数据、逻辑和自然与社会运行之理的推崇和膜拜。以起点中文网会员点击量最高的小说《吞噬星空》为例,这部被界定为"未来世界"类型的小说,充斥着大量的数据和物理知识。比如在介绍一种名为"黑冠金雕"的鸟类时,小说并未使用小说常用的白描或比喻等外貌描写方式,而是采用了大量的数据和数据推理来描写:"体长一般达21米,翼展在36米左右,飞行时极速可以达到3.9马赫。那可是足足3.9倍音速,音速按照一秒340米计算的话,就是一秒1326米,也就是一小时4774公里。"①

其次,审美价值观念变化,发生内爆和分化,交流价值和自我满足价值比重上升。数码文字路径的文学读者在阅读文学过程中,审美价值在接受价值中的比例下降,更注重共鸣的交流属性价值和自我满足价值,同时审美价值也发生分化,呈现多元裂变、多样化。

数码文字路径实现了自我满足价值。从文学网站的点击排行来看,最流行的文学作品并非最有文采和深度的作品,这一现象或许在传递一个暗示——在读者对网络文学的价值判断和接受中,文学的价值不在于审美价值,而在于释放心理能量、逃离生活、满足白日梦的自我满足价值,从而实现心理调节。

学者钱理群曾以"信仰缺失"作为当代80后年轻一代存在的问题,并且提出自由读书和多参与社会实践作为解决之道。② 正是由于信仰缺失造成的自我迷失和内心空虚,驱使当代人尤其是当代青少年积极接触阅读文学,进行主动式的自我体验式阅读,潜意识中希冀从文学中寻求自我的确定和潜意识的满足。在文学阅读、接受和反馈的传播过程

---

① 我吃西红柿. 吞噬星空第一章 罗峰 [M]. 起点中文网,2015-06-10.
② 参见钱理群:每代人都被上代人不满 最后还是接了班 [EB/OL]. 中国新闻网,2015-05-15.

中，潜藏在显意识表象之下的性意识、反叛意识、权力意识、归属意识、集群意识、审美意识和自我实现意识等潜意识被释放，心理能量趋于动态平衡。

从《最强兵王》《最强特种兵》等网络小说占据排行榜的现象来看，网民对该类型化的网络小说的偏爱反映出其价值观内核对达尔文进化论"物竞天择，适者生存"的推崇。社会学领域对进化学说的吸纳由来已久——"弱肉强食"的社会达尔文主义，该理论的提出者是赫伯特·斯宾塞（Herbert Spencer，1820—1903）。如何成为"最强"，是这些修仙、修真、都市等类型小说常用的主题和模式。

米兰·昆德拉认为小说最高的意义不是讲故事或讲历史，而在于揭示人是与众不同的存在，人与世界之间可能发生的关系，探索存在的无限的神秘与偶然，小说不仅仅是为社会讲述价值和意义，或者服从于政治的权威，小说的最终目的是发现不同的人生，理解我们与世界的关系，从中获得理性的生存智慧。可是在高度类型化的网络原创文学中，若想获得理性的生存智慧可能变得相当困难——这些玄幻或仙侠小说架构在一个虚构的幻想时空里，不考虑合理性和意义，只要故事情节是曲折的、人物命运是坎坷的，就是一个"精彩"的故事。

3.5.2 网络文学的幻肢价值

假想性的文学的幻肢价值凸显出来，为了维持人的完整性，对肢体运动和社会生活进行滞留性的意象品味，对思想意识和个体经验进行假想性重构即为本书认为的文学接受中的"幻肢效应"，读者经由文学实现对超人的、超现实生活的肢体想象和力量延伸。

心理上的幻肢感，是无法接受现实中失去的肢体而自己臆想出的幻影。除了众所周知的作用之外，肢体对人还有边界确认的重要作用。身体是人作为有机生命物质存在的载体,是人在环境中进行物质、精神和信息交换的赖以生存的唯一性物质,意识不能与之分离。通过感知觉器官确立自我和他人以及环境的边界,身体有明显的边界,人和人之间也有明显的边界,因此保持安全的距离是对非亲密关系他人的约定俗成的要求,最小距离应保持在一臂以外。所以,上肢的存在使人确认了和他人的距离,进一步确认和他人的情感关系;而下肢的存在使人确认了生存的空间。失去这上下肢体就造成了这三种体验的不确定性,给潜意识带来恐惧,给自我意识的边界带来伤害,无以名状的痛苦随之产生。而青少年读者对网络文学中大量的想象性作品的沉浸性体验和对移动路径的使用黏性,使文学延伸了青少年的肢体,文学具有了成为确认自我的边界、确认和他人的距离与情感关系、确认生存的空间的巨大价值——文学成为幻象中延伸的肢体,这就是本书提出的新传媒语境中文学尤其是网络文学形成的"幻肢价值"。

医学上的"幻肢痛"表明,人脑有维持其完整性和体验其存在感的机能以及趋势。这为文学的价值论提供了一个新的切入视角——文学对于人来说具有维持其完整性和丰富其体验的作用,文学接受者在阅读和欣赏文学作品时,基于个人图式进行想象和幻想,再次对肢体运动、社会生活进行假想性重构,对思想意识、个体经验进行回味和反刍。文学的这一接受现象,本书谓之"文学的幻肢效应"。在网络前传播时代,由于文学传播中把关人的绝对权力,进入接受者视野当中的文学作品大多经严格筛选和把关,带有潜在的所谓主流意识形态和审美特色,以及鲜明的他者色彩。

文学将心理体验外化,将感受性通过文字、影像和声音进行表征,图像对文本进行语义卸载,用视觉补偿取而代之,文学性降低,故事性和感官刺激上升,非对称性体验弥补了受众对于缺失体验的想象和补充，形成文学的幻肢效应。大脑捍卫人的完整性，当代青少年的肢体活动缺乏和社交生活单调使其四肢仿佛丧失了功能性，因而转向文学和影视领域寻求丰富的生活体验和肢体发达强健，所以各种宣扬人的自由和力量、人的体能和智能、经历奇幻与冒险的文学作品受到青少年网民的格外青睐。

文学从传播者的工具——文以载道，在网络传播场中逐步转变为文学接受者的工具——弥补感性的缺失，表述个人体验，用文学之美消解现实的乏味和失落，捍卫人的完整性。

不过，由此我们可以思考进一步的问题，就如同审美心理中一直反复争论的这个问题一样——究竟是文艺作品中内含情感，还是审美者将自身情感投射到审美对象，究竟是文学作品中隐含完整人性的信息，还是审美者将自身的完整性投射到文学之中？

俨如歌德式对生活狂飙和乐观，对数码空间中穿越小说和修仙类小说狂热爱好的人们通过感受性虚构完成了对体能飞跃和智能飞升的想象，同时完成了对于现实自身的超越，获得现实生活难以获得的成就感和满足感，在自我实现的路途中替代性成长，文学从而发挥了其独特的幻肢价值。

在文学的幻肢价值基础上，网络文学形成了显性的"超人效应"。

面对野性自然和对立社会，人的力量如此脆弱不堪一击，于是我们的大脑需要演示和想象一个四肢更为发达、能力超群的自我，用一系列对抗物理法则的超人行为武装弱小的肢体。占据多半江山的玄幻、仙侠、奇侠、战争等类型的小说，不论题材涉古猎今，大都塑造了一个天生或后天修炼而成的头脑聪慧、体力强健、四肢发达、有着过人法术或武功的"超人"形象，本书将这一文学现象称为"超人效应"。"超人效应"反映出了文学创作和接受心理中存在对个人超能力的补偿性想象。文学这面"心镜",能够反照出人的内心世界和自我认同,在当代网络文学中大量存在的天赋异禀或经勤学苦练、机缘巧合而练就超凡体能和智能的"超人形象",反映了当代青少年读者,尤其是男性青少年读者(玄幻、仙侠等类别网络小说的主要读者群)对榜样式英雄的钦慕式的审美认同,以及对于超凡能力的渴求和幻想。

为何男性青少年读者偏好超人形象?第一出于成就动机,第二源于以暴制暴的原始动力,第三源于为增强择偶优势而产生的对强大自我的性吸引憧憬。

然而,以上三种心理动机并不是当代才产生的,那么,"超人效应"和以往的文学有无不同?由于文学是社会现实的镜像之一,当代社会烛照之下,必然产生不同于过去文学史中的超人形象。首先当代网络文学中的超人形象大多是青少年,较少选择神;通常善于利用高科技武器,还常用数据或某一科学原理加以进一步解释、嘲讽、怀疑;对抗方常常是人,较少为自然力量;时空架构经常着眼于当代或未来;表现出潜意识中的自信匮乏和对自然的驾驭,较少体现出对于自然界的无知和敬畏。再者,细观其中成为"超人"的途径,当代新媒体路径中流行的超人形象之形成路径,亦存在鲜明的时代特色——受到科技时代和互联网时代影响,高科技武器、时空的非线性等因素成为塑造超人的惯常方式,使用科技含量高或者来自未来的武器装备成为超人超凡脱俗的关键。超凡能力源于"物性",超人之力与其说是"人"之力不如说是"器"之力,科技对人的异化于文学表征。实际上,机缘际会获得至宝从而能力大增的桥段和20世纪八九十年代风靡中国至今风头不减的金庸武侠小说在模式上十分相似,渊源匪浅。

青少年读者的比例对应了少年主角的高比例。多数主题为成长、复仇和取得卓越成就。网络小说读者借助虚拟赛博空间想象一个超人少年的横空出世的替代式成长体验,希望释放自身荷尔蒙和潜能,完成建功立业的壮举。这凸显数码传播路径文学在满足青少年希望增长个人能力的"幻肢感"——心理活动有维持它的存在和活动的倾向,对于数量庞大的"宅世代"来说,通过文学作品的描绘去替代性满足自我的肢体运动和社交活动,成为他们疲于应对学业和工作压力之余的一剂良方。

那么,当代网络和移动路径中大量存在的"超人形象"与尼采的"超人"哲学思想有何异同呢?有研究表明,自信度、网络吸引、性别因素和焦虑抑郁等因素成为大学生网络成瘾的主要影响因素。[①] 因此,较低的自信度使得部分读者尤其是青少年在网络文学天地中寻求自信和快慰,通过自主性镜像阅读在想象意淫中完成对自我能力的增长——玄幻、奇侠、仙侠由此而生。现实的焦虑抑郁与网络媒体中的恣意张扬形成读者人格的双重性,这与自负狂妄的尼采"超人"形象有着本质不同。

3.5.3 文化沙盘价值与污名化判断

其文学在影视、音乐、动漫、游戏等文化创意传播场中的源头地位和脚本作用,使其具有了母文化价值。文学滋养着其他文化创意事业,不仅仅提供素材,更生成输入叙事模式和视角、价值观念。文学孕育和滋养着其他艺术形式,是其他艺术门类的母体。

沙盘原本是盛着细沙的盘子,可以用来写字,沙子做成地图或者地形可应用于军事演练,是虚拟仿真化的试验设备。使用沙盘喻指数码文

---

① 吴汉荣,朱克京. 影响大学生网络成瘾相关因素的路径分析[J]. 中国公共卫生,2004,20(11): 1363-1364.

字路径的价值，意在说明如今的数码文字路径一如其他路径以及其他文化形式的"沙盘"，凭借其多样的类型和价格低廉、免费共享等特征，风格迥异、良莠不齐的各种文学作品共存其中，数码文字状态的文学成为多种文学观念和文学样式创新的"试验场"，出版前文学作品市场潜在价值的"演练场"。当前影视和出版路径将其中已经广为赞誉或者点击率高、粉丝众多的作品进行改编或出版，降低了经济风险，培育了文学作品的潜在消费者，未受出版机构筛选的大量作品得到与读者见面的机会，最大限度地满足读者的需求和审美偏好，因此，从读者收藏和喜爱的文学作品可以推知其内心状况和精神状态，这个与心理咨询和治疗中的"沙盘"游戏有近似的价值。

然而，与文学的文化沙盘演练价值相左的是部分作品的低俗化以及社会上对网络文学的污名化认知判断。不可否认的是，大量未经出版机构筛选的作品良莠不齐、泥沙俱下，低水准作品充斥数码空间，造成部分阅听者对于这一文学传播路径的先在抵触与主动回避——在其看来，这一路径的文学水准"普遍偏低，没有价值"，对数码文字路径的文学呈现一种负面且全面否定的评价，形成当代文学多元传播路径中的污名化效应——将"网络文学""手机文学"等同于"垃圾文学"。

"垃圾文学"的污名化并非无稽之谈，确实，当我们打开移动阅读或者小说网站，满眼的霸道总裁、激情小三、校花老婆、极品女神、美女总裁、最强高手，即便在打着"书友口碑榜"旗号的"出版图书"栏目之下，仍有《偷窥一百二十天》《邪恶催眠师》等看上去远离美的作品名称，招来"垃圾"的污名化认知实属在所难免。

对网络文学的低俗化应全面认知，不能认同低俗是整个数码文学的特点，从积极的角度观之，网络充分释放了文学创作潜能，满足人对文学的多样化渴求，我们需要对网络文学的污名化重新认知。或许，媒介

162

的更新亟须我们的文学价值观的更新,文学传播的变化需要我们重新审视文学语境,将网络作为一种生态环境,对网络文学的研究回归理性,而非简单地讨论网络给文学带来何种影响。

3.5.4 移动路径的特有价值——生存私场景

移动数码路径的文学价值,在于为读者和阅听者提供审美化的生存场景,构建了超验性生活场景,能够为生活在现实世界中的人们制造超脱于生活的假象。此外,移动路径还具有构造美感生存私场景的独特价值,可以使读者获得场景性审美愉悦,在私人化的阅读体验中品味个人独立带来的自由和愉悦。

构成移动路径主要形态的微博路径的审美价值裂变为碎片式审美价值、社交性审美愉悦价值、群体认同价值、交往的主体间性价值。

在随时随地的文学阅读中,阅听人摆脱了生存压力和现实困境,体验着暂时的个人精神世界和他者人生故事。同时又在他者生存情境中调节心理能量,构建起虚拟围墙的私人领域,确定自我认知,提供故事化、隐私化的文学。

在个人化的生存私场景当中,时间感知是非线性的。文学阅读在工作、学习之余的个人休闲时间发生,跳脱出了严格的时间桎梏,而长期的互联网和信息科技的应用,使得思维愈加朝非线性思维进化,人类的思维从简单进化到复杂,从线性进化到非线性。这种非线性思维体现到文学中便是叙事时间的非线性和思维逻辑的跳跃。

移动路径扩大了文学的接受面,降低了文学的神秘感和庙堂感,使之更贴近生活和个人,改变了语态,放低了姿态。但是碎片化传播割裂了文学语境,大量非原创的二手资讯,对部分原文进行断章取义,扭曲原意,以讹传讹,对作者信息的失当或错误传播等时常出现。即使一些打着"文学"旗号的公众号,其许多推送的内容也文学性欠佳,只停留在心灵鸡汤的作文水平。

作家自媒体指以作家个人名义进行文学和相关信息传播的博客、微博、微信公众号等网络媒体。据不完全统计,经微博认证的作家共有220个,在微信中以文学为公众号关键词的共有615个,以作者个人名义开办的公众号有40个左右(但有些公众号未认证,真实性有待考证)。

虽然微博和微信平台可以缩短文学的传播链,实现作家和读者的直接沟通,最大化降低作品在传播过程中的信息损耗,然而,自媒体仍然需要借助大众传媒才能拥有更多的知名度和读者量。自媒体在公信力和到达率方面仍旧无法和大众传媒媲美。一般情况下,经传媒机构赋权的知名作家,才能将自媒体做得风生水起。少量的纯文学公众号为"先锋"文学和纯文学以及作家提供了良好的传播平台,与一些喜欢高雅文学和纯文学的读者建立起联系。自媒体提供了良好的操作空间。作者自营(如南派三叔的微信公众平台)的公众号,具有支付功能,成为真正的享有经济功能的作家自媒体,排除了更多的出版编辑等第三方他者因素对作者和读者交流的影响,使文学传播从公共领域进化至作者和读者之间的私人化交流形态。

第4章

新传媒语境中文学传播多维路径之视媒路径分析

本章论述了影视媒体路径的典型特征——文学与影视的相互介入，随后简要分析了视媒路径的典型接受价值——外向关注的感官娱乐价值，集群的社交价值和公共空间价值，对时间感和空间感的立体感知审美价值等。

4.1 影视媒体的路径建构

在电子媒介诞生之后，它迅速吸引了人们的注意力，逐渐成为超越印刷媒介的主要传播媒介。由于现代人对图像的偏爱，"图像人"的称谓诞生，它指的是"阅读兴趣从文字走向图像，图像逐渐取代了文字成为建构其心智的主要资源"[①] 的一类人群。

4.1.1 影像符号构建的光影伊甸园

影视媒体由以下要素建构而成。

路径形态构成：电影、电视剧、网络剧、微电影和文学类电视节目。

---

① 参见李政涛．图像时代的教育论纲 [J]．教育理论与实践，2004，24（8）：1-4.

路径载体构成：电影设备、电视机、电脑、手机和平板电脑等移动设备。

路径媒介符号：影像、声音（包括人声、音乐和音效）、少量文字。

该路径主要采用影像符号，与文字符号在思维和表现上有极大差异，影像语言相较于文字语言是更加丰富还是匮乏？影像根据表现力和视觉单位的不同，分为以下几个种类：七种景别，十二个拍摄角度，三种纵向视角，二十四种光，十二种色相。所以同样是描写一个人的行为，文学采用多种词性的文字和修辞手法描写，而影视采用上述形象化的影像和声音符号的排列与组合，同时受到空间距离、光照效果和拍摄时间的影响。相较之下，文字语言更加丰富多变，组合情况更为复杂，意蕴更丰富。

对印刷媒介和电子媒介予以对比，展示文学传播中从平面传播到电子传播的转化和不同，二者的不同在于：

第一，思维方式不同。印刷媒介使用的主要符号是文字，对抽象的文字符号的解读需要意象思维和语符思维；影视媒体使用的主要是造型符号，对具象的造型符号的解读需要形象思维和非语符思维，这是两种不同的思维方式，造成读者解读过程的差异和心理体验的差异。

第二，叙事重点不同。文学重内部分析——心理分析描绘与意义阐释；影像重外部分析——外表与物质展示、场面、故事冲突等。

第三，创作方式不同。文学是个人创作，具有鲜明的个人经验和特征烙印，是一个"点"，创作过程是封闭的；影视是集体创作，糅合了多方观点甚至是主流观点的集合，形成一个"场"，创作过程是开放的，有着公共话语空间。

4.1.2 电影传播路径——视媒文学传播的主要平台

根据中国排行网公布的《内地电影票房总排行榜（2010—2014）》统计，内地电影总票房前 20 部电影中，有一半为外国电影，而且绝大部分为美国好莱坞电影，另外 10 部中国本土电影中，有 5 部改编自文学小说，1 部为作家原创剧本，也就是说其中 60%的电影为文学衍生品。电影票房的高低与诸多因素有关，导演手法、出品运作、宣发力度、主创主演人员的票房号召力、上映时期、影院排期等因素都可以对票房造成影响，故而是否改编自文学不能成为其决定性因素。但是，不可否认的是，与文学的联姻，可以提升电影主题的深度、故事的逻辑性和电影语言的丰富性、审美性，为电影的整体水准的提升起到一定作用，并且若改编自文学经典或畅销小说，可以提升电影的知名度和号召力，形成一定的广告效应。

正如《星际穿越》中对迪兰·托马斯（Dylan Thomas）的诗歌《不要温和地走进那个良夜》（*Do not go gentle into that good night*）的运用，成功地点化了影片主题，增加了台词的哲理性和影片的思想深度，引起观众的审美震撼体验和审美回味。

  Do not go gentle into that good night
  Old age should burn and rave at close of day
  Rage, rage against the dying of the light.
  不要温和地走进那个良夜
  白昼将尽，暮年仍应燃烧咆哮
  怒斥吧，怒斥光的消逝。

排行榜中有两部作品《西游降魔篇》《西游记之大闹天宫》均改编自古典文学名著《西游记》，而《西游记》在国人心目中的地位，与20世纪80年代央视制作的电视剧版《西游记》的热播是难以分开的，看过书籍原著的读者要少于看过同名电视剧的观众，作为重播率最高的电视剧之一，《西游记》凭借自身故事的吸引力和翻拍的原汁原味赢得了大众的喜爱。

不同于好莱坞电影向动漫取材，我国电影根植于自身肥沃的小说土壤，排行榜中的内地华语电影多改编自小说或民间传说，如《智取威虎山》和《西游记之大闹天宫》。

另外，阅听者对电影播放的常用媒体已经从 PC 端开始向移动设备端过渡，提供移动视频的代表性网站有优酷网、爱奇艺、搜狐视频等。据优酷网统计的"中国网络视频指数"，以《何以笙箫默》（电影版）为例，播放 64 万余次，其中 78.7% 为移动设备播放，远超 PC 端播放。①

4.2 视媒路径依赖现象
——文学的影视化与影视的文学化

4.2.1 文学的影视化

文学的影视化是指以文学为主体，谈论影视路径的传播对文学的影响。这一文学领域出现的对影视的路径依赖现象主要表现在以下两

---

① 中国网络视频指数 [EB/OL]．优酷网，2015-07-17．

方面：

一是出现先有影视剧本后出版文字版本小说的现象，造成小说的剧本化表述——对话占大量篇幅，多用实词形象描述动作，修辞语言大大减少，画面感强。如刘震云的《手机》就是先写出剧本，后根据剧本改编成小说出版，小说带有大量的对话描写。

二是电视连续剧和电影这两种最常见的影视类型，激发了同类的连续性叙事文学作品的创作。受到影视创作繁荣的鼓舞，更多的人投入剧本和长篇小说的创作中来。如网络文学《后宫·甄嬛传》的诞生，就是作者流潋紫观看完2006年播放的中国香港电视连续剧《金枝欲孽》，觉得"不过瘾"，生发了创作宫斗小说的动机。[1] 而小说的最终成型，却是网络语境的贡献，"我不觉得我有这样的毅力坚持下来，很大程度上真的要感谢我的网友们，因为我是在线写作，被读者逼着写了七部，直到2009年才写完。"[2] 2007年，《后宫·甄嬛传》获得了腾讯网"作家杯"原创大赛的一等奖。之后，"磨铁文化"出版了小说纸质版本。小说版被导演郑晓龙的妻子所喜爱并推荐，郑晓龙将其拍摄为76集古装（清朝）电视剧《甄嬛传》于2012年播出，成为收视热门。而之后流潋紫撰写衍生小说《如懿传》的创作动机，也是影视影响的结果，据流潋紫说，她是在探班《甄嬛传》的横店拍摄现场时，受皇后扮演者蔡少芬的启发，出于对蔡少芬的喜爱和演技的肯定，才开始创作《如懿传》。

由于文学的影视改编在电影业由来已久，许多印刷小说因为被改编成影视剧本而知名度大增，经济效益攀升，因此，能够被改编成为部分

---

[1] 流潋紫看剧不过瘾写小说 自己的爱情简单幸福［EB/OL］. 中国新闻网，2012-05-11.
[2] 解密《甄嬛传》原著作者流潋紫［EB/OL］. 国际在线，2013-01-29.

小说写作动机之一，影响和左右了小说的审美创作原则。这并不是一个新传媒时代才兴起的现象。然而，今日之影视改编有别于以往。首先，改编的标准变化，在电子媒介主导的时代，被改编的文学作品在题材上多选择爱情、战争、历史等；而今，改编对象除传统的爱情题材外，还增加了网络热门的奇幻、仙侠、盗墓等题材，比如《步步惊心》《花千骨》《盗墓笔记》等类型化网络小说的影视化在2014年之后呈现"井喷"趋势，致使此类题材的小说数量继续上升，并得到主流媒体和传统媒体受众甚至是精英文学阶层的关注、研讨。其次，在网络文学中具备较高的点击率和较多的"粉丝量"的作品，由于在成本控制方面拥有更低的风险，更容易被改编，因此，为追求更高的点击率，作者在写作中往往更加重视悬念的结构设置和非线性的时间叙事。最后，更多作家"触电"——直接参与到改编阵营中来，成为拥有双重身份的跨界作家。如在郭敬明的《小时代》和韩寒的《后会无期》中，二人直接担任导演，成为具有票房号召力的作家化导演。而在顾漫的《何以笙箫默》和刘慈欣的《三体》改编中，二人直接参与剧本编剧流程，增删情节。

4.2.2 影视的文学化

文学进入影视传播路径后，影视的文学化所表现出的对文学的路径依赖现象，是指以影视为主体，文学作为他者的直接介入，具体表现在网络文学的影视改编、旁白手法的叙事策略等。

影视的文学化首先表现在小说的影视改编。从影视创作的过程看，最初诞生的剧本脱胎于文学，元曲和元杂剧开始向戏剧过渡。在《内地电影票房总排行榜（2010—2014）》①中，列出了按照票房收入作为衡量指标的前30部电影。其中，有英语对白电影10部，中文对白电影20部，占榜单全部电影的67%。在中文对白电影中，6部电影剧本自小说改编，占到华语电影的30%。这6部电影分别是《西游降魔篇》《心花路放》《西游记之大闹天宫》《智取威虎山（3D版）》《致我们终将逝去的青春》《私人订制》，按照原著小说的年代划分，当代文学占据半壁江山。

从传播的视角分析，目前多维路径得以繁荣发展的原因之一，就在于所谓的"粉丝经济"，驱使影视界、广播界和网络公司纷纷积极开发读者数量高企的文学作品，就是普遍认为这些"粉丝"还会继续关注小说不同的衍生版本，关注想象中的文学世界转变为"真实"世界，关注小说人物形象的重新演绎，关注小说内容的处理和取舍，这种自带话题和冲突感的版权资源天然提升关注度，毁誉暂且不论，只需消费即可，这就是"粉丝经济"的商业逻辑。

文学作品的影视拍摄使本是文学衍生品的影视担当主角，而纯文学渐成亚文化。曾经，四大名著等文学经典一再被翻拍。时至2015年，网络文学进入第17个年头之际，影视改编的矛头已从古代和现当代文学经典转移至网络文学。据统计，截至2014年年底，共有114部影视网络小说被购买影视版权，其中，预计有90部被拍成电视剧，24部被拍成电影。②近年来由热门网络小说改编而成的高收视率影视剧有《花千骨》《何以笙箫默》《盗墓笔记》《诛仙》《甄嬛传》等，其高收视率都是受到数量巨大的原著"粉丝"推动。影视改编热衷于选择网络文

---

① 参见电影票房网，2015-04-12.
② 刘磊，沈梅. 网络小说承包电视荧屏［EB/OL］.《现代快报》多媒体数字版，第F23版：文娱，2015-01-09.

学，与其近年来高涨的点击率、下载率和"粉丝经济"的发展有关。"粉丝经济"的概念于近两年被频繁提出，实际上，能够被称为"粉丝"的人，都是对文学作品产生了极强认同感的读者，他们在作品之中找到了与自身类似的情感和经历，或者文学形象投射了自身的潜意识。

影视对阅听者的强大吸引力，就连著名作家王蒙也不例外，作为文化部原部长的王蒙就曾在一次公开活动①中发表演讲，对自己的休闲生活排名次，"我花时间最多的还是看电视、上网，第三才是阅读"，但是，"阅读依旧是不能被替代的"。②

旁白叙事是影视采用的明显小说化的叙事手法，这种文学传统的第一人称叙事深入角色内心世界，视角也是个人而主观的，可以使影视叙事带有鲜明的超现实色彩。近十年的很多知名电视剧采用了这种小说化的叙事手法，如根据韩寒小说改编的电影《一座城池》，全片伴有主角房祖名港味普通话的旁白。近来欧美电视剧也采用该手法，如《火线》《广告狂人》等。

人类的叙事可以分为"故事"（所叙之事）和"话语"（文本）两个基本层面，对叙事性的定义注重"故事（情节）与话语（媒介再现）两个层面之间的动态关系"③。所以说，在文学影视化过程中，主要是话语方式的转变，话语方式转变带来思维方式的变化和语态、调动感官的转变。

---

① 这次活动是一次名为"书香赣鄱：在学习中崛起"的主题演讲活动，地点在江西南昌，时间为2015年4月17日.
② 刘占昆，华山. 王蒙：互联网时代 阅读也不能被替代[EB/OL]. 中国新闻网，2015-04-21.
③ 费伦，拉比诺维茨基. 当代叙事理论指南[M]. 申丹，马海良，宁一中，译. 北京：北京大学出版社，2007：9.

<<< 第4章 新传媒语境中文学传播多维路径之视媒路径分析

对于文学作品的影视拍摄，不仅仅是文学版权交易传播的结果，传播行为主体已经不限于影视制作公司，出版机构直接操作进行影视改编是近年来的新动向，使影视和文学的互动关系更加一体化。目前出版机构直接控股参与影视制作的例证之一，就是作家出版社控股的百城映像文化传媒有限公司，它曾制作发行了数字电影《天津闲人》和《危城之恋》，并在中央电视台电影频道播出。①

从微观层面看，文学在被影视化后，无论在情节还是在人物形象上都可能发生巨大变化，虽为同一部作品，主题未发生根本性变化（有些改编主题也会被更改），但是由于文字符号和影视符号表现手法和规则的异同，影视化的作品相较于原著可能产生的变化有：

一是真实性与虚构性的距离不同。对真实性的要求多于数码文字路径，如在网络空间的原创作品《后宫·甄嬛传》中原本是虚构的架空历史朝代，皇帝为虚构的大周朝第四代君主玄凌，但在影视改编之后，还原到了真实的历史朝代清朝，男主角也改成了确有其人的雍正皇帝，这是影视拍摄受到更多的客观现实限制的结果，导致了影视路径比文学路径具有了更多的现实意味，演员们的真实存在更为影视路径带来了不可磨灭的真实感。

二是叙事场景的重要性上升。影视常用单独的空镜头表现叙事发生的场景，且对频繁转换场景的叙事容忍度较低，认为频繁转场割裂了影视片的流畅程度，而这在小说中影响不大，小说的时空叙述更加自由。比如，根据韩寒小说《一座城池》改编的同名电影，在叙事时空顺序上与原著基本一致，但是叙事节奏的加快使电影稍显支离破碎。

三是两种文艺表现方式的不同使得原著小说和影视剧的艺术假定性

---

① 颜慧. 打造文学电影 传播文学精品 [EB/OL]. 中国作家网, 2013-02-27.

173

不同。影视艺术的表现方式有以部分表现整体、以此代彼、叙述时间和空间的变换、变形、虚构选择视点等手法，夸张、隐喻、象征等修辞，蒙太奇的运用等。区别文学与影视的审美特征时，影视主要汲取小说的故事、人物元素，视听语言的瞬时性和影视画面的平面化决定了它不太可能承载更丰富、更沉重的思想文化内涵，由于电影或电视剧的发生场景更接近现实生活，所以容易使观众下意识地检验当时语境中对话台词的合理性和表演的真实性，所以影视对真实性的要求更高。例如《小时代》，开篇增加了一个高中毕业典礼上"时代姐妹花"合唱《友谊地久天长》的表演，奠定了全篇的主题基调——友谊；而在文字版本的小说《小时代——1.0折纸时代》中，开篇是介绍上海——通过描写LV、10厘米的高跟鞋、星巴克、Shanghai Daily、外滩等作为上海这座国际大都市的形象标志。

另外使用文字符号来创作使得郭敬明在文学语言上惯于"咬文嚼字"，无论是人物对话还是场景描写都乐于展示语言的推敲选择过程以及文字游戏，比如南湘用"妖兽"来指代开学报到的大一新生，而非妖孽、妖怪、怪物等字眼；作为一个作家跨界导演，郭敬明在电影中也展示了自己在小说写作中的"咬文嚼字"的爱好，开学报到一场戏中，唐宛如面对《当月时经》杂志，说"以我的文化程度，我真的很难接受在'当时'里面加了个'月'字，或者在'月经'里面放一个'时'字"。而这个桥段的改编，也能够体现出电影艺术的场景限制和表述限制——电影可用对话叙事，取代原著小说的内聚焦式陈述或外聚焦式陈述，并且场景变化也不能似原著小说般自由，否则来回转场容易造成影视叙事的破碎和混乱，于是，在小说中相当篇幅的人物出场叙事就被集中在开学时候相聚的大学广场中，叙事节奏加快，并且多使用人物对话方式代替叙述者语言。由于电影的作者是隐藏的，即使以旁白形式表现，亦不可比例过高涵盖全片，因此，改编后的电影通过剧情或对话来表示原著小说的表述，例如，为了埋下南湘和顾里的价值观冲突和情感冲突的伏笔，每次看到天鹅，顾里的脑海里都会浮现两个字——肥美，而不是南湘认为的优雅和高贵。

文学语言也受到影视的影响，比如金宇澄在《繁花》的引子中借了王家卫电影《阿飞正传》的结尾开始小说特色鲜明的沪上叙事，作者用普通话描述了梁朝伟在阁楼梳头这场戏的场面，将小说带入夜上海"过去的味道"之中。

"独上阁楼，最好是夜里，过去的味道，梁朝伟《阿飞正传》结尾的样子，电灯下面数钞票，数好放进西装内袋，再数一沓，清爽放入口袋，再摸出一副扑克牌细看，再摸出一副来……然后是梳头，三七分头，对镜子细细梳好，全身笔挺，透出骨头里的懒散。最后。关灯。这个片段是最上海的，最阁楼的。"——独上阁楼，最好是夜里……①

4.3 文学的视媒路径内容特征

影视路径为文学带来"新局面"，即大众化、零费用、公共领域与公众话题和阅读的公共化。

文学的影视化改编为文学带来更多的公共属性，一旦进入影视路径，文学的作家烙印就一步步削弱，而脱离出来成为一部承载公共话题

---

① 《繁花》网络版初稿，来自小说月报微信公众号（xiaoshuoyuebaozz）。

的集体创作。既做过职业编剧、作家也做得风生水起的麦家在评价这两种工作时，认为"小说家更接近本人"，因为"小说家才是真的在表达自己"。①《何以笙箫默》的原著作者顾漫在亲自参与了小说的影视改编后不无感慨地说："对我来说，小说才是我最纯粹、最完整的表达，更自由也更本我。"②

4.3.1 视觉饥渴与心灵空虚

相比之下，影视传播的文学较之于文字传播更感性、具象、生动，对感知和理解能力的要求更低、解码更易。影视的广为传播，反映出受众对更为丰富具体的形象的渴求，但是视觉被大量满足，并不意味着心灵随之充盈，在读屏时代，观众的内心依然甚至是更加空虚孤寂。在本研究调查问卷中高均值的主观孤独感水平，也证实了弥漫在当代受众中的孤独感。

影视路径的孤独感高于平均水平，原因何在？影视对暴力和情色的张扬，常常停留于表面，缺乏对其背后的人性和历史原因的深入探究。由于电影时间长度的固定限制（通常约为 1 小时至 2 小时），影视改编常体现在对情节的删减和填充，对每个章节选取的标准可以看出导演和拍摄团队的审美取向和价值判断。电影版的《何以笙箫默》对原著第一章用了 13 分钟，何以琛向赵默笙索要照片一场戏是重头戏；第二章用了 9 分钟，何以琛对女主角夜里强吻是重头戏。与原著相比，电影版在情节上基本未改动，较于忠实原著，明显增添的是一段关于榴莲糖果的回忆，取"榴莲"与"留恋"的谐音修辞。从情节的改编和选取可

---

① 麦家:《刀尖》搬上荧屏从此封笔谍战 [EB/OL]. 中华网, 2015-05-15.
② 顾漫:《何以》台词太甜 钟汉良唐嫣害羞 [EB/OL]. 新浪娱乐, 2015-01-12.

以发现这样一个现象——影视在改编中更重视表现多人争执场面、矛盾冲突情节、两性激情场面和富有意味的象征性物体。这些场面在影视的线性播放中依次出现，议程设置般传播了明显的冲突、强烈的情感、性和人物之间的物化关系。观众的视觉饥渴被轰然满足，却不能填补其内心的空虚，在影像环绕的声色世界中，观众成为愈加孤寂的物种。

4.3.2 隐喻增生与隐喻消退

隐喻理论认为，隐喻不仅是一种文学修辞手法，更是一种认知和思维方式，人们通过多种隐喻关系解释和理解世界。文学隐喻着作者对于自我、人、社会和世界的认识。文学改编为影视之后，出现隐喻的增生与隐喻的消退两种现象。

隐喻的增生，是由于与出版相比更为严格的影视审查制度等原因，影视在表现一些敏感事件或敏感词汇时常常采用隐喻的方式，将原文所述敏感事件暗示出来。如在严歌苓的小说《陆犯焉识》到张艺谋的电影《归来》的改编中，对于原著文字符号表述中的"文革"背景的表现，电影《归来》使用一首"文革"歌曲作为背景，隐喻"文革"时代的来临，是为隐喻的增生。

隐喻的消退，主要是由于小说和电影的艺术表现手法差别或者审美原则差异的存在，影视路径中对原著的语言文字并非全盘照搬，而是使用肢体表演或者道具、色彩和光影符号等视觉表现形式，取代某些采用隐喻修辞的表述，使隐喻消退。

从《陆犯焉识》到电影《归来》的改编过程中，电影和原著的基本事实是相符的，就是冯婉喻至死没有认出陆焉识，仍在问他回来没有，但是具体台词和细节不一致。电影《归来》故事更为集中，主要为家中和火车站两处，火车隐喻着归来。原著中对冯婉喻天真、焕发神采的描绘更加细致，文字叙事更加个人化，语言差别大，用隐喻来增强形象感，但是影像的单个对象叙事语言有表达共性，不同在叙事素材取舍、时间线安排等。文字为表现婉喻以为陆焉识要回来变得脸上有了光彩，而电影上用了女主角对镜梳妆的表现手法。在表现女主角对陆焉识深厚炽热的爱情时，原著用"火热"形容情感程度，本身就是隐喻手法的使用，是使用物理感觉隐喻情感程度，而影像化对这种情感的改编，采用了表情演绎和情话台词的方式来表现原本"火热的情感"，表现出影视路径与文字路径相比的隐喻的消退。

4.3.3 低自由度——囿于时间，困于空间，缚于审查

与文学原著相比，影视化的文学更加不自由，这种不自由体现在囿于时间、困于空间、缚于审查，即由于影视艺术的特殊性，影视文学往往在叙述时间上更加不自由，不能像文字文学那样在时间上可以任意跳脱，在空间上可以任意转换，"任意"是指可以任由创作者之意安排时间和空间；并且由于制度、意识形态、公开播放等原因，执政部门对影视的审查和把关更为严格，艺术创作受到更多的局限，带有更多的意识形态属性。

从《归来》与《陆犯焉识》的对比分析中看影视改编的低自由度。《归来》的第一场重头戏中：火车进站开场，隔着快速的火车是面目模糊的逃犯陆焉识，然后芭蕾舞开场，强烈的"文革"气息扑面而来，审美利用造型因素——秩序审美原则和对角线构图；时间线上双线并进——冯婉喻和女儿被通知消息和陆焉识朝着家逃跑两条线并进；第一次回家在雨中，这一次归来安排的矛盾较为集中，冲突明显，尤其车站相会一场戏是陆焉识和冯婉喻逃跑，抓捕队伍和丹丹同时追，把电影开端推向第一个小高潮，人物情感冲突明显，表现出夫妻二人情深，与

女儿对父亲的淡漠亲情形成鲜明对比；电影与原著相比额外安排的丹丹跳芭蕾舞，争演红色娘子军吴清华这一情节，有点戏中戏的设置，突出了女性主题。第一次归来在第 29 分 03 秒"文革"结束的字幕中落幕。第二次归来又在火车进站中开始。影片设置了更为集中的空间，对于原著中的草原情节几乎丝毫没有镜头来展示，情节上选取了小说的后半段，故事发生空间也比较集中于车站和家、丹丹工作单位三个地方，在时空展示上均更加集中，戏剧冲突更加激烈，显示了视媒路径在创作上更加囿于时间、困于空间、缚于审查的低自由度。

对比不同，择要几处有：影片第 46 分 35 秒是公交车跟踪一场戏，原著是第一次逃回来跟踪，电影改成第二次回来跟踪。影片在 74 分 22 秒历尽劫难的夫妻二人终于在琴声中片刻相识相拥，而原著没有这个情节。结局 109 分钟，衰老的二人在车站接陆焉识，影片结束；原著是在冯去世后，陆焉识回归草原中结束。原著中陆冯夫妻二人育有三子，电影只留下陆焉识最爱的小女儿冯丹珏一个孩子，还把他被捕时间改成丹丹 3 岁大，原著却是大一，学的是生物学，后来成为女博士，这一改编的初衷，也许和增加电影的艺术丰富程度和观赏性有关，同时也为丹丹对爸爸的背叛找到充分的理由——想做《红色娘子军》主演。冯婉喻改成了冯婉瑜，诱使她性贿赂"救"陆焉识免于死刑的人从姓"戴"变成了姓"方"。

从《陆犯焉识》改编为《归来》的变化当中，我们看到，这种对历史残酷的弱化，对家庭温情的着重渲染，反映了文学进入影视路径后遭遇的审查更为严格，受到更多意识形态的审视，结果是或者去政治化，或者偏向意识形态。

4.4 视媒路径的文学接受特征：女性、娱乐、公共空间

4.4.1 女性占优势比例

影视路径中，女性比男性多10.42%，表明女性在影视文学路径中占优势比例（见图4.1）。改编自文学的电影和电视剧或许拥有更加"文艺"的气息，更加迎合女性观众的审美品位。

女性观众占多数的影视文学，为了迎合女性观众喜好，出现以下三种趋势：一是存在大量女性观众偏爱的题材——家庭伦理、爱情婚姻、帝王妃嫔、女性史诗等题材影视剧热播，女人做第一主角的影视剧渐多，在男权主导的影视天地中独树一帜；二是影视剧中美男当道，"男色"盛行；三是在主题上呈现独立、平等、女权等强烈的女性意识。

如许鞍华导演的《黄金时代》，以民国时期的女作家萧红为主角，展现了她颠沛流离的一生。影片直接采用大量萧红作品中的原文作为字幕，加之些许意味深远的唯美景深镜头，整个影片文艺气息盎然，展现了文学之美，同时也从女性视角传达了一个有思想的孤女萧红对自身命运的抗争和为情感所困的迷茫痛苦，引发观众对于女性的社会地位、爱情、生命和自然意识的反思，虽然该片票房不甚理想，但是女性观众尤其是热爱文学的女性观众对该片表现出一定程度的偏爱。

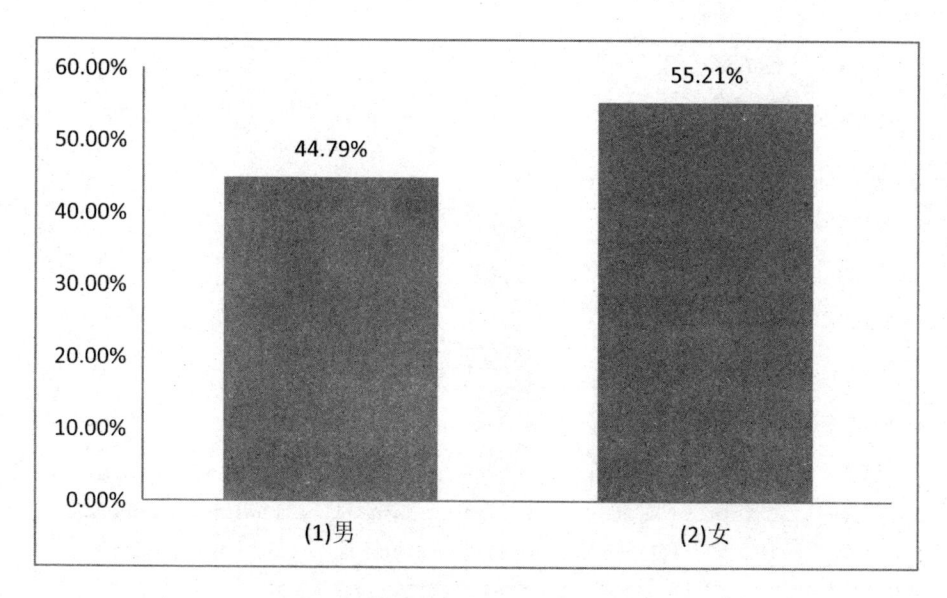

<<< 第4章 新传媒语境中文学传播多维路径之视媒路径分析

[图表：男 44.79%，女 55.21%]

图 4.1 影视路径样本群体的性别比例

4.4.2 视媒路径的接受心理

影视路径阅听频次方面，由于电影和电视剧的播放时间是固定的，电影通常为 100~130 分钟，电视剧为 45~60 分钟，因此受众在观影时间上也较为固定，选择每次 1 小时的比例最高，占 33.85%，频次为每周的比例也上升至 31.77%，每天观看的比例下降至 42.71%（见图 4.2）。

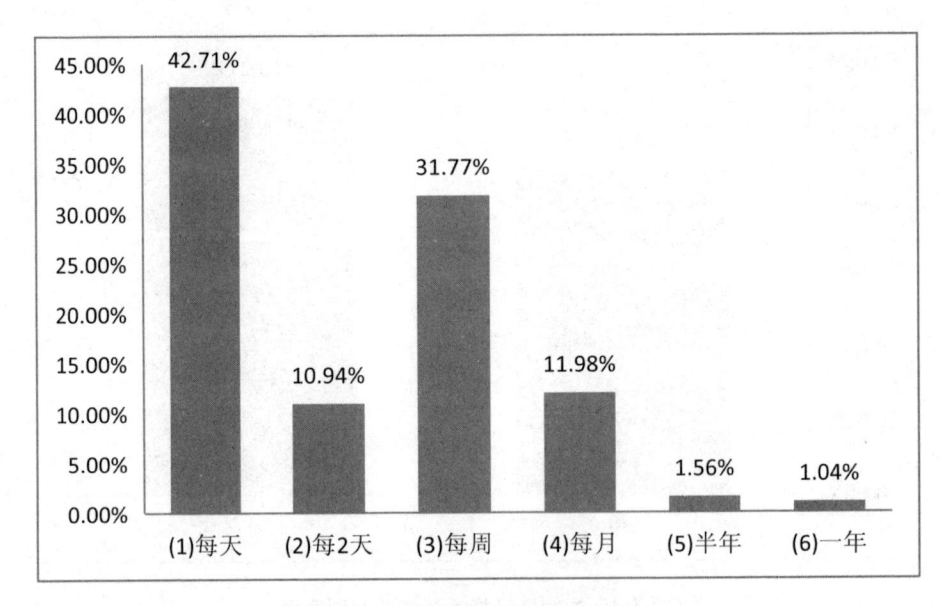

图 4.2 影视样本群体的阅听频率

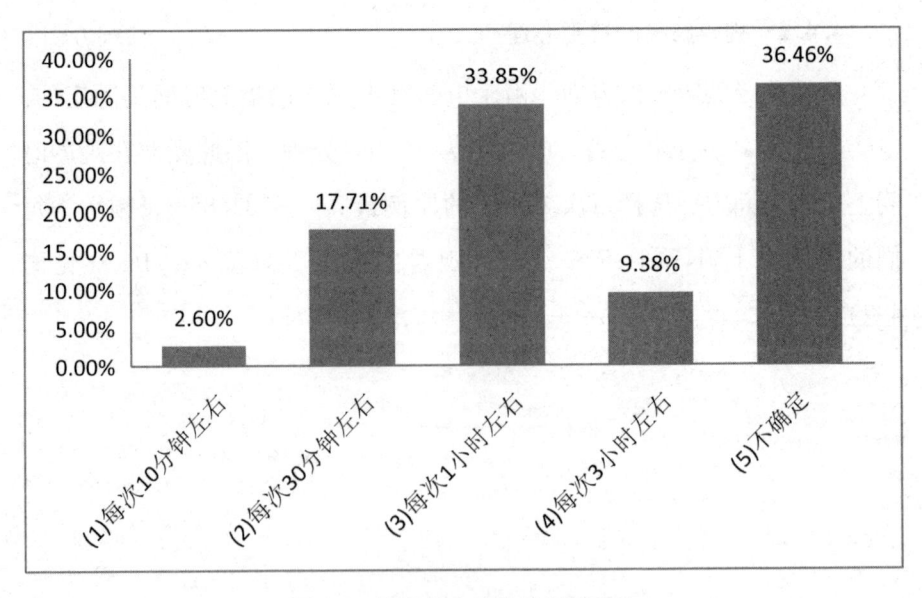

图 4.3 影视样本群体的阅听时长

<<< 第4章 新传媒语境中文学传播多维路径之视媒路径分析

影视路径中，影视路径最活跃的时间段是在傍晚18至20点，喜欢多人共享影视路径的比例高于电脑和移动文字路径。其中喜欢2人共享的比例高于3人，共同欣赏影视文学成为表现亲密关系、人际交流的重要形式，为文学增添了情感交流和意义交换属性；另外，在图书馆、咖啡厅、电影院等公共场所接触的比例上升，影视路径也成为公共娱乐休闲的主要形式之一，为文学增添了公共性和话题性。影视文学发展了文学的情感交流属性、意义交换属性、公共性和话题性，这些特征是影视路径与其他文学传播路径的显著不同。

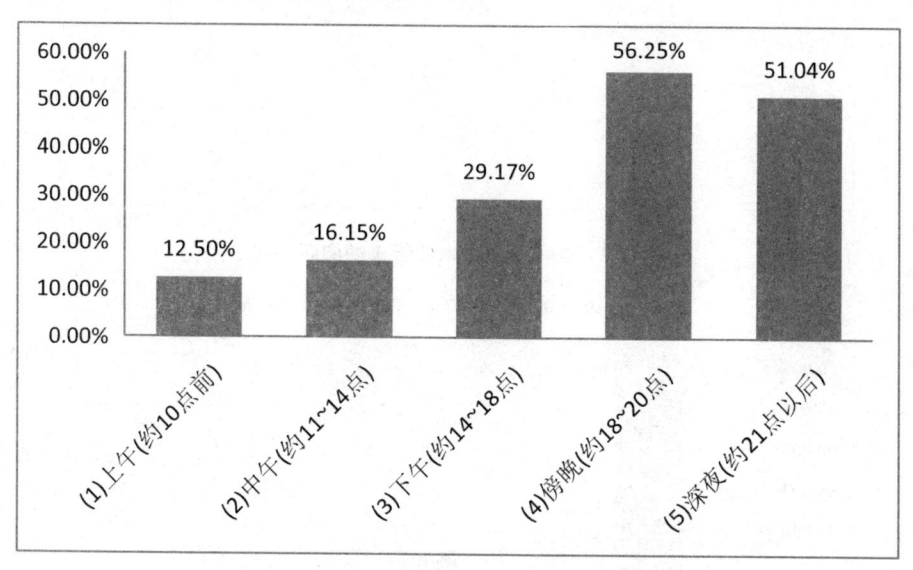

时段	比例
(1)上午(约10点前)	12.50%
(2)中午(约11~14点)	16.15%
(3)下午(约14~18点)	29.17%
(4)傍晚(约18~20点)	56.25%
(5)深夜(约21点以后)	51.04%

图 4.4　影视路径样本阅听人的阅听时段

（注：此为多选题，所以比例总数多于100%）

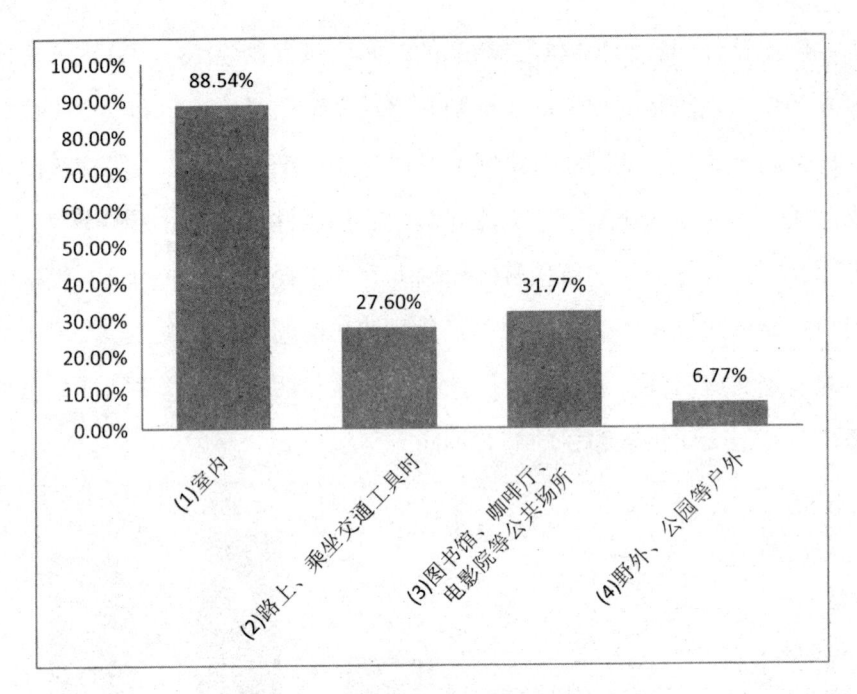

图 4.5　影视路径样本阅听人的阅听地点

（注：此为多选题，所以比例总数多于100%）

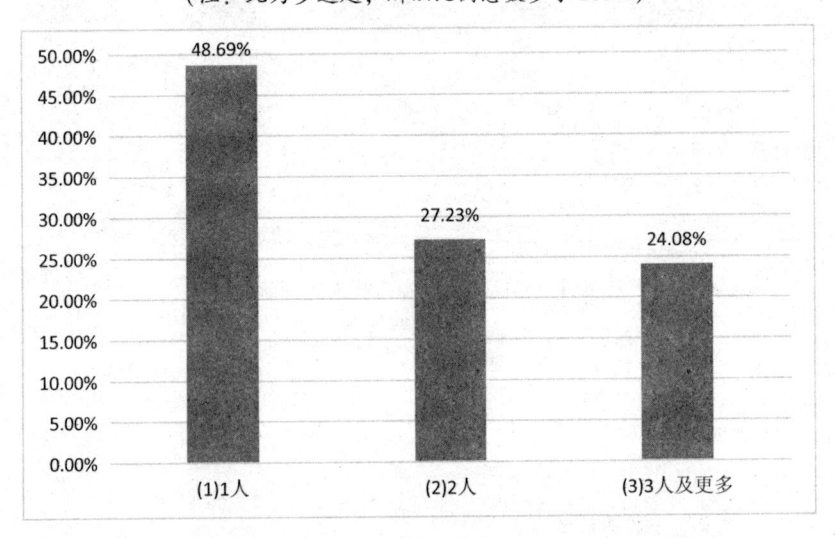

图 4.6　影视路径样本阅听人的阅听人数

（注：此为多选题，所以比例总数多于100%）

如图4.6所示，视媒路径选择超过30%的依次为娱乐动机（64.06%）、求知动机（61.46%）、净化动机（39.06%）、审美动机（38.02%）、模仿动机（31.25%）。娱乐动机在视媒路径选择中占有首要位置，与影视媒体的强休闲娱乐属性有关。

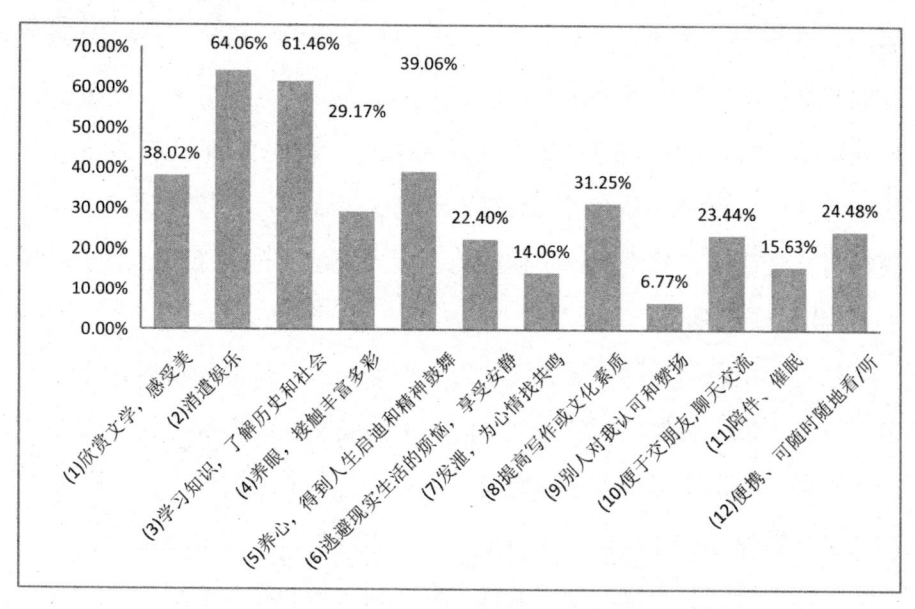

图 4.7　影视路径样本的阅听心理动机

（注：此为多选题，所以比例总数多于100%）

4.5　视媒路径的文学价值特征：感官、时空与公共价值

首先，接受价值转为外向关注的感官娱乐价值。影视路径带来电子、光学和计算机技术，以及资本、影像对文学的入侵，增加奇观价值和震惊价值；通过具象生动地还原物质世界，为阅听者提供感官娱乐和社会化角色的目标，一定程度上刺激了对物质的占有欲。

其次，形成流畅的时间感体验。由于影视是时空的艺术，观众对影视的欣赏是连续不断的，因此，影视的播出时间也是连续的，并采用蒙太奇的方式压缩和延长时间，由此，电影和电视剧成了把玩时间的艺术，线性播出提升了悬疑叙事的价值，营造真实感，改变章节式的叙事手法，强调连贯和过渡，强化一气呵成的阅听体验，带来了对时间感和空间感的立体感知式审美，不同于文本小说的语言艺术的平面化和非线性式审美。海德格尔和博尔赫斯都关注时间，人的实际的生存内在结构就是时间性。自我就是对过去、现在还有未来的综合判断。没有时间，就没有自我认知，就没有那个独特的、世界上唯一的"我"，也更没有"我"能感受到的那个"我"。

最后，视媒路径的传播为文学带来更多的公共价值和集群的社交价值，将文学带入更加广阔的公共空间。不论是文学的影视化，抑或影视的文学化，均是作家个人意识的消解，文学作品的公共性上升。影视化的文学可以促进群体交流：读书是一个人的行为，但是影视化后就可以多人群体观看阅听，使文学成为联系群体的纽带和社交的平台，大大提升了文学的交流价值。同时由于集群欣赏的接受情境特点，该路径的社交价值和营造公共空间价值最为突出。

第 5 章

新传媒语境中文学传播多维路径之声媒路径分析

"说,释也。从言兑。一曰谈说。"文学的"小说"一词原意应为解释说明或交谈,取"不登大雅之堂的供交谈的文艺形式"之意,在文体上从元话本而来,原本就是声音传播的文本记录形态。所以在数字音频技术发展之后,文学传播很自然地发展了对"口耳相传"的有声传播路径的仿真回归。

5.1 数字声媒传播路径建构

5.1.1 声音符号构建的倾听天地

声音媒体由以下要素构建而成。

路径形态构成:有声小说、广播剧、文学类广播节目

路径载体构成:网络数字广播和 MP3、MP4、平板电脑、手机等设备

路径媒介符号:人声、环境声、音响音效和音乐

目前移动化、社交化和场景化的新型传媒语境中,文学声媒传播路径的主要形态有有声书网站及其 App、移动电台 App 及二者在微博和微信中开办的账号。除此之外,原创性文学网站也推出有声书内容,开拓

声频传播路径。作为最大的中文原创文学门户网站——起点中文网于 2012 年 2 月宣布与天方听书网联手推出起点作品改编音频专区，推出其旗下网络小说的有声版本，这一举措与喜马拉雅 FM 和懒人听书 App 等声音媒体的兴起一道，成为文学的有声传播在数字化、移动化和社交化的新型传媒语境中的发展壮大的明证。

有声书网站有酷听网、懒人听书网、有声小说网等，这些网站均推出了同名听书 App。社交化的移动电台 App 有荔枝 FM、喜马拉雅 FM 等。速途研究院发布的报告显示，截至 2015 年 3 月，下载量过亿次的 App 有蜻蜓 FM、考拉 FM 电台、喜马拉雅听书，总体用户规模约达 2.6 亿，渗透率达到了 47%；另外数据也显示，目前移动电台用户中，青年群体超过半数，20-29 岁占比 53%，30-39 岁占比 34%，19 岁以下用户占比仅有 5%，40-49 岁占比 7%，50 岁以上仅占 1%；性别比例失衡，男性占多数，占比为 86%。①

5.1.2 声媒路径的路径依赖：文学原创网站和社交网站的延伸

在社交化的网络广播应用喜马拉雅 FM 中，专门设有读物频道，按照点播收听的排行榜中，前 30 名中有 11 个是文学性节目，以小说阅读、散文阅读和儿童文学为主要形式。而收藏排行中，网络文学仍占据绝对优势（如《无心法师》《盗墓笔记》《鬼吹灯》全集、《花千骨》《穿越之绝色毒妃》《星辰变》《斗破苍穹》等）。

这些数字广播中含有大量的有声小说和以谈论文学作品为主要内容的谈话类节目，以及部分改编自文学作品的广播剧。

---

① 李国琦. 速途研究院：2015 年 1 季度移动电台市场分析报告 [EB/OL]. 个从图书馆, 2015-04-23.

从酷听网及酷听听书总排行来看，有声小说的网站和移动应用是文学原创网站在有声路径的延伸，二者在受众上有一定重合，以下是来自两个平台的点击总排行前5名作品，有4部源于起点中文网。

（1）《异世邪君》，作者：风凌天下，演播：于波，起点中文网首发。

（2）《校花的贴身高手》，作者：鱼人二代，演播：御剑听风，起点中文网首发。

（3）《最强弃少》，作者：鹅是老五，演播：大鹏，起点中文网首发。

（4）《屌丝道士》，作者：小飞鹅，演播：屁屁球，磨铁中文网首发。

（5）《百炼成仙》，作者：幻雨，演播：秦声，起点中文网首发。

5.2 文学的数字声媒传播路径特征分析

5.2.1 文学经典的传播新渠道

与数码文字路径相比，在声媒路径中文学经典所占地位和比例明显上升，文学经典在移动化的声媒路径中寻到了适合生存的土壤。

所谓"经典"是指"那些能够产生持久影响的伟大作品，它具有原创性、典范性和历史穿透性，并且包含着巨大的阐释空间"。[1] 声媒

---

[1] 黄曼君. 中国现代文学经典的诞生与延传［J］. 中国社会科学，2004（3）：149-159.

路径中《红楼梦》《边城》等产生"持久影响的伟大作品"的点播率名列前茅，吸引着更多的人来播讲和阐释。

"懒人听书"网站的文学内容被收录在"有声小说"和"文学名著"两个分类频道之下，这样的内容分类凸显了文学经典在该路径的地位。在文学经典频道中，点播率最高的是《道德经》《易经》《史记》《论语》等国学经典，《唐诗三百首》《宋词三百首》《仓央嘉措诗集》《徐志摩诗选》等诗词歌赋，《基督山伯爵》《简·爱》《飘》《羊皮卷》《追风筝的人》等外国文学，《金瓶梅》《红楼梦》《三国演义》《围城》《西游记》《骆驼祥子》《水浒传》《阿Q正传》《儒林外史》等名家名著，《心灵鸡汤》《三毛文集》《鲁迅文集》以及一些散文合集或散文随笔，《匆匆那年》《狼图腾》《女心理师》《花开半夏》《平淡生活》（海岩）、《奋斗》（石康）等通俗文学。

有声小说频道与网络文学网站的分类一致，有都市传说、青春言情、恐怖悬疑、穿越古言等类型分化；点播率最高的有声小说有《仙逆》（耳根）、《凡人修仙传》（忘语）、《傲世九重天》（风凌天下）、《白眉大侠》（单田芳）、《我当阴阳先生的那几年》（崔走召）、《总裁的替身前妻》（安知晓）等。

5.2.2 诗歌和散文的网络沃土

由于诗歌本体性的韵律属性和本原的口头文学出身，声音媒介成为最适合诗歌栖息的网络沃土；由于散文弱情节弱句群关系的"形散"而主题突出的"神不散"的显著文体特征，使散文可以在非专注式审美接受和伴随性、碎片化的触媒情况下收听，因而较为适合在声音媒体这样的伴随性媒体中传播。随着移动技术和数字广播媒体的发展，在网络中被小说挤压的诗歌和散文，找到了更广阔的数码生存空间。例如在订阅率较高的微信公众号中,有一个名为"为你读诗"的公众号,每晚九、十点间发布若干首诗歌,少则一首,多则四五首,一般由知名文艺界人士或普通听众朗读,每首诗歌都配有以下几个栏目。

题目形式:诗歌名｜××为你读诗｜期数

(如:我是一座小城｜萨日娜为你读诗｜第790期)

(1)"图说":美术作品(通常是油画),附有配图解说;

(2)"收听":提供配乐诗朗读的音频和视频播放两种形式,但视频播放多为诗歌的动态文字字幕;

(3)诗歌文字版本;

(4)"诗享":诗歌解析或诗歌评论;

(5)"乐说":使用配乐的简介;

(6)"读诗嘉宾":读诗嘉宾的照片和文字简介;

(7)"明日预告":预告明日更新时间(通常称十点)和诗歌名;

(8)为你读诗的团队介绍和出品、版权等信息;

(9)"精选评论":订阅用户发表个人评论的空间。

5.2.3　浸着孤独的文学传播路径

本研究的调查问卷结果显示,在文学的多维路径中,声音路径的自我孤独感得分最高,"听"文学作品的人是最孤独的,抑或最孤独的人常选择收听声音媒体中的文学,这两种现象皆与声音路径的特性有关。

"孤独"中的"独",据《山海经》记载,原为一种极其孤僻的动物,孤僻到甚至连同类的异性也不愿意相处,因而称之为"孤独"。石映照在《豺知道》中表达了对孤独价值的重新发现,"孤独是一种象征,即,一切已消亡了的绝对强大的力量,或是绝没污染的,可以用来给这个混乱的时代重塑灵魂的一种普适性美德"。① 孤独对抗的是"从众",自人类社会诞生起的群居生活给孤独以压力,迫使人放弃孤独,走向"从众"的传统。为了缓解这种压力,人们主动选择声音路径,制造他人在侧的假象,声音路径为缓解孤独提供了与他人远近适宜的距离。

声音路径与高自我孤独感得分的相关,是否与声音路径的阅听者年龄层以及性别差异有关?为了解决这个问题,我们分析了声音路径阅听人的人口学变量,发现:声音路径除了工人、蓝领阶层的比例略高之外,没有其他显著差异。由于经济、工作性质以及文化等原因,工人阶层通过对声音路径的接触缓解高度的自我孤独感,但是结果不知是广播声音慰藉了孤独还是诱惑了孤独。

5.2.4 夜色广播中的恐怖惊悚小说

在夜间收听,尤其是睡前时间,是声媒用户最惯常的选择。这段时间的阅听心境最为闲适放松,需要解码难度较低的传播内容,不需投入太多注意力和心理能量,因此,收听一段有声小说或者散文、诗歌朗诵成为最适合此时情境的审美体验。

正是由于在睡前的夜间收听,黑暗无边的夜色带给人类原始的记忆和本能的恐惧——在原始时代,暗黑的来临代表着野兽的出没,意味着更高的危险系数和更低的生存可能,对于鬼魂的虚构和未知的惊悚随之诞生;另外,由于声音符号更容易促成恐怖刺激的情绪体验,所以声媒路径中恐怖惊悚小说受到格外青睐,如《青雪讲鬼故事》《盗墓笔记》《鬼吹灯》等经典恐怖惊悚类型小说。

---

① 石映照. 豹知道[M]. 北京:九州出版社,2004.

<<< 第5章 新传媒语境中文学传播多维路径之声媒路径分析

有声小说中的代表——《盗墓笔记》。《盗墓笔记》是由南派三叔创作的盗墓类小说。2007年，徐磊将其发表在起点中文网上，经出版后成为畅销书。现今已被改编成有声书、网页游戏、漫画、中文广播剧和网络电视剧，电影正在筹拍之中。"盗墓"——听上去就透露着惊悚可怕讯息的小说名称，使《盗墓笔记》甫一问世就受到了有声改编的青睐，很快在有声小说和数字广播中吸引了大量听众，而用声音改编小说的过程中，各种音效的运用较好地塑造了恐怖惊悚的环境氛围，也将文中各色人物鲜明的性格特点通过语气、语调、语速、方言等语音面貌形式展现出来，弥补了文字小说的表现力不足。而由于小说主要人物较多，单人阅读容易引起误解，广播剧形式的版本随之诞生。广播剧是一种在广播媒体中采用声音符号表现的戏剧形式，一般由播讲者、人物对话、音效和音乐组成。

5.2.5 移动互联网时代的路径优势与劣势

作为衍生品的声媒路径在文学传播中优势显而易见。

一是可以伴同时性活动，为所有传播形式中伴随性最强的传播形式，进而可以形成生存审美情境。例如《十点读书》，每期十余分钟，主要是传统广播节目的形态，即主播发表评论和读后感，并朗读小说，小说当中的对话部分有时会更换另一主播扮演。

二是用铺垫音乐辅以人声，以轻音乐和流行音乐为主，形成舒缓放松的情绪氛围。音乐作为所有审美形式中信息传递比率最少者，优点是不易造成数码文字阅读式的"信息超载"，缓解了心理负载压力的焦虑。特别制作的广播剧则更能根据文学的不同内容添加音乐和音效，增强了文学的感染力。

三是社交网络属性明显，可以随时于播出线上发表微博评论，互动性强。

然而声媒路径的传播劣势也是显而易见的。

首先，声媒路径的版权使用情况混乱，盗版问题严重。由于音频内容在网络监管中的技术难度更大，声媒路径存在比文字路径更高的监管成本和技术难度。

其次，由于时间长度有限所以常无法播放完整小说或者散文，节选的播放形式破坏了小说的完整性，容易造成小说的割裂。

最后，由于这些数字广播主打"个人电台"（如喜马拉雅FM）或者"人人都是主播"（如荔枝FM）的用户创制内容的UGC模式，个人的解码和编码不同，对小说的传播不可避免地掺有个人化特色，因此造成了一定的曲解和误读现象。阅读者的语气和对小说的理解不一，容易使阅读者个人对文学作品进行协商式解码和编码，造成传播的偏差。另外，该路径一个明显的特征就是非专业人士的方言化朗读。优点是方言化的朗读可以辅助地域性小说和方言性对话的表达，增添文学作品的文化感染力，有利于人物形象生动性的塑造；而缺点并非不存在——带有地方口音的广播者，给原本时空不确定的文学带上了某地域方言文学的味道，影响了原著的文化氛围和地域特色。

5.3　声媒路径的文学接受特征：男性、深夜、长时

5.3.1　声媒路径的接受习惯

如图5.1所示，在性别构成方面，声音路径中男女性别差异非常显著，男性占多数（64.71%）。

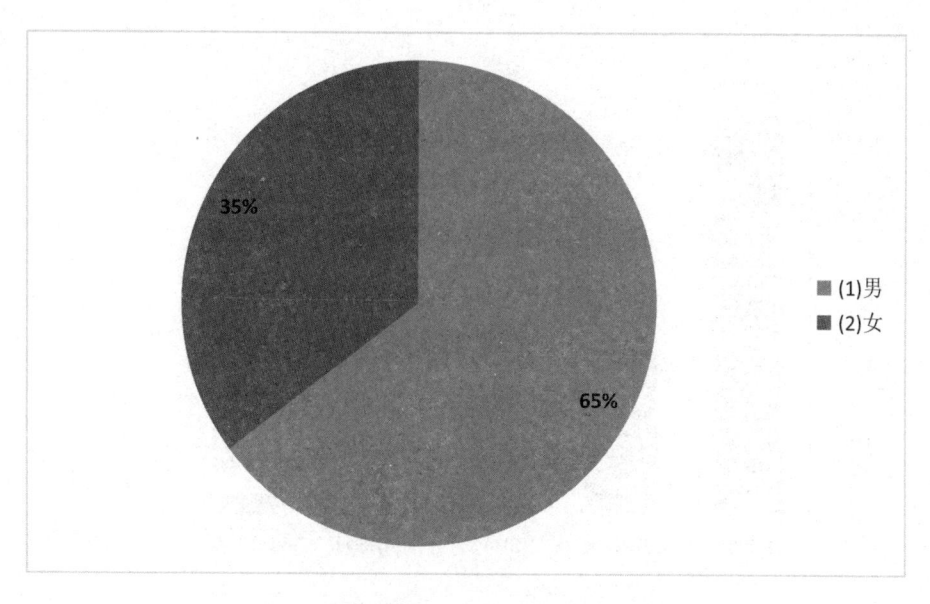

<<< 第 5 章 新传媒语境中文学传播多维路径之声媒路径分析

图 5.1 声音路径样本阅听群体的性别比例

在接受频率方面，声媒路径的样本阅听群体超过半数每天阅听，每次阅听的时间在诸路径中时间最长，约 65% 的样本每次平均 80 分钟，其余 35% 左右的样本阅听时长不确定。对于平均阅听时间最长这一现象，可能由于以下三方面因素：一方面，由于听觉占人脑通道的比例最小，因而所耗费的精力在诸路径中最少，最不易引起大脑疲劳；第二，音频形式的文学在语音、语调、停连、音乐运用等方面的处理可以增强传播内容的易读性，降低理解难度，增加收听黏性；第三，由于解放了人眼，阅听群体对声音这一传播路径的接受可以伴同时性活动，从而增强了文学的陪伴属性，这一因素的存在也可以增加阅听时长。

在阅听时段上，声媒路径超过半数偏爱深夜阅听。在阅听地点上，虽然室内阅听仍然是主流，但是乘坐交通工具时使用该路径的比例上升到 47%，这反映出都市人群在移动收听习惯上正在养成上升阶段，"听小说""听诗歌"等接受方式使文学回归口头语言传播模式。

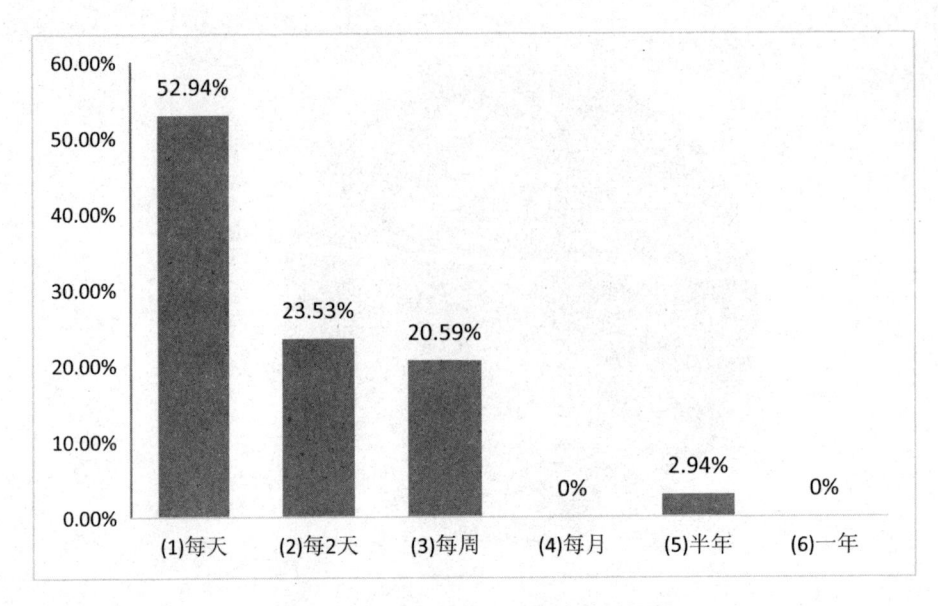

图 5.2 声音路径样本群体的阅听频次

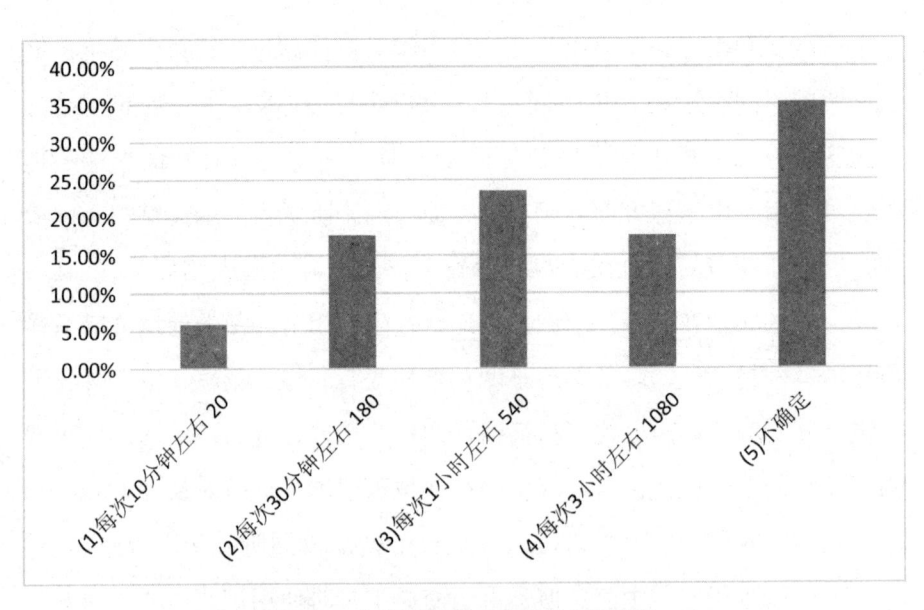

图 5.3 声音路径样本群体的阅听时长

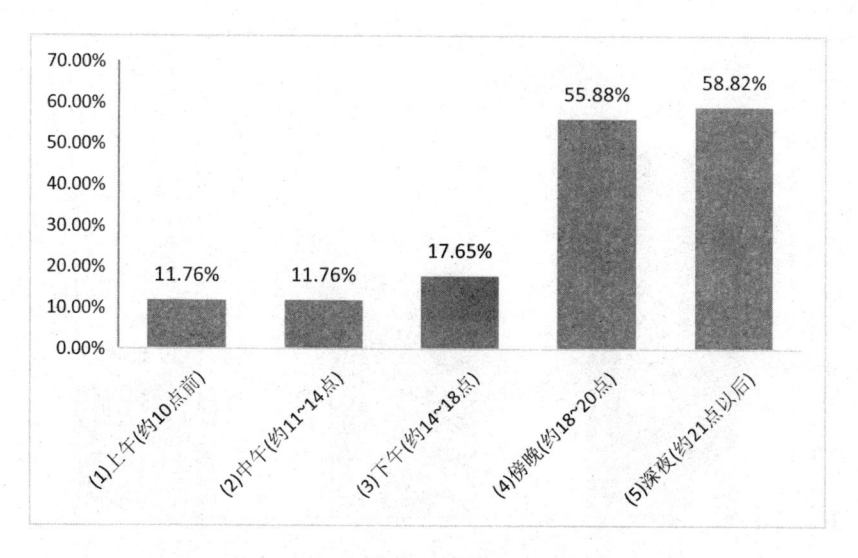

<<< 第 5 章 新传媒语境中文学传播多维路径之声媒路径分析

图 5.4 声音路径样本群体的阅听时段

（注：此为多选题，所以比例总数多于100%）

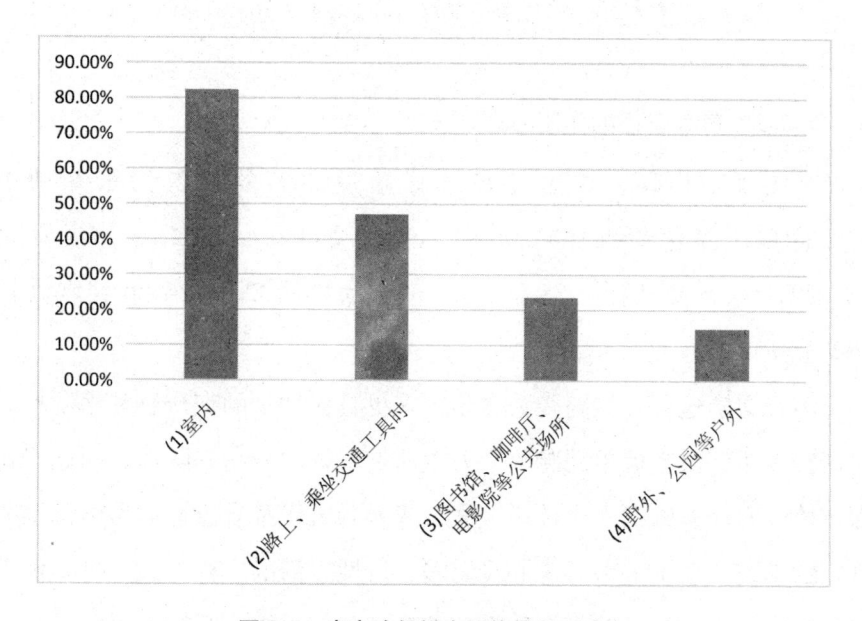

图 5.5 声音路径样本群体的阅听地点

（注：此为多选题，所以比例总数多于100%）

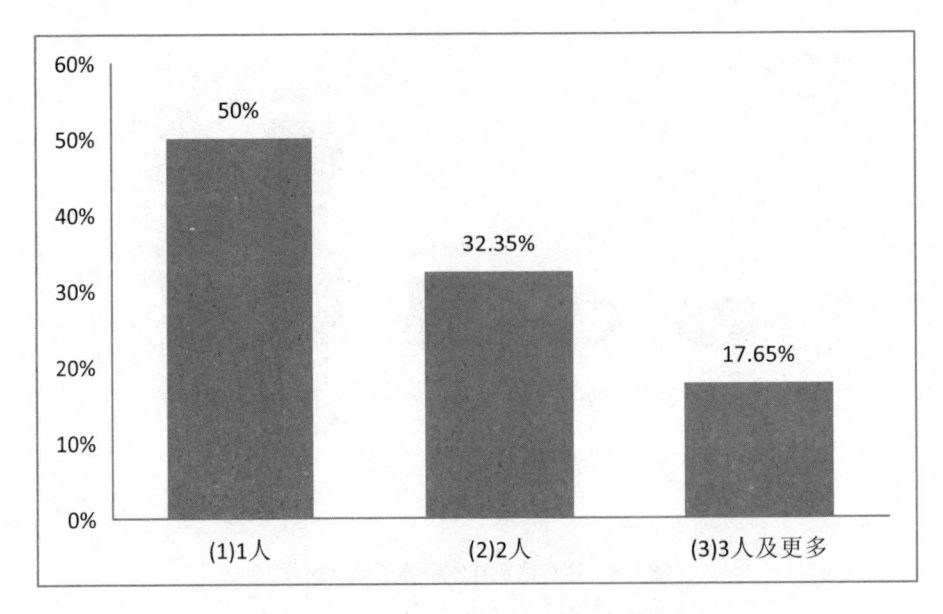

图 5.6　声音路径样本群体的阅听人数

（注：此为多选题，所以比例总数多于100%）

5.3.2　声媒路径的阅听心理

如图 5.6 所示，声音路径选择超过 30% 的依次为求知动机（55.88%）、净化动机（47.06%）、娱乐动机（44.12%）、审美动机（35.29%）、社交动机（35.29%）、模仿动机（32.35%）和伴眠动机（32.35%）。

声音文学这种传播路径为文学带来更具人性化的交流感和生动具象的情感表达，对于孤单无聊的个人生活是较好的慰藉和陪伴，因此，在深夜聆听安静温婉的女声读段散文，或者聆听优雅有磁性的男声读情节跌宕的小说，也不失为寻求心灵温暖、诗性生活的一种方式。有心理学研究表明，人愈是孤独，愈能准确地读懂面部表情，听清人语调背后暗藏的情绪。

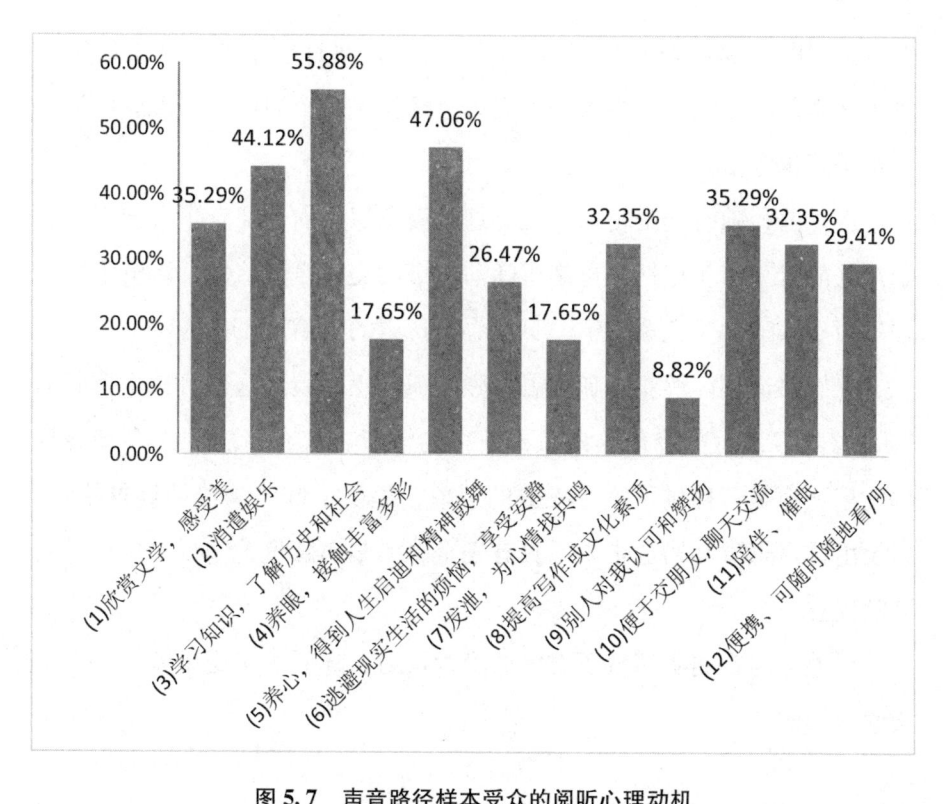

<<< 第5章 新传媒语境中文学传播多维路径之声媒路径分析

图 5.7 声音路径样本受众的阅听心理动机

（注：此为多选题，所以比例总数多于100%）

5.4 声媒路径的文学价值特征：陪伴、心灵慰藉

声媒路径有陪伴价值、心灵慰藉价值、场景塑造价值等，可以使阅听者获得平衡性审美愉悦。

有声小说的用户群体存在一个共性，即在运动、室外和睡前更倾向于选择该路径。由于声音通路所需大脑信息处理的精力比文字和影视符号要少，因此，大脑对声音的输入对注意力的影响更小，可以使受者

"一心二用",这给声媒路径带来陪伴价值,使有声小说和散文朗读增加了文学的黏性、对阅听人的吸引力,延长了文学的影响,形成场景化的审美式生存。

声媒路径独有催眠价值,在心理的潜意识层面,迎合了沉淀于潜意识深处的对于童年记忆中母亲讲睡前故事的美好声音追忆,缓解了潜意识里对于入睡的焦虑和恐惧,具有心灵抚慰的价值。

声媒路径还能够温暖孤独者强烈的孤独感体验,这个可自主控制的"人声容器",通过诗化的语言、曲折的情节、富有情感的人声和悠扬的配乐,为受者提供了置身人群的想象,提供了群体陪伴的场景错觉,以及由这个想象和错觉带来的具有安全感的归属感审美愉悦,抚慰了受者的孤独。

另外,声音阅听消解了文字的隐含权力,降低了接受难度,扩大了文学的影响。

第6章

新传媒语境中的文学价值嬗变：离散偏向

本章集中探讨了各路径共同形成的跨路径和多路径形态为文学接受价值带来的内爆裂变和离散偏向。

形态相异的多维路径网罗的受众是存在区别的，但是否存在对于各个路径都积极接触的主体？答案是肯定的，作为阅听主体的现代人，为什么一再地传播和接受不同形式的文学？多维路径共同繁衍、碰撞的文学生态场存在的价值何在？

总体而言，阅听人通过多维路径的接受实现对现实生活的超越性体验和幻想式生存。三大路径之间的互补与独立体现在对阅听者自我空间建构上的"一私、一公、一过渡"——意即移动文字路径读者通过全时性亲密接触完成了文学建构而形成的虚拟生活场景，在公共空间中建构"私场景"，实现个体主观式生存；视媒路径通过观看仪式，形成群体性活动和群体记忆，成为公共舆论和交往的文化背景；声媒路径对阅听人而言是一个可控的"人群阀"，成为现代都市生活人的主体性和他性冲突的过渡空间。

6.1 文学价值离散趋势的表象：多元裂变与偏向两级

当读者打开自己的移动阅读应用客户端，会看到与众不同的作品，这些作品是根据读者的收藏和曾经的浏览记录智能推送的，文学传播的智能化使得受众即使使用相同的路径，也可以享有不同的内容，文学接受不再"千人一面"，更加多元。接受价值嬗变既是路径嬗变的原因，也是路径嬗变的结果。

文学接受价值离散，指文学接受价值观的去中心化的多元裂变，不再以一种价值（审美或政治价值）为中心，文学的其他价值的权重上升，分散了审美或政治价值的中心优势，因而在文学价值场域中呈现出一种文学接受价值的离散趋势，偏向不同的极端发展。在更开放的网络空间中，文学价值观更加多元，各种文学价值观在这里碰撞、交锋、融合、发展。媒介的不断丰盈带来（审美）价值的多元化发展趋向。

从文学发轫，就是媒介化的结果，诞生于口头的民间诗歌被记载下来，文学得以形成。"文"乃象形文字，有文身、花纹之意，是交错的笔画，文本的概念即来源于书写——"任何由书写所固定下来的任何话语"[①]。文学最初是研究如何记录、叙述的艺术。为了便于记忆，古代"诗歌"得以记录下来，形成《诗经》，记录是为了传播，所以我们可以这样讲：传播开启了文学的滥觞。彼时文学作为书写下来的诗歌，口语的音律之美被继承下来，并且因书写又增添了凝练之美和形式之美的要求，随着手写传播对音律要求的下降，散文逐渐成为文体样式。语言逐步去诗化，凝练的美学的吸引力法则下降，缺失性叙事原则上升，超长篇诞生，重复和"啰唆"的美学意义上升——语义冗余（表现在语言的复现、"废话流"语句）被推崇，话语和信息冗余具有了更高的审美价值。

总之，传播载体的变化促进美学原则的多元嬗变，有利于记忆和情

[①] 利科尔．解释学与人文科学［M］．陶远华，袁耀东，冯俊，译．石家庄：河北人民出版社，1987：148．

感释放的美成为传播的价值要素之一,加速了传播的进程。

从报社、出版商,转变到版主、网站,无论是专业背景,还是职责权限都发生变化,把关人朝着非文学化、宽口径等方向转化。受到网媒时代"把关人"转变的影响,文学价值出现以多元发展和偏向两级为表象的离散趋势特征。

数码、影视和声音传播路径的文学价值型构偏向表现在:

数码传播路径的文学价值通过自我体验式阅读,释放潜意识、憧憬权力意识,比起审美价值,更注重共鸣。该路径审美价值离散,各自朝极端化游移——快节奏和慢节奏两极化,快节奏沦为"快餐",如手机文学,慢节奏如歌颂田园牧歌的抒情骈怀之作。

影视传播路径的文学价值在感官娱乐、塑造公共空间、生动还原具象、社交集群价值。

声音路径的文学价值在陪伴、催眠、塑造情境、超脱现实价值以及教育价值。

为了展示文学接受价值的离散偏向,本书对受众最喜爱的作家做了调查。

在本研究调查问卷中,有582人选填了最喜爱的作家选项,由于本研究未限定地域、年龄和性别等因素,亦未限定作家的国别和年代的范围,导致样本填答者的最爱作家呈现分散化趋势。最爱作家统计结果的前十名如表6.2所示,值得关注的一点是,词频统计显示,在不做任何限定的前提下,最受欢迎的作家第一位是韩寒,但也不过24票,只占填答人数的4.12%,这对于582人的样本基数来说,体现了细分化的受众在文学评判价值上的多元化和离散已经达到相当高的程度,另外,前十名中只有张恨水一人为现代作家、其余均为当代作家这一现象,也值得我们反思。

表 6.2　本研究调查结果中的最喜爱作家前十名

最喜爱作家	人数
韩寒	24
刘慈欣	6
安妮宝贝	5
辛夷坞	3
林清玄	3
张恨水	2
席慕蓉	2
独木舟	2
李碧华	2
亦舒	2

6.2　文学当代价值要素中情感价值上升

"文学"中的"文"在《说文》中即"交错的笔画"之意。所以自古以来，文学就指用文字符号表述的学科门类。但是发展至当代，文字不再是文学的唯一表述符号和传播介质，图像和声音构成了文学新的维度。诗，志也，志，意也；词，意内而言外也，将内心想的外化表达;"小说"中的"说"为"解释说明",或"交谈"。所以,从文字溯源中我们可知,不论何种文学体裁,文学都是表达内心、物化思想的交流体系,这一价值属性是文学之本。

诗歌之所以成为最早形成的文学样式,大概源于诗以言志、志以表意,措辞达意、修辞成文。从凝缩的表达——诗歌,到对同一主题的思想驰骋——散文,到对故事的修辞表征——小说,再到对文字世界的实体还原和人化演绎——戏剧,文学从古至今从未改变的价值——人用文学表达生命个体对内外力量的感悟和体验:对抗时间流逝的无力感、对抗空间跨越的无助感,对生命无常的无奈感,对自然力量的崇拜感,对人性欲望的恐惧感。采取哪些符号来表征,采用何种介质来传播,都无法改变这一本质属性。

诗意盎然、历史积淀、形象丰富、个性十足、内涵深刻等文学永恒价值依然被坚守,但价值观念却出现反传统的表象。对于新媒体语境中的文学价值嬗变,已有学者表达了对这一观点的认同,认为文学出现美感、情感消失的变化。但是,与其观点不同,本书并不认为当下文学书写"价值虚空、欲望失控、娱乐失根、审美失范"[①],而是传统的崇高式的审美价值观不再符合青少年一代,解构传统、嘲讽崇高、物化人性、实用至上、身体崇拜的差异性价值观念蔓延在数字空间和青年文学之中。

文学接受价值在于文学对读者的有用性,在于文学满足读者需要的程度。文学的需要是关于文学接受动机的问题。文学接受动机是多维度的,包括内部动机、外部动机、社会性动机与自我效能。

文学随着时代变化以及传播路径的变化而改变,其所蕴含的价值以

---

① 管宁. 文学变身:文化背景与媒介动因———当下文学生存环境的文化与媒介考察[J]. 江西社会科学,2011,31(2):106-114.

及读者对文学的接受价值随之改变。然而价值属性仍是文学不可放弃和低估的固有属性。

韩少功在谈到近些年文坛的变化时认为，在当代，文学的认知功能、娱乐功能和教化功能弱化并转移到其他媒介形式中去，但是仍有不变在其中，再造文学的根本出发点就是"人类永远需要语言文字"和"有情有义的价值方向"，从而避免"文化空心化、泡沫化、快餐化"。①

6.2.1 负向情绪的宣泄

文学书籍的阅读对于情感共鸣的激发，早已为古今中外文人墨客所发觉和论述。"与其说艺术影响了生命的存在，倒不如说它影响了生命的质量。无论如何，这种影响是深邃的。"② 文学的本质仍在，因而人们对于当代文学多维路径的选择与接触、情感共鸣的激发仍是显著特征。但在社会时空的变迁以及媒介形态不同的影响之下，文学阅读从印刷时代过渡到电子时代、网络时代、移动时代，不同的传播路径所关联的情绪情感体验略有不同。

一方面，在消除情感或信息真空的企图的驱使之下，人们积极接触多种传播媒介，寻求丰富的信息和情感输入；另一方面，人们在接受过程中疏导出自身暧昧不明的情绪，宣泄自身压抑苦闷的情感；在这样的心理流的输入与输出之间的转换枢纽，就是阅听者情绪情感与文本蕴含情绪情感的混合交融，形成共鸣，情绪激发了血流和血压变化升高、血液含氧量增加，感官更加敏感，对自身和外界的感受性增强，心理消极能量得以释放，阅听者沉浸在这种审美体验之中获得审美愉悦。

---

① 韩少功谈文学新常态：认知 娱乐 教化功能弱化［EB/OL］．中国新闻网，2014-12-31．
② 朗格．情感与形式［M］．北京：中国社会科学出版社，1986：467．

<<< 第6章 新传媒语境中的文学价值嬗变：离散偏向

出于缺失性动机，人们孤独、焦虑、怀旧，因而寻求能够建立社会联系、忆起旧日时光、舒缓压力的媒介，这些动机和价值追求改变了文学传播的面貌，使当代文学呈现出极强的潜意识痛苦和表述危机，这也是当代文学的存在价值所在。对多维文学传播途径的追寻，是在寻求不同文学价值的转换过程。孤单焦虑的读者，既需要文字塑造的文学江湖，又需要人声和影像的抚慰；既喜爱电子书的便捷和海量，但是又在其中迷失困苦；既喜欢声影交错的瑰丽视像世界，又担心想象力和自主思考的意识被束缚。

澳大利亚研究人员的调查发现，使用社交网络与人的孤独感呈现正相关关系，也就是说，虽不能断定因果为何，但是二者的关系密切，常使用社交网络的人有着较高的孤独感。①

负向情绪的宣泄。在网络环境下形成和传播的文学作品更多地表现出诠释价值的宣泄价值，大量的电脑数码和手机数码传播路径的接受者更喜欢表达苦闷、压抑和孤独的文学作品，从而宣泄个人难以名状的负面情感和无从表达的潜意识。孤独、压抑和苦闷等负向情绪在当代国人尤其是青年群体中蔓延，有心理学的研究可以提供佐证。清华大学心理学系主任彭凯平教授带领的清华大学大数据行为研究室通过研究证实了国人的积极情绪下滑和意义感缺失。在第四届澳大利亚积极心理学与幸福科学大会所作的题为《积极心理学在中国》的主题报告中，彭凯平介绍了他的团队经大数据分析研究的结果——通过对谷歌图书近200年的图书进行词频分析发现，人类自18世纪初期开始，生活目标、信仰、意义持续下降，积极情绪发生滑坡，幸福感下降，究其原因，人类社会不断上升的功利主义、物质主义以及个人主义程度加重了意义感的

---

① 郭之恩. FACEBOOK 让人孤独？[J]. 新闻与写作，2012 (6)：77.

缺失。

　　文学解决人的精神需求，是人的诗意栖居的精神家园，当代读者通过在文学阅听中寻求共鸣，释放性压抑和情绪压抑。数码空间的文学尤其如此，借助网络和手机的私密性，充分挖掘文学的个人意识狂欢价值。当代青春文学的代表辛夷坞在小说中写道："正如故乡是用来怀念的，青春就是用来追忆的。当你怀揣着它时它一文不值，只有将它耗尽后再回过头看一切才有了意义——爱过我们的人和伤害过我们的人都是我们青春存在的意义。"[①]

　　文学具有了将潜在意识呼唤为显性意识的议程设置作用，将个体对人生的感悟和潜意识从个体意识的汪洋中表达出来，引发了读者对于某些个体意识的关注与思考。移动媒体的文学网站排行中，就有大量泛滥着爱欲意识的作品。人的欲望被放大，对读者有情感宣泄和潜意识释放的价值，表现在排行中存在大量的表征欲望与情感的文学作品。通过对不同传播路径的文学内容研究发现，被表征的潜意识有对末世的恐惧、对永生的渴望、对抗时间的欲望、对性欲的释放、对爱的渴望、对生存的危机感悟等。

　　基于网络语境的文学作品，不似传统的出版业——出于经济原因，出版社对文学作品的筛选比率较高，其过滤衡量和价值选择掺杂了集体无意识；而在网络和手机媒体高歌猛进的新传媒时代，个人文学作品的筛选率大大降低，甚至是一些文学性较低的作品仍可和读者见面，泥沙俱下、鱼龙混杂。

　　数码多维路径传递了对震惊价值的肯定。在本雅明眼中，现代艺术

[①] 辛夷坞. 致我们终将腐朽的青春［M/OL］. 书包网，2014年4月19日。（注：由于本书研究数码多维路径，所以在分析文学作品时特意选择数码网络版本，而非实体出版书籍。

的特征就是——失去了韵味，主要是震惊。确实，悬疑、恐怖、惊悚类小说的大行其道，某种程度上跟它向读者提供了"震惊"有关。在人的"喜、怒、哀、惧"四种基本情绪中，"震惊"与恐惧有关，由于刺激物的反常性引起感官的不适和恐惧，震惊的心理体验随之产生。所以，对于文学来说，采用陌生化原则，描写反常的事和物，或者对于常见的事物以一种不常见的角度去表现，从而满足读者对于"不常见"的认知满足和"震惊"的情绪释放。由于现代传媒的发达，以及交通技术的进步，若要一睹"不常见"的事物的可能性被大大提升，文学为了更好地发挥其震惊效果，吸引更多的读者，于是更加重视对稀世精品、怪力乱神、妖魔鬼怪、秘闻内幕等题材的描写，夺宝小说、秘闻内幕小说、东西方幻想小说（玄幻、魔幻、科幻等）、灵异鬼怪小说等题材由出版时代的旁支末流演变成数码空间的主流形态。在震惊之余，这些小说还流露出潜意识中对人工智能科技的恐惧，对灾难和毁灭与末日的幻想和恐惧，对时间流逝的无力感和对抗（穿越），对现实的无力、绝望和反抗，以及些许对自然的回味和怀念。

用对文学的文字、影像和声音空间的浸淫消解生活，来实现对不自由的无意义生活的对抗，企图通过美感的愉悦消解生活的冰冷无情，出现如《悲伤逆流成河》式的伤感与无力感。

愤怒、隔阂感反映了对压力的反馈。学业压力、工作压力、同辈的竞争压力等，使当代文学创作群体的压力倍增，他们在写作中有意无意地释放自身压力，对于现实压力源泉通过嘲讽、戏谑、戏仿、恶搞等手段加以反应和鞭笞。

此外还存在大量暴力表征，斗争从男人的专利扩展到女人之间。宫斗这一类型反映了女人之间的斗争——《后宫·甄嬛传》。男人之间的斗争持续。但是受到网络游戏的侵蚀，描写战争表现出了新的变化：一是加入人与魔的斗争；二是斗争被模式化和等级化，"打怪升级"模式成为常见叙事模式；三是用数字化表述展现战争武器。

6.2.2 孤独感的表达

孤独感，即感知到的社交隔离（Perceived Social Isolation），它是个体人际关系无论从数量还是质量方面都不能满足其社交需要时，所产生的一种消极的主观情绪体验（Hawkley & Cacioppo，2010）。[1]

从接受者的角度言之，孤独而偏执的现代人需要在文学构成的过渡性空间中一再确认自我的边界，将其作为自我的表征，沉浸在数字符码化的仿真世界中，封闭在后现代意义指涉的多维路径的幻象空间中，用以对抗不可控不可抗的客观世界，消解真实的意义。这即为文学在新传媒语境中的过渡性空间价值。文学能帮助我们重构文化和自我的边界，以及文学和政治无意识。[2]

另外，重要性上升的文学交往价值发生内爆式嬗变。为了对抗现实社会中的地缘关系对主体和他者关系的影响，所谓"以文会友"自古以来就是文学接受价值之一。而在新传媒语境之中，文学交往价值发生嬗变，人和人的关系超越了现实空间的藩篱，也超越现实时间的羁绊。认同使文学的积极的阅听主体可以相互联结，把文学作为联结社会和他人的纽带。喜爱《盗墓笔记》的读者们将这一群体命名为"稻米"，一个稻米在作者南派三叔的微博中留下这样的话语："与其说需要三胖子，需要这本书，不如说，他们需要一起聚集在这本书下面的对方……

---

[1] Hawkley L. C., Cacioppo J. T. Loneliness matters: A theoretical and empirical review of consequences and mechanisms [J]. Annals of Behavioral Medicine, 2010, 40 (2), 218-227.

[2] 施瓦布. 文学、权力与主体 [M]. 陶家俊, 译. 北京：中国社会科学出版社, 2011.

这些人在这个名头下得到了什么呢？我觉得是认同感。"① 人群的狂欢，文学作品的意义逐渐在群体互动中发酵，升腾为一个症候式现象。

许多作家是善于体验和表述的孤独者，笔下文章也渗透着澄澈刻骨的孤独感，呈现出永不凋零的艺术之美，引发读者共鸣。人本主义心理学家马斯洛在研究自我实现者时，就将文学家作为自我实现者的典范加以调查研究，歌德、济慈、惠特曼等举世闻名的大文学家赫然在列，而在此基础上总结出的自我实现者的15条特征中有这样一条研究结果——"喜欢超然独立和离群独处"②。

孤独感是作者的内在创作动机之一，也是读者审美体验之一。在以计算机技术和多媒体终端为接触对象的文学阅读中，读者缺乏对丰富生动的人性化语言的细致感知，接受情境上也愈加个人化和私密化，由此带来的是愈加高企的信息量接受和情感量匮乏，孤独感，一点一点吞噬着那个躲在屏幕后方的虚拟个体，同时也是喧嚣网事参与者、"语不惊人死不休"的ID拥有者，由此，他/她迫切地在网上寻求内心共鸣和情感抚慰，社交媒体和文学可以在一定程度上满足这种需求，基于此，在社交类媒体上，文学交流成为心灵寄托和情感交换的主要方式之一。然而，在网络语境中宣泄孤独，在看似人声鼎沸来往频繁的表象之下，是替代性满足和虚拟性交往，真正的孤独感仍未得以宣泄，落入摆脱孤独愈加孤独的怪圈。当然，总有一些读者乐于享受这种孤独的弧度，在大量阅读远离现实远离生活的小说（比如当代网络文学中盛行的穿越小说、玄幻小说）之中实现对日常生活和现世压力的逃离。

乐于读书的人享受孤独，享受与自己的对话和精神的自由，只有在

---

① 参见新浪微博@南派三叔。
② 程孟辉. 现代西方美学［M］. 北京：人民美术出版社，2008：372.

孤独当中才能关照自我、了解自我、发展自我。在对于文学书籍的轻抚与摩挲间，读者在自我认知和自我发展上能够更进一步，这是网络和移动阅读以及影视声音阅听无法比拟的效果——纸质书籍的精神家园意蕴，使印刷路径在网络、移动网络和影视的夹击之下仍有生存空间和存在价值。

这种文学的孤独体验与自然的人情化、创作动力、宇宙时空意识有关。

在众多孤独感中，对末世的孤独感值得我们进一步研究。由于一系列世界末日的预言以及对死亡的本能的恐惧，一种对末日的恐惧弥漫在文学和艺术之中，恐惧贫瘠，恐惧灾害，恐惧死亡，恐惧亲友离世、孑然独立的孤独感。

受到心理补偿机制的驱使和影响，现实中的失衡，阅听者可以从文学这一虚幻情境中寻求满足和补偿，从而实现心理平衡。

6.3 超越性想象的偏向

6.3.1 个人主义的离散

正是由于新传媒时代出版商对于销量码洋、文学网站对于点击流量、影视作品对于收视率和票房的重视和追求，文学传播从传者中心向受者中心转变，这些相关数据也被统计和公布，使得我们可以方便获悉文学接受的价值所在。对于阅读文学作品的动机，很多读者都可以表明一二，但是在显性阅读动机之下，还存在读者的潜在阅读动机，需要我们分析文学文本才可以获知。因此，原本一个时期或时代占主流的文学的隐性价值被凸显出来，我们可以详尽分析其隐含意义和潜意识观念。

社会转型与结构变革带来集体的衰落和个人的释放。宗族制度解体、一夫一妻制、家庭单元小型化等社会发生时代性变化，在社会大潮中裹挟的个人逐渐被放大，虽然传统的集体主义价值观的影响仍旧根深蒂固，但是人们愈加重视个体的价值，愈加重视"私"的空间和权利。

将文学创作和传播、衍生价值当作一个产业去打造经营，包括数字出版物和网络文学在内的文学生态产业链已然形成，辐射和推动了影视、广告、游戏等文化产业的发展。

宏大主题减少，个人主义至上，家国情怀下降，个人精神价值提升。谈到自己的写作动机，安妮宝贝说："我把我的文字写给相通的灵魂看。有往事的缺口，有幻想的抚摸，有诺言的甜美，有幻想的伤痕。"[①]

虽然图书出版和期刊等印刷类文学不得不朝新媒体转型，然而原有的印刷出版路径仍具有存在价值——转而主攻教育类和收藏类市场，将具有历史价值的文学制作成实体书形态，成为一种艺术品，充分发掘书籍的收藏价值；另外还可以定制个人出版物，由大众传播媒体转向小众化、个人化的高级书籍定制。

6.3.2 超越现实的想象

"五四"文学以来宏大文学叙事的文学批评标准发生转向，日常生活叙事逐渐成为文学的主流，对日常生活的写作，恰恰是为了逃离日常生活，在文学空间和数码虚拟空间超越现实藩篱。在与文学的接触当

---

① 欧阳友权.网络文学发展史——汉语网络文学调查纪实［M］.北京：中国广播电视出版社，2008：69.

中，人可以体验超越生活的自足感和自由感，对符号意义的理解，是人际交流的基石，因此，有着共同审美旨趣的人们，借助新媒体集结于一个群落，通过对同一文学作品的讨论和争鸣，进一步融入意义世界，脱离物理世界的限制，在共同的精神家园中体验自由，在共同的符号使用中创造文化，在文化交融中释放对精神自由的追求。

为了自由，阅听人选择逃离，从"为人生""为艺术"式的对人生和艺术创作的求思求解阅读，转变为"逃离生活"的一种方式。对文学的审美价值追求下降，对其娱乐价值的追求提升，求新、求变、求感官享受、求源源不断的刺激。娱乐放松价值提升，更加轻松的文学作品主题得到阅听群体青睐，更多的是对情感和虚幻世界的描绘，对于灾难、战争等现实性主题的关注减少。悲剧减少，大团圆式美满结局比例极其之大，焦虑的现代人对文学作品的圆满性史无前例地期待。

6.4　表述危机与自我表征

6.4.1　在表述危机中发挥语言价值

当代生存方式与价值观念的嬗变容易引发时代焦虑与心理危机。由此，当代文学在审美价值之外，更多地被赋予了替代性表达的价值，文学成为读者和阅听人表达自身复杂认知和情感的工具，以及抒发和探讨人类情感的主要形式。拥有众多表达路径的当代人却失去了自我表述的能力，在众多媒介中茫然和迷失，在信息的汪洋和游戏的诱惑中惶惶不可终日，因此向文学路径寻求表征个人精神世界，文学接受价值由此发生嬗变，作家和作品成为个人窥见自我内心世界、表述自我、隐喻情绪、宣泄情感的重要路径。随着文学的普及，更多人关注文学中的情感价值——在表现、刻画人类情绪情感方面较为出色的文学作品，被大量高估。

由于文学是语言的艺术，在印刷书籍传播时代，文学的语言渐渐与口语分家，形成相对独特的书面语——艺术化地综合运用口语和书面语言，比口语更加凝练和严谨，比（非文学类）书面语更加灵活多变。

阅听人表现出对语言的膜拜。在网络化生存的当下，某些影视和文学作品中的语言进入人际交流用语以及口语当中，形成所谓"仿词/仿句"现象，在青少年群体中表现尤为明显。如流潋紫的小说《后宫·甄嬛传》，最初在网络流行，后改编成电视剧《甄嬛传》，获得较高收视率，这两部作品的共同作用（应该说电视剧的驱动效果更为突出），使得"甄嬛体"成为一种网友争相模仿的网络语体。"若是……想必是极好的""真真"等古典而又诗韵的语言风格颇具清丽之风。而这一语言风格对于中国的读者来说并不陌生，其语言风格的婉约、古典诗词的运用也是仿自其他作品，即古典"四大名著"之一的《红楼梦》。

文学价值评判受意识形态干预下降。在印刷和电子媒介中，由于文学作品的传播路径中包含出版机构和摄制机构，因此，能否取得广泛关注的关键性因素，除了其本身固有的审美价值外，主要是权力归属和意识形态干预；而在网络和移动媒体时代，文学的推广机构——文学网站对文学作品的干预相对减少（但仍旧存在），进而能够左右其影响力的诸多因素中，文学作品本身固有价值所占比例提升。

交往价值提升是自我指征的表象。自我在和他人互动之中得以成长和确定，没有他人，就没有自我的形成，因此，交往是出于主体性的自我需求。文学成为人们交往的重要内容和形式；部分阅听人对于文学作品的阅读主要出于参与人际交往话题，获得他人关注。在微博、微信、人人等社交媒体中，获得转发量较高的是文学作品中的语句及其评价。对于在网络上发布作品的"网络作家"来说，至少在以此为业之前，他们的创作动机通常较为单纯——以文会友，展现个人才华。腾讯网站曾对网络写手上网写作的原因做过调查，在参与投票的103人中，有32.04%的人选择了"交到情投意合的朋友"，有21.36%的人选择"展示自己的文学才华"，17.48%"通过网络成名或赚到钱"，17.48%"只是为了好玩或抒发内心情感"。① 邢育森总结自己的写作动机时说道："最初的动机就是展现一下自己的文笔和思想吧。后来慢慢以文会友，结识了很多朋友，基本上都是在网上认识的。"②

交流价值的重要性之一在于，思想不仅仅在主体中产生，亦在交流中产生。按照皮尔士的观点，思想"居住在我们用来交流的公共符号结构里，所以在本质上是公共的"。③

在交往价值上升的背后，是社会权力的转移和公民媒介近用权力的真正获取。文学传播是一种权力——传播者的文学资源的获取和传播的行为是权力使然，阅听人对各路径的接触和使用亦是如此。数字多维路径的转向，体现了权力转移至数字新媒体、个人享有文化传播权力的历史性转变。2001年国务院公布的《中华人民共和国印刷业管理条例》第二章第九条明确规定："个人不得从事出版物、包装装潢印刷品印刷经营活动；个人从事其他印刷品印刷经营活动的，依照前款的规定办理审批手续。"④ 虽然随后同年公布的《出版管理条例》第一章第五条规

---

① 欧阳友权. 网络文学发展史——汉语网络文学调查纪实 [M]. 北京：中国广播电视出版社, 2008: 60.
② 同上, 70页.
③ 潘磊, 杨家友. 皮尔士的符号心灵观 [J]. 武汉大学学报（人文科学版）. 2009, 62 (4): 480-485.
④ 中华人民共和国. 印刷业管理条例 [EB/OL]. 中华人民共和国中央人民政府门户网站, 2001-08-02.

定"公民依法行使出版自由的权利,各级人民政府应当予以保障"。[①]但是作为出版、印刷和发行三位一体的印刷出版路径,只有出版自由没有印刷自由,个人的文学作品想要传播至广泛受众堪称举步维艰,出版自由的"权利"得不到真正实现,更遑论在其基础上才能享有的自由"权力"。受众积极转向移动化社交化的数码多维路径,是对行使媒介近用权利的补偿,是在更加充分地体验法律前提下的出版自由权和接受自由权以及文学、文化、思想表达自由权,是在体验到新传媒语境中时空地域、经济条件和意识形态之束缚的消退(并非消失)之后,对按照个人意志书写、选择、理解和传播文学这一自由感和权利感之体验的沉迷。这是数码多维路径,尤其是数码文字和声媒路径的最具深层意义的价值所在。

6.4.2　自我表征危机与自我指征价值

进化论的视角为文学的多路径传播提供了理论依据。达尔文的进化论揭示,人类为了更好地生存而改变自身,适应了环境才得以生存和繁衍生息。按照这一学说,"有用性"是人的内在和外在至今仍得以存在的原因,那么文学在人的进化过程中起到哪些作用呢?

读者对文学语言的片段窃取和频繁使用,使文学迅速占领青少年的表述空间。他们认同文学中的人物形象以充当偶像或无意识地指代自我,用文学作品中的语言来充实自我的语言表述或者直接取代自我的表达。用他者来表征自我,自我和文学边界的模糊,表现出了青少年群体的自我表征危机,也使文学具备了自我指涉表征的价值。

清华大学教授肖鹰曾提出要重估当代文学的价值,引发了学界对于

[①] 出版管理条例[EB/OL].中华人民共和国中央人民政府门户网站,2001-12-25.

当代文学价值的争鸣。① 反映民族精神是一则经典化的文学价值判断标准，不论在任何时代或文化背景下都可以奉为圭臬。但是，民族内部的价值准则和精神面貌已经发生分化，代际隔阂日益加重，民族精神在共同集体无意识内核之外却是多元表象。能否反映多元化的民族精神，能否对青少年群体的深层"自我表征危机"予以关照成为当代文学价值的重要参照系之一，而有些文学非但没有对这一危机进行表现和反思，反而通过更加浮夸脱节的语言加重了危机的程度。

传统定义面向，"文学"是以语言文字为工具形象化地反映客观现实的艺术，包括戏剧、诗歌、小说、散文等。这一定义在新传媒空间中渐行失效，客观现实只是文学的素材和原料，而非目的，想象和故事的虚构性消解了文学的客观性，表述价值正成为文学得以创作和接受的意义。文学日益成为通过源于客观的现实镜像，使用语言文字的组织建构形象化、差异化表征个体认知、情感和价值观的艺术。

在网络和移动小说中，大段的风景或者心理描绘日渐减少，读者对于这种信息含量较低的文字描绘愈加失去细细品味的耐心和情致，而推动情节发展的对话和事件发展的具体信息更受读者青睐。出于猎奇心理，以及对更加了解社会的渴望，许多家庭隐私、行业秘闻、历史探秘类的小说也在文学传播平台中占有一席之地，甚至许多语言功力薄弱、审美价值不高的小说作品却因透露了不为人知的内部信息而受到瞩目。如自传性纪实小说《歌舞伎町案内人》，因为传递了大量关于日本东京"红灯区"新宿歌舞伎町的内部信息而销量大开，其作者李小牧在接受凤凰卫视的采访后更加名声大噪，并受邀担任了成龙电影《新宿事件》的剧本顾问。职场经验的小说，如《杜拉拉升职记》的风靡，可以看

---

① 丁宗皓. 重估中国当代文学价值［M］. 沈阳：春风文艺出版社. 2011：72.

出读者对于文学的功利性价值的重视程度上升，甚至形成所谓"成功学"这一出版类别，其中不乏文学作品的身影。康德式文学艺术的纯审美观在文学消费市场上让位于功利阅读。

6.4.3 对时间的隐喻表征

如同博尔赫斯对隐喻的充分发掘，使隐喻不仅仅作为一种修辞，也成为描述有限世界的一种表征方式。文学实则不仅隐喻有限世界，也成为隐喻时间的一种表征方式。

文学要记录和传播当下、过去和未来（幻想），为了保持文学的独特性和经典性，要在表述对过去、现在和未来的变化之中刻画出不变的东西——人性和文化；为了区别于同样对过去的表征——历史、对现在的表征——新闻、对未来的表征——科技，文学运用自己独特的文学本体特征。虚构性、诗性、修辞性等独特的本体特征中，隐喻的修辞使文学性增强，隐喻这种修辞使用喻体表征主体，即用意向2来表征意向1，用他性表现主体，也同时塑造了主体，使表征能够调用受众的认知图式，加强对意向1的理解，用形象和物化的方式，简化了表征叙事，但同时，也造成了他性对主体的介入，是作者和文学家的写作实施了介入，构建了新的主体。

从隐喻的角度讲，物理温度与心理感受映射在语言表述中，即冷词和暖词的运用；隐喻的补偿机制说明受众对刺激冷遇等负向情绪的体验较多，因此，对时间永恒流逝的无力感使作者与读者不约而同在文学领域寻求心理现实的补偿"穿越"文由此盛行。

在众多类型化的网络小说中，修仙、武侠、仙侠等类型小说与读者在游戏世界的"升级打怪"模式相似，也在一定意义上成为等级社会中努力拼搏的隐喻，作品映射了人们现实社会中的挫折感和对成就感的渴望，以隐喻的方式和修辞性语言呈现出来。

　　隐喻的使用，也是对网络审查机制的智慧性应对，由于敏感词会被用"＊"取代，因而作者想出三种办法应对可能被星号化的敏感词汇，一是使用无意义的符号或者空格隔离开敏感词汇，二是使用拼音或者英文代替，三是使用隐喻的方式表达同样的句意，显然，最后一种对作者文学功底、语言素养有更高要求。

　　数码多维路径空间中的文学在整体意义上建构了对于时间流逝的无力感，以及对过去时光的留恋和希望掌控时间的自主意识。马斯洛认为人在高峰体验之下能够丧失对空间和时间的定向能力，接受者的审美心理阈限被极大拓展。作品中缺失的四季，造成时间差异感知的钝化，文学审美影响了心理时空感知，阅听者成为迷失在文学幻想中的时空旅行者，无法留在当下，无法回归过去，无力超越未来。

结　论

　　由于新传媒语境的移动化、社交化和场景化等特征,文学传播场域呈现多元、非线性和网状波态扩散传播,传播路径发生转向,融合先前所有传播形态,形成社交化、移动化的数码多维传播路径,路径转向的表象之下,是阅听人文学接受价值的离散偏向。

　　依据各路径的物理特征以及社会功能,新传媒时代的多维传播路径在文学作品传播中逐渐出现分工合作,形成一个较为稳固的传播模式。

　　概括而言,传播营销和推广过程高度依赖数字化和社交媒体、移动端。在网站上首发数字版,在社交平台上引起话题和共鸣,发布节选,在出版平台上推销作家和书籍,在影视平台上展示人物形象和故事性,影视平台是文学作品大众化传播的节点,最能引发公共领域的关注,声音平台延伸人气作品,为作品的经典化赋权,持续发酵传播效果。

　　具体而言,对于一部文字形式的文学作品来说,数码文字路径首发传播,影响了固定的文学爱好者、青年和少年大众群体,小说占据绝对传播资源;社交媒体路径挑起话题扩大影响,影响网络活跃者,使文学作品的相关信息进一步在青年群体中扩大影响,小说和散文等不同体裁分庭抗礼;移动路径延伸阅读,培养对作家和作品的忠诚度,小说、小说节选、诗歌和网络段子(微型小说、批评等)群起纷争;声音传播路径主要在旅途中和深夜传播，诗歌和抒情散文占据了这一传播渠道；纸质书籍的出版路径成为文学传播路径的下游环节，对网络文学和社交媒体中的流行文本进行编辑出版，扩大了前者在精英群体和中年群体中的影响力，文学经典、外国流行文学和网络流行文学成为出版路径最青睐的文学类型；影视路径在文学传播中具有明显的滞后性，强化了已有畅销文本和经典文学的地位，并使之为更多的大众所熟知，并能通过其社会热点效应将先前被大众忽略的"遗珠"或已为大众所遗忘的经典文学再度引入大众视野，形成新的文学热潮，反过来助推数字或纸质出版物的消费。

　　在各路径最受欢迎和流行的文学作品中，审美价值不再是文学接受首要遵循的价值，取而代之的是情感价值和表述价值。当代人的表述危机，致使读者推崇能够将其内心欲望与情感表述出来的文学作品。那些满足了读者——尤其是青少年读者脱离现实的欲望的作品，最受推崇，对青少年发挥了假想性重构的幻肢价值。基于现实的重合，展开超越性想象的作品受到青睐。想象力和故事性成为文学的重要接受价值，致使现实主义文学的没落。

　　对于文学阅听人而言，文学有慰藉心灵、消解孤独感的价值，而声音媒介路径的阅听人最为孤独，以声媒为代表的电子媒介成为接触人群的隐喻。出于集群动机和认知、审美需求，阅听人通过虚拟文学的阅读和视听实现对现实生活的超越性体验和幻想式生存。不同的是，在移动路径中，读者通过全时性亲密接触沉浸于文学建构而成的虚拟生活场景，在公共空间中建构"私场景"，实现个体主观式生存；影视媒体路径通过观看仪式，形成群体性活动和群体记忆，成为公共舆论和交往的文化背景；声音媒体路径对阅听人而言是一个可控的"人声容器"和"人群阀"——渴望接触人群时开启，造成宛如身处人群之中的错觉，一旦阅听人觉得"信息负载",便可以关闭广播、远离人群,声音路径成为处理个体与人群距离的调节器,具有模拟群体生存的价值。

基于本是高语境的华语文化,新传媒语境结合了移动互联网技术和数字技术传播文学,使类人际交流和隐喻的言外之意有了新的意味,塑造了独特的文学表征。

在新闻传播领域,把文学性与新闻结合,大力推进"新新闻主义"式新闻写作,改变"浅新闻"和"星腥性"式新闻,将易碎的新闻改造成富有文采和人性光辉的"创意性非虚构"佳作,发掘真实的艺术。

促进文化传播,日常生活的审美化。增强公共空间的文艺设计,形成愉悦的文化氛围,在媒介真实和感知时间中促成诗意生活和审美式生存体验。让审美价值高的文学性作品畅销,建立专门的推介组织,大力发展有影响力的新媒体文学平台,解决资金问题,引入众筹。更新网络文学运营模式,不单纯按照字数多少付费,完善网络文学收入机制的系统化,改变单一的点击率评价,将审美价值、诠释价值、认知价值等引入评分体系。

在公民教育上,促进教育的去功利化、美学化,改变单一僵化的考核体系,鼓励开放式教育,满足未成年人的成就感和价值感,养成积极完善的自我意识。

作为唯一使用文化符号互动交流的物种,我们如何表征客观世界、拟态社会和主观自我?在人类文明的时间之轴上,我们使用不同的语言来表征不同时间范畴——历史是对过去时态的表征。新闻是对现在时态的表征,科技是对未来时态的表征,文学是对过去、现在、未来全时态的表征,不论使用何种路径传播,文学的语言表征不变,人性内核不变,审美本质不变,在文化进化长河中坚守其对人类的独特意义和永恒价值。

附 录

正式版《当代读者对多种文学传播形式的接触情况调查》（部分）

亲爱的朋友：

本问卷目的在于了解当代文学的多种传播形式，请按照您日常真实情况如实填写，本问卷为匿名，只作为科研资料，答案无所谓对错。

注：当代文学（诗歌、散文、小说、戏剧、剧本等）不仅仅通过书籍形式传播，还有大众传媒和网络、手机传播的形式，所以，您对文学的接触不单单是读书的方式，还有可能是浏览网络和手机文字、看电子书，看改编自文学的影视剧，听有声读物、广播（包括网络广播）等多种形式。

基本信息

1. 您的年龄段：[单选题] [必答题]

18 岁以下

18-25

26-30

31-40

41-50

51-60

60 以上

---

2. 性别：[单选题][必答题]

（1）男

（2）女

---

3. 文化程度：[单选题][必答题]

（1）初中及以下；

（2）高中/中专/技校；

（3）大专；

（4）大学本科；

（5）硕/博士研究生及以上

---

4. 职业身份：[单选题][必答题]

（1）学生；

（2）农民、农民工；

（3）工人、蓝领；

（4）商人、个体；

（5）事业单位和国家机关公务员；

（6）专业技术人员/教师/医生；

(7) 企业白领/一般职员/文员/秘书；

(8) 无业及失业人员；

(9) 离退休人员；

(10) 其他

---

5. 您所学的专业是？[单选题][必答题]

(1) 人文与社会科学类：马克思主义\哲学\宗教学\语言学\文学\历史学\经济学\政治学\法学\军事学\社会学\新闻学与传播学\教育学\体育科学等

(2) 自然科学类：数学\信息科学与系统科学\力学\物理学\化学\生物学等

(3) 工程与技术科学类：管理学\材料科学\矿山工程\冶金工程\机械工程\动力与电气工程\能源科学\电子通信与自动控制技术\计算机科学\化学工程\食品科学\土木建筑工程等

(4) 医药科学类：基础医学\临床医学\军事医学\药学\中医学与中药学等

(5) 农业科学类：农学\林学\畜牧等

(6) 艺术类：影视艺术\戏剧戏曲学\美术学\设计艺术学等

(7) 其他：中小学毕业

---

6. 月收入（无收入的可以按照每月生活费标准回答）：[单选题][必答题]

(1) 1000 元及以下；

(2) 1001~3000 元；

(3) 3001~5000 元；

（4） 5001～10000 元；

（5） 10001～20000 元；

（6） 20001 元及以上

---

7. 您上网有多长时间？［单选题］［必答题］

（1） 1 年以内；（2） 2～5 年；（3） 6～10 年；

（4） 11～20 年；（5） 20 年以上

---

8. 现在所在地域：［单选题］［必答题］

（1） 东北：黑龙江，吉林，辽宁

（2） 华北：北京，天津，河北，山东，山西，内蒙古

（3） 西北：陕西，甘肃，宁夏，青海，新疆

（4） 华东：上海，江苏，浙江

（5） 中部：河南，安徽，湖南，湖北，江西

（6） 西南：重庆，四川，贵州，云南，西藏

（7） 华南：广东，福建，广西，海南

（8） 特别行政区：中国香港，中国澳门，中国台湾

（9） 除中国外的其他国家

L1. 十年前，您最常接触文学的途径是：（单选）［单选题］［必答题］

（1） 读电脑文字（网络文学、电子书）

（2） 读手机文字（包括 iPad/电子阅读器等移动文学阅读）

（3） 看改编自文学的电影/电视剧/网络视频等影视

（4） 听有声读物/广播文学节目等声音

（5）读纸质书籍

L2. 现今，您最常用来接触文学的途径有没有变化？现今是：［单选题］［必答题］

（1）读电脑文字（网络文学、电子书）

（2）读手机文字（包括 iPad/电子阅读器等移动文学阅读）

（3）看改编自文学的电影/电视剧/网络视频等影视

（4）听有声读物/广播文学节目等声音

（5）读纸质书籍

S1. 现今，对于您最经常用来接触文学的传播途径（电子书、影视剧、有声读物、广播文学节目、文学书籍），您通常多久接触一次？［单选题］［必答题］

（1）每天

（2）每 2 天

（3）每周

（4）每月

（5）半年

（6）一年

S2. 每次用多长时间？［单选题］［必答题］

（1）每次 10 分钟左右

（2）每次 30 分钟左右

（3）每次 1 小时左右

（4）每次 3 小时左右

(5) 不确定

S3. 通常在什么时间段用？[多选题][必答题]

(1) 上午（约10点前）

(2) 中午（约11-14点）

(3) 下午（约14-18点）

(4) 傍晚（约18-20点）

(5) 深夜（约21点以后）

S4. 通常在什么地点用？[多选题][必答题]

(1) 室内

(2) 路上、乘坐交通工具时

(3) 图书馆、咖啡厅、电影院、食堂等公共场所

(4) 野外、公园等户外

S5. 最喜欢几个人一起看？[单选题][必答题]

(1) 1人

(2) 2人

(3) 3人及更多

M1. 您接触文学主要出于什么原因？[多选题][必答题]

(1) 欣赏文学，感受美

(2) 消遣娱乐

(3) 学习知识，了解历史和社会

(4) 养眼，接触丰富多彩的社会

（5）养心，得到人生启迪和精神鼓舞

（6）逃避现实生活的烦恼，享受安静

（7）发泄，为心情找共鸣

（8）提高写作或文化素质

（9）别人对我认可和赞扬

（10）便于交朋友，聊天交流

（11）陪伴、催眠

（12）便携、可随时随地看/听

L3-1. 现今，您接触文学最少用的途径是？［单选题］［必答题］

（1）读网络文字（网络文学、电子书）

（2）读手机文字（包括 iPad/电子阅读器等移动文学阅读）

（3）看改编自文学的电影/电视剧/网络视频等影视

（4）听有声读物/广播文学节目等声音

（5）读纸质文学书籍

L3-2. 接上一题，为什么您最少接触它？［单选题］［必答题］

（1）不知道有这种文学形式

（2）主观上拒绝接触，觉得这种形式的文学作品价值不高

（3）生活中没机会接触

（4）没有经济条件购买它

参考文献

一、著作

[1] 曹聚仁. 文坛五十年［M］. 上海：东方出版中心，1997.

[2] 巢乃鹏. 网络受众心理行为研究［M］. 北京：新华出版社，2002.

[3] 陈平原，山口守. 大众传媒与现代文学［M］. 北京：新世界出版社，2003.

[4] 陈霖. 文学空间的裂变与转型——大众传播与20世纪90年代中国大陆文学［M］. 合肥：安徽大学出版社，2004.

[5] 陈定家. 比特之境：网络时代的文学生产研究［M］. 北京：中国社会科学出版社，2011.

[6] 程孟辉. 现代西方美学［M］. 北京：人民美术出版社，2008.

[7] 程正民. 文艺心理学新编［M］. 北京：北京师范大学出版社，2011.

[8] 杜书瀛. 价值美学［M］. 北京：中国社会科学出版社，2008.

[9] 丁宗皓. 重估中国当代文学价值［M］. 沈阳：春风文艺出版

社，2011.

［10］方汉奇．中国近代报刊史［M］．太原：山西教育出版社，1981.

［11］方维规．文学社会学新编［M］．北京：北京师范大学出版社，2011.

［12］郭庆光．传播学教程［M］．北京：中国人民大学出版社，2011.

［13］黄海澄．艺术价值论［M］．北京：人民文学出版社，1993.

［14］黄发有．准个体时代的写作——20世纪90年代中国小说研究［M］．上海：上海三联书店，2002.

［15］黄鸣奋．网络媒体与艺术发展［M］．厦门：厦门大学出版社，2004.

［16］洪子诚．中国当代文学史［M］．北京：北京大学出版社，1999.

［17］洪子诚．问题与方法：中国当代文学史研究讲稿［M］．北京：生活·读书·新知三联书店，2010.

［18］胡家祥．文艺的心理阐释［M］．武汉：武汉大学出版社，2005.

［19］金开诚．文艺心理学概论［M］．北京：人民文学出版社，1987.

［20］金元浦．文艺心理学［M］．北京：中国人民大学出版社，2003.

［21］蒋荣昌．消费社会的文学文本：广义大众传媒时代的文学文本形态［M］．成都：四川大学出版社，2004.

［22］鲁迅．我怎么做起小说来［M］//南腔北调集．北京：人民

出版社，1981.

[23] 鲁迅．摩罗诗力说［M］//坟．北京：人民文学出版社，1981.

[24] 童庆炳．现代心理美学［M］．北京：中国社会科学出版社，1993.

[25] 李璞珉．心理学与艺术［M］．北京：首都师范大学出版社，1996.

[26] 李彬．传播学引论［M］．北京：高等教育出版社，2010.

[27] 黎乔立．审美生理学导论［M］．广州：广东人民出版社，2000.

[28] 陆扬，王毅．大众文化与传媒［M］．上海：上海三联书店，2000.

[29] 罗钢，刘象愚．文化研究读本［M］．北京：中国社会科学出版社，2000.

[30] 林崇德．发展心理学［M］．杭州：浙江教育出版社，2002.

[31] 刘京林．大众传播心理学［M］．北京：中国传媒大学出版社，2005.

[32] 敏泽，党圣元．文学价值论［M］．北京：社会科学文献出版社，1997.

[33] 孟繁华．传媒与文化领导权——当代中国的文化生产与文化认同［M］．济南：山东教育出版社，2003.

[34] 孟繁华．坚韧的叙事——新世纪文学真相［M］．福州：福建教育出版社，2008.

[35] 孟繁华．中国当代文学通论［M］．沈阳：辽宁人民出版社，2009.

[36] 欧阳友权. 网络文学论纲 [M]. 北京: 人民文学出版社, 2003.

[37] 欧阳友权. 网络文学概论 [M]. 北京: 北京大学出版社, 2008.

[38] 欧阳友权. 网络文学发展史——汉语网络文学调查纪实 [M]. 北京: 中国广播电视出版社, 2008.

[39] 欧阳文风, 王晓生, 等. 博客文学论 [M]. 北京: 中国文史出版社, 2008.

[40] 彭聃龄, 谭力海. 语言心理学 [M]. 北京: 北京师范大学出版社, 1991.

[41] 潘知常, 林玮. 大众传媒与大众文化 [M]. 上海: 上海人民出版社, 2002.

[42] 邵培仁. 艺术传播学 [M]. 南京: 南京大学出版社, 1992.

[43] 邵燕君. 倾斜的文学场: 当代文学生产机制的市场化转型 [M]. 南京: 江苏人民出版社, 2003.

[44] 孙宜君. 文艺传播学 [M]. 济南: 济南出版社, 1993.

[45] 孙绍先. 文学艺术与媒介关系研究 [M]. 北京: 中国社会科学出版社, 2006.

[46] 石映照. 豺知道 [M]. 北京: 九州出版社, 2004.

[47] 苏晓芳. 网络与新世纪文学 [M]. 北京: 中国社会科学出版社, 2011.

[49] 童庆炳, 等. 文学艺术与社会心理 [M]. 北京: 高等教育出版社, 1997.

[50] 童庆炳. 文学理论教程 [M]. 4版. 北京: 高等教育出版社, 2008.

[51] 陶东风. 社会理论视野中的文学与文化 [M]. 广州: 暨南大学出版社, 2002.

[52] 王中忱. 媒体、民族国家论述、"新小说"观念的诞生 [M]. 北京: 中国社会科学出版社, 2001.

[53] 王一川. 文学理论 [M]. 成都: 四川人民出版社, 2003.

[54] 王先霈, 王又平. 文学理论批评术语汇释 [M]. 北京: 高等教育出版社, 2006.

[55] 王本朝. 中国当代文学制度研究 [M]. 北京: 新星出版社, 2007.

[56] 吴玉杰, 宋玉书. 冲突与互动: 新时期文学与大众传媒研究 [M]. 沈阳: 辽宁人民出版社, 2006.

[57] 文言. 文学传播学引论 [M]. 沈阳: 辽宁人民出版社, 2006.

[58] 谢冕. 论二十世纪中国文学 [M]. 北京: 中国人民大学出版社, 2009.

[59] 齐振海, 袁贵仁. 人的价值问题探索 [M]. 北京: 教育科学出版社, 1995.

[60] 杨曾宪. 审美价值系统 [M]. 北京: 人民文学出版社, 1998.

[61] 禹建湘. 网络文学产业论 [M]. 北京: 中国社会科学出版社, 2011.

[62] 张必隐. 阅读心理学 [M]. 北京: 北京师范大学出版社, 1992.

[63] 张福贵, 靳丛林. 中日近现代文学关系比较研究 [M]. 长春: 吉林大学出版社, 1999.

［64］张咏华．媒介分析：传播技术神话的解读［M］．上海：复旦大学出版社，2002．

［65］张寅德．叙事学研究［M］．北京：中国社会科学出版社，2004．

［66］朱立元．接受美学导论［M］．合肥：安徽教育出版社，2004．

［67］张未民．新世纪文学研究［M］．北京：人民文学出版社，2007．

［68］张未民，朱竞，孟春蕊．新世纪文艺学的前沿反思［M］．北京：人民文学出版社，2007．

［69］张光芒．道德嬗变与文学转型［M］．北京：昆仑出版社，2013．

［70］张丽军．"当下现实主义"的文学研究［M］．北京：北京大学出版社，2014．

［71］朱立元．美学大辞典［M］．上海：上海辞书出版社，2010．

［72］周宪．中国当代审美文化研究［M］．北京：北京大学出版社，1997．

［73］周圣弘．接受诗学［M］．北京：中国传媒大学出版社，2011．

［74］曾耀农．文艺传播学［M］．北京：清华大学出版社，2011．

二、译作

［75］莱文森．数字麦克卢汉——信息化新纪元指南［M］．何道宽，译．北京：社会科学文献出版社，2001．

［76］利文森．软边缘：信息革命的历史与未来［M］．熊澄宇，

等译．北京：清华大学出版社，2002．

[77] 莱文森．手机：挡不住的呼唤［M］．北京：中国人民大学出版社，2004．

[78] 本雅明．《机械复制时代的艺术作品》导读［M］．天津：天津人民出版社，2010．

[79] 麦奎尔，斯文．大众传播模式论［M］．温德尔，祝建华，武伟，译．上海译文出版社，1987．

[80] 麦奎尔．麦奎尔大众传播理论［M］．崔保国，李琨，译．北京：清华大学出版社，2010．

[81] 菲德勒．媒介形态变化—认识新媒介［M］．明安香，译．北京：华夏出版社，2000．

[82] 黑格尔．美学［M］．燕晓冬，译．北京：人民日报出版社，2005．

[83] 哈贝马斯．公共领域的结构转型［M］．曹卫东，王晓珏，刘北城，等译．上海：学林出版社，1999．

[84] 伊尼斯．传播的偏向［M］．何道宽，译．北京：中国人民大学出版社，2003．

[85] 海德格尔．存在与时间［M］．陈嘉映，王庆节，等译．北京：生活·读书·新知三联书店，2006．

[86] 施瓦布．文学、权力与主体［M］．陶家俊，译．北京：中国社会科学出版社，2011．

[87] 斯托洛维奇．审美价值的本质［M］．北京：中国社会科学出版社，1984．

[88] 莱考夫，约翰逊．我们赖以生存的隐喻［M］．何文忠，译．杭州：浙江大学出版社，2015．

［89］迈因策尔．复杂性中的思维：物质、精神和人类的复杂动力学［M］．曾国屏，译．北京：中央编译出版社，1999．

［90］维果茨基．思维与语言［M］．李维，译．北京：北京大学出版社，2010．

［92］梅罗维茨．消失的地域——电子媒介在社会行为中的影响［M］．肖志军，译．北京：清华大学出版社，2002．

［93］马斯洛，林方．人的潜能和价值——从本主义心理学译文集［M］．北京：华夏出版社，1987．

［94］马斯洛．人类价值新论［M］．胡万福，谢小庆，王丽，等译．石家庄：河北人民出版社，1988．

［95］麦克卢汉．理解媒介——论人的延伸［M］．何道宽，译．北京：商务印书馆，2000．

［96］波斯特．第二媒介时代［M］．范静晔，译．南京：南京大学出版社，2005．

［97］毛姆．巨匠与杰作［M］．孙海立，王晓明，等译．上海：华东师范大学出版社，1987．

［98］海德格尔．诗·语言·思［M］．彭富存，译．北京：文化艺术出版社，1991．

［99］卡斯特．网络社会的崛起［M］．夏铸九，王志弘，等译．北京：社会科学文献出版社，2000．

［100］昆德拉．小说的艺术［M］．董强，译．上海：上海译文出版社，2004．

［101］尼葛洛庞蒂．数字化生存［M］．胡泳，范海燕，译．海口：海南出版社，1996．

［102］史蒂文森．认识媒介文化——社会理论与大众传播［M］．

王文斌，译．北京：商务印书馆，2001．

[103] 波兹曼．娱乐至死 [M]．章艳，译．桂林：广西师范大学出版社，2004．

[104] 布尔迪厄．艺术的法则：文学场的生成与结构 [M]．刘晖，译．北京：中央编译出版社，2011．

[105] 波特，韦斯雷尔．话语和社会心理学 [M]．肖文明，吴新利，张擘，译．北京：中国人民大学出版社，2006．

[106] 霍尔．表征：文化表象与意指实践 [M]．徐亮，陆兴华，译．北京：商务印书馆，2003．

[107] 斯托洛维奇．审美价值的本质 [M]．凌继尧，译．北京：中国社会科学出版社，2007．

[108] 朗格．情感与形式 [M]．高艳萍，译．北京：中国社会科学出版社，1986．

[109] 赛佛林，坦卡德．传播理论：起源、方法与应用 [M]．郭镇之，孟颖，赵丽芳，等译．北京：华夏出版社，2000．

[110] 西美尔．金钱、性别、现代生活风格 [M]．顾仁明，译．上海：学林出版社，2000．

[111] 米勒．解读叙事 [M]．申丹，译．北京：北京大学出版社，2002．

[113] 费斯克．理解大众文化 [M]．王晓珏，宋伟杰，译．北京：中央编译出版社，2001．

[116] 费伦、拉比诺维茨基．当代叙事理论指南 [M]．申丹，马海良，宁一中，等译．北京：北京大学出版社，2007．

三、期刊

[117] 曹博林. 社交媒体：概念、发展历程、特征与未来——兼谈当下对社交媒体认识的模糊之处 [J]. 湖南广播电视大学学报. 2011（3）.

[118] 陈平原. 大众传媒与现代学术 [J]. 社会科学论坛, 2002（5）.

[119] 陈平原. 文学史家的报刊研究（以北大诸君的学术思路为中心）[J]. 文学史家报刊研究, 2013（3）.

[120] 陈晓洁. 文学传播媒介的静态含义及动态交互式结构 [J]. 齐鲁学刊, 2012（2）.

[121] 程曼丽. 什么是"新媒体语境"？[J]. 新闻与写作, 2013（8）.

[122] 管宁. 文学变身：文化背景与媒介动因———当下文学生存环境的文化与媒介考察 [J]. 江西社会科学, 2011（2）.

[124] 黄曼君. 中国现代文学经典的诞生与延传 [J]. 中国社会科学, 2004（3）.

[125] 李政涛. 图像时代的教育论纲 [J]. 教育理论与实践, 2004（8）.

[126] 潘磊, 杨家友. 皮尔士的符号心灵观 [J]. 武汉大学学报（人文科学版）, 2009（4）

[127] 祁林. 试论接受美学与传播学的互动关系 [J]. 江苏社会科学, 1997（3）.

[128] 单小曦, 邢红梅. 从再度创造到审美实现——谈文学传播与接受环节中的文学价值生成 [J]. 鲁东大学学报（哲学社会科学

版），2007（4）．

[129] 王一川．论媒介在文学中的作用［J］．广东社会科学，2003（3）．

[130] 王富仁．传播学与中国现代文学研究［J］．读书，2004（5）．

[131] 王泽庆．多媒介的文学传播与互文阅读［J］．内蒙古社会科学，2011（2）．

[132] 王彬．论典型文学形象的社会传播路径——以五四时期娜拉形象的中国传播为考察对象［J］．求索，2011（3）．

[133] 吴汉荣，朱克京．影响大学生网络成瘾相关因素的路径分析［J］．中国公共卫生，2004（11）．

[134] 吴华，段慧如．文学网站的现状和走势——基于五家著名文学网站的实证考察［J］．湘潭大学学报（哲学社会科学版），2012（6）．

[135] 谢鼎新．当代文学的传播学视角观照［J］．现代传播，2001（2）．

[136] 张荣翼．文学传播中的当代问题［J］．社会科学辑刊，2003（6）．

[137] 张颐武．新世纪文学：跨出新文学之后的思考［J］．文艺争鸣，2005（4）．

[138] 张未民．开展"新世纪文学"研究［J］．文艺争鸣，2006（1）．

[139] 张未民．中国文学的"时间"——关于"新世纪文学"论述的一个逻辑起点［J］．南方文坛，2006（5）．

[140] 赵非．文学传播的特征［J］．河北大学学报（哲学社会科

学版),2010(4).

四、学位论文

[141] 陈晓洁. 媒介环境学视阈下文学与媒介之关系研究 [D]. 济南：山东大学,2012.

[142] 李新祥. 数字时代我国国民阅读行为嬗变及对策研究 [D]. 武汉：武汉大学,2013.

[143] 王月. 新世纪媒介场中的文学生产 [D]. 上海：华东师范大学,2011.

[144] 周海波. 现代传媒视野中的中国现代文学 [D]. 济南：山东师范大学,2004.

在学期间所取得的科研成果

1. 独立作者,从尊严到卑微——论小说《陆犯焉识》的叙事动力,(CSSCI)社会科学战线,CN:22-1002/C,2015年第2期,总第236期

2. 独立作者,论刘震云小说的仇恨意识:恶魔表征与仇恨归因——《一句顶一万句》到《我不是潘金莲》,(CSSCI)文艺争鸣,CN:22-1031/I,2015年05月号,总第250期

3. 第二作者,微电影创作编导概要,待出版,吉林大学出版社

4. 独立作者,中文网络百科使用现状:文化传播与价值观建构的有效途径,获吉林省社会科学学术年会优秀论文二等奖、伦理学会优秀论文一等奖

5. 独立作者,从张艺谋电影流变看现代传媒的社会道德功能,获吉林省社会科学学术年会优秀论文三等奖、伦理学会优秀论文一等奖

后　记

我一直幻想着自己写后记的那一刻。

应该是在毕业论文完成终稿、付梓印刷之前。

可是迫不及待的我，等不到截稿，就按捺不住写后记的冲动，尤其是在充盈了宽大学士服和毕业情怀的6月，所以就有了以下的论文过程中的"中记"。

比起论文，我更愿意写一篇散发着个人风味的纯正后记，记录从在茫茫中寻找那个属于自己的选题，在迷惘中摸清思路写下开题报告，在书海中阅读收集资料的点点滴滴。

自己能不能论述这个一直萦绕在畔的感觉——孤独。读书的时候是孤独的，看电视的时候是孤独的，听广播的时候是孤独的，写论文的时候是孤独的。这种感觉无法言说，只有文学家能够深刻准确地描述出这种感觉，所以我们爱他们，爱他们的清醒与澄澈。他们能够道出内心的体验和感受，比如彻骨的孤独感，读起来有种终于在三伏天冲完澡，吹来徐徐凉风再啃上几大块冰镇西瓜的畅快。

为了这个论文，整天待在十元一天的出租屋里，因为这里有WiFi还能躲开咿呀学语的儿子；为了这个论文，彻夜无眠端坐在电脑前，却也只写了几百个字而已，困了就在两个凳子上蜷缩着睡一觉；为了这个论文，把自己三十年积累的骄傲和自信全部散尽，只剩下对自己的质疑和指责；为了这个论文，本来已有的拖延症病入膏肓，每次动笔之前必须浏览完今日所有新闻，看看某个新闻事件的来龙去脉、某个娱乐明星的前世今生，看到实在没有什么可看的才开始动笔，搜集很多资料，但是迟迟不动笔；为了这个论文，我错过了儿子的很多笑脸和成长时光，我留下一老一小在家惦记我，自己奔波在图书馆、教室、食堂之间，内心有个声音在狂喊：我好孤独！在做的事情好似看不到尽头。

朋友圈秀美食秀恩爱秀美景秀论文写完了，就是没人说我好孤独啊，可是在我看来字字句句、张张自拍都透着刻骨的孤独，否则，哪有时间在网上这样辛勤耕耘？是的，在新媒体如此发达的今天，我们仍然孤独，甚至是更加孤独。我们不愿服从于技术的规则却被迫臣服，我们失去了自主性，我们被技术和网络武装起来，我们有那么多社交软件，但是我们同时拥有社交障碍，人人孤独，我们生活在孤单的星球。为了消除这种与生俱来的孤独，我们努力交友、读书、打电话、看电影、听广播、打游戏……我们沉浸在娱乐节目里日日笙歌不知日月几何，"成了娱乐至死的物种"，波兹曼的这句话很美，为什么人类沉溺娱乐，因为一旦关上电视，彻骨的孤独感就会袭来，人类惧怕被淹没。为了对抗它，我们写诗、我们读书，我们用精神的富足和充盈去对抗弱小的自我，我们在和他人对照中才能更加确认自我，用强大的内心对抗孤独。

我在写论文中的彷徨和迷茫，一方面来自实证研究方法与人文学科内容的冲突，首先在文本分析时分类就困难重重——文学是多义的，除了作者确定、出版时间确定，其他许多变量都是模棱两可、似是而非的。第二个困惑来源于实例选取的代表性，应该选取什么标准，尽量做到控制、对照。荣格说过，性格决定命运，我想我瞻前顾后的性格致使写论文的过程总是在调整和彷徨。

终于结束论文，行将付梓之际，该写下真正的后记之时，我发现曾经的努力和辛苦都不过如此，此时此刻我只想对每一个帮助过我的人说感谢。

感谢我的博士生导师、精神偶像张福贵老师，栽培之恩没齿难忘，感谢您在学生迷茫之时指点迷津，感谢您不嫌学生驽钝倾心教导，感谢您以洪亮的笑声驱散学术道路上的阴霾，感谢您以深广的人文情怀影响我今生。感谢吉林大学文学院的刘中树、王学谦、王俊秋、白杨、王桂妹、蒋蕾等老师的悉心指导，对论文提出宝贵建议。

感谢同一师门的韩文姝、张斯琦、张芳馨、林海曦、周珉佳、张佳明、刘雪玉等兄弟姐妹，感谢在我论文写作过程中的帮助和精神支持。

感谢其他与我有学术交流的老师们，感谢孙志刚老师、林照真老师、刘雨老师，感谢我的硕士生导师闫欢老师，感谢您开启了我的学术研究之路，建立起一生的师生情谊。

感谢帮助我进行问卷调查的林海曦、程晗旭、董美辰、杨珍妮、郭亚楠、申泽帅、陆逊等好友，是这1500余份问卷奠定了我论文的基础，重要价值不言而喻，向每一位填答者致谢！

感谢我的爱人张佩璐，感谢十余年的相濡以沫，感谢在我论文写作过程中你对家庭的支撑。感谢我的公婆的博爱宽容和默默的支持。感谢我的爱子张家理，感谢你用无敌可爱的笑容让我明白生命的美好和可贵，感悟生活真谛，原谅妈妈写论文过程中的缺席，我会用我的余生弥补你。

最后，感谢我的母亲何凤琴，感谢您不顾艰难险阻毅然决然将我带到这个世上，感谢您含辛茹苦的养育之恩，感谢您代替我承担起抚育儿子的重任,感谢您深夜的热茶和塞到我背包里的水果,感谢您以母亲的名义给我以最深沉最伟大的爱。

  感谢的名单还有很长,我感激在我生命之中有过交集的每一个人,是和你们的交流互动潜移默化塑造了独一无二的我,不论世事变迁,我都感恩。